北条《ほうじょう》氏康《うじやす》

関東争乱篇

富樫倫太郎

中央公論新社

目次

北条氏康の世界
16世紀半ばごろ

【主な登場人物】

北条氏康《ほうじょううじやす》……北条氏の三代目当主。祖父は「北条早雲《そううん》」こと伊勢宗瑞《いせそうずい》、父は北条氏綱《うじつな》。

氏政《うじまさ》…………氏康の嫡男・氏親《うじちか》亡き後、四代目を継ぐ。

風摩小太郎《ふうまこたろう》……氏康の軍配者。少年の頃に宗瑞に見出され、足利《あしかが》学校に学ぶ。法号は「青渓《せいけい》」。

新之助康光《しんのすけやすみつ》……小太郎の息子。

北条孫九郎綱成《まごくろうつなしげ》……少年の頃から氏康の側に仕える。氏康の妹を娶り、一門に連なった。

志水太郎衛門盛信《しみずたろうえもんもりのぶ》……氏康の乳母子。綱成とともに氏康の側に仕える。

四郎左《しろうざ》…………足利学校での小太郎の学友で、法号は「鷗宿《おうじゅく》」。俗名・山本勘助《やまもとかんすけ》。武田《たけだ》氏に仕える。

冬之助《ふゆのすけ》…………足利学校での小太郎、四郎左の学友。法号は「養玉《ようぎょく》」。扇谷上杉《おうぎがやつうえすぎ》氏に仕えた後、長尾景虎《ながおかげとら》の軍配者に。

長尾景虎……越後の守護。のち上杉謙信と呼ばれる。

武田晴信《はるのぶ》……甲斐の守護。法号「信玄」。

太田資正《おおたすけまさ》……かつて扇谷上杉の臣だったが、いまは北条氏に服して岩付城主を務める。

山内憲政《やまのうちのりまさ》……山内上杉氏の当主。

足利晴氏《はるうじ》……第四代古河公方。

装画
森 美夏

装幀・地図
bookwall

北条氏康

関東争乱篇

第一部　越後の虎

一

天文《てんぶん》二十一年（一五五二）、風摩小太郎《ふうまこたろう》は四十七歳になった。中年になっても子供の頃の名前を名乗り続けているのは奇妙だが、今も「小太郎」と呼ぶのは氏康《うじやす》くらいのもので、それ以外の者たちは青渓《せいけい》と呼ぶ。北条《ほうじょう》氏の軍配者としての小太郎の立場は揺るぎないものになっているから、皆、畏敬の念を込めて「青渓先生」と呼んでいるのだ。

氏康にとっても小太郎は学問の師だから、先生と呼んでもおかしくないのだが、弟子とはいえ、主でもあるから小太郎と呼び捨てている。

北条氏きっての猛将・綱成《つなしげ》や重臣・志水盛信《しみずもりのぶ》も小太郎の弟子で、彼らからも小太郎は師として敬われている。

小太郎の嫡男・かえで丸は二十歳である。すでに元服し、新之助康光《しんのすけやすみつ》と名乗りを変えている。康光の「康」の一字は氏康から偏諱《へんき》を賜ったのである。

新之助は幼い頃から学問好きで、暇さえあれば書物を読んでいるという風だったので、いつかは自分と同じように足利《あしかが》学校で学ばせたい、できれば北条氏の軍配者として仕えさせたい、と小太郎は考えていた。

しかし、時機が悪かった。

北条氏が存亡の瀬戸際に追い詰められた河越《かわごえ》の戦いが起こったのは、新之助が十四歳のときである。かろうじて、その危機は脱したものの、氏康と小太郎は各地を転戦して戦いを続けなければならなかった。

新之助は一人息子である。小太郎の身に何かあれば風摩の家を継いで、氏康のために働かなければならない。そういう立場にある新之助を、何年も足利学校で学ばせることは難しい。

小田原《おだわら》にいるとき、小太郎は自分が師となって、新之助に軍配者として必要なことを教えた。学問好きなので、さして苦労することもなく、新之助は多くの知識を吸収した。その教育の過程で、

(この子は軍配者には向かぬ)

と、小太郎は見切った。

なるほど、知識は十分にある。軍配者として通用しないことはないだろうが、一流の軍配者になることはできぬ、と判断したのである。

知識など、所詮は土台に過ぎない。

その土台にどれくらい己の想像力を加味することができるかで、軍配者としての資質が決まる。

新之助には想像力が欠けていた。机上演習すると、堅実な戦い方をするものの、そこには独創性が

感じられなかった。こんなやり方しかできないのでは、とても北条氏の軍配を預けることはできぬ、と小太郎は諦めた。

だからといって、新之助の将来を悲観したわけではない。

そもそも、軍配者に世襲なし、と言われるように、軍配者の職は親から子に引き継がれるようなものではない。軍配者にとって重要なのは血筋ではなく、能力だけなのである。

無能な軍配者が軍配を握れば、その家は滅びる。

それ故、優秀な軍配者を召し抱えなければならない。軍配者に求められるのは忠義ではなく、優れた能力だけなので、その家に代々仕える家柄の子が軍配者になる必要はない。

北条氏ほどの大名家であれば、軍配者は小太郎以外に何人もいるが、今のところ、小太郎の後を任せられるほど優れた者はいない。

小太郎は常に諸国の動向に目を光らせており、どこそこの軍配者は優れているという噂を耳にすると、風間《かざま》党を使って詳しく調べさせている。

噂通りに優れた軍配者であれば、北条氏に引き抜こうという腹なのである。

五十を過ぎれば老人扱いされ、長命だと感心される時代に小太郎は生きている。裏返せば、五十過ぎまで生きる者は稀だということである。四十七ともなれば、当然ながら死を意識しなければならない。自分が死んだ後の北条氏のことを小太郎は考え始めているのである。

二

　二月の初めから三月にかけて、氏康は、いまだに北条氏に従おうとしない豪族たちを掃討《そうとう》するため武蔵《むさし》北部から上野《こうずけ》にかけて転戦した。

　すでに山内上杉氏《やまのうちうえすぎ》の当主・憲政《のりまさ》は越後《えちご》に逃れ、嫡男・竜若丸《たつわかまる》は伊豆《いず》で斬られた。それにもかかわらず、山内上杉氏に忠義立てしようという者たちだから、そう簡単に氏康に屈服はしない。各地で激戦が繰り広げられた。

　その中でも御嶽《みたけ》城攻めは大激戦となった。

　氏康は中途半端な和睦を許さず、城兵やその家族の命を助けたければ、城将を始めとする重臣たちが丸腰で氏康のもとに出頭することを要求した。和睦交渉は決裂し、北条軍は総攻撃を仕掛けた。

　城は落ちたものの、この戦いで、双方の死傷者は数千になったという。

　城将は戦死したが、生き残った重臣が何人もいた。

　氏康は、彼らの首をことごとく刎《は》ねるように命じた。寛大な処分をすることの多い氏康にしては珍しく過酷なやり方だった。

　戦後の仕置きを終えると、氏康は直《ただ》ちに小田原に戻った。

　今回の氏康の遠征は成功し、北条氏の支配基盤は更に固まった。

　いつもならば、戦いの緊張感から解放されると、笑顔を見せもするし、軽口を叩くこともあるのだが、今回は違っている。笑顔などまったく見せず、何かを思い詰めているかのような重苦しい表情をしている。

帰りの沿道にある城に立ち寄って、領民支配の様子を検分しながら、ゆるゆると小田原に戻ることを氏康は好むが、今回は、そういうこともなく、ひたすら帰りを急いだ。

その理由を、小太郎は知っている。

氏康の嫡男・氏親《うじちか》が重い病にかかっているのだ。

幼名・西堂丸《せいどうまる》、長じて氏親、通称は新九郎《しんくろう》である。年齢は十六。

去年の暮れから、氏親は寝込んでいる。

はっきりとした原因は医者にもわからない。寒い時期に体調を崩し、それが徐々に悪化しているのだ。ひどい悪寒がして高熱を発し、食欲がなくなって痩《や》せていく。腹痛まで起こして、下痢が止まらなくなる。

原因もわからないが、治療法もわからない。

氏親は、解熱作用のある薬草を煎じて飲まされた。あとは熱が下がるのを待ち、栄養のあるものを食べ、静かに養生して体力の回復を待つしかない。

氏親の熱は下がったかと思うと、また上がるという繰り返しで、そのうちに嫌な咳をするようになった。病のせいなのか、それとも、それ以前から弱っていたのかわからないが、氏親が深刻な肺疾患に冒されていることは明らかだった。

普通の患者であれば、

「何もできることはありませぬ」

と医者たちも匙を投げただろうが、まさか、北条氏の嫡男を見捨てるわけにはいかないから、氏親の枕辺で必死に知恵を絞り、できることは何でもした。病を発症してから、氏親が三ヶ月ほども生き長らえることができたのは、彼らの努力のおかげだったのかもしれない。

しかし、日毎《ひごと》に氏親は痩せ衰え、ついには骨と皮ばかりの骸骨のようになり、目からは生気が失われた。誰の目にも死が迫っていることは明らかだった。

氏康にもわかっている。

それ故、できることなら、小田原に残り、氏親のそばにいたかった。そんなわがままを押し殺し、氏康は北条氏の当主として出陣しなければならなかった。御嶽城を落とし、その戦後処理が済むや、すぐさま氏康が小田原に取って返したのは、少しでも早く氏親の元に戻りたかったからである。

氏康が小田原に戻って間もなく、氏親が亡くなった。三月二十一日である。

三

氏親の死がよほど大きな衝撃だったのか、葬儀が終わってから、氏康は誰にも会おうとせず、朝から持仏堂に籠もるようになった。

幸い、氏康の裁可を仰がなければならないほどの大きな問題は起こらなかったので、周囲の者たちも気を遣い、呼ばれない限り、持仏堂には近付かないようにした。

小太郎が氏康に呼ばれたのは、四月の中旬である。小太郎ほど氏康と近しい者ですら、ひと月近くも氏康に会うことができなかったのである。

久し振りに氏康の顔を見て、思わず、小太郎は声を上げそうになった。すっかり面変《おもが》わりしていた。

白髪が増え、やつれ、目が虚《うつ》ろで、まるで老人のように見えた。

「御屋形《おやかた》さま……」

そう言うなり、小太郎の目に涙が溢れる。

「心配させて悪かったのう。わしの身を案じていることはわかっていたが、どうしても人に会う気持ちになれなかったのだ」

「よくわかります」

「もう三十八だというのに、まだまだ一人前ではないようだ」

「大切なご嫡男を亡くされたのですから、当たり前のことです」

「不思議なもので、泣いてばかりいると涙も出なくなってしまうものらしい。おかげで胸の内がすっきりした。悲しいときは我慢などせず、泣きたいだけ泣くのがいいのかもしれぬな」

「そうかもしれませぬ」

「父親として十分すぎるくらい、つまり、涙も出なくなってしまうほど、わしは嘆き悲しんだ。次は、北条家の当主として、これから先のことを考えなければならぬ。新九郎が亡くなったとなれば、わしの後を継ぐのは松千代丸《まつちよまる》ということになる」

次男の松千代丸は十四歳だが、まだ元服はしていない。後の氏政《うじまさ》である。

「おまえだから正直に言うが、わしは心配なのだ。松千代丸が北条家を背負っていけるのだろうか」

「それは……」

「わし自身、子供の頃は、泣いてばかりいる女々しい奴だと陰口を叩かれ、あれでは北条家の行く末も危うい……そう言われたものだ。覚えているであろう？」

「はい」

「おじいさまも父上も立派な御方だったから、その後を継ぐわしに厳しい目が向けられるのは仕方がなかった。わしなど大した才のないことは自分でもわかっているが、それでも何とか今まで北条家を保ってきた。自分が愚かだとわかっているから、自分の考えだけに頼らず、おまえや孫九郎《まごくろう》、太郎衛門《たろうえもん》の知恵を借りたおかげだ」

「御屋形さまは決して愚かではございませぬ。贔屓目《ひいきめ》ではなく、実に優れた君主であると存じます」

「世辞はいらぬ」

「いいえ、世辞ではございませぬ」

小太郎が首を振る。

「まあ、わしのことは、どうでもよい。心配なのは、松千代丸のことだ」

「松千代丸さまも愚かではありませぬ」

「そう思うか？」

「はい」

「本当に、そう思うのか？」

氏康が厳しい目で小太郎を見る。

その視線の強さに耐えられなくなり、つい小太郎は目を逸《そ》らしてしまう。

「困った奴なのだ……」

氏康がふーっと溜息をつく。

歴史上、松千代丸、すなわち、氏政の評価は決して高いとは言えない。

同情すべき点はある。

まず、北条氏が滅亡する原因を作り、百年にも及ぶ北条氏の歴史に幕引きをする役目を担ったことである。

氏政の最期も、あまり劇的とは言えない。どれほど優れた武将であっても、その最期が惨めだと、どうしても歴史における評価は辛いものになりがちである。

その好例が今川義元《いまがわよしもと》であろう。桶狭間《おけはざま》における死に様があまりにも見苦しく呆気なかったせいで、まるっきり阿呆のように思われているが、実際の義元は決して阿呆ではない。

更に氏政の場合、宗瑞《そうずい》、氏綱《うじつな》、氏康と類《たぐ》い稀なほど傑出した当主が続いた後に北条氏を率いることになったため、どうしても見劣りがしてしまうのは仕方のないことであった。その点は武田勝頼《たけだかつより》に似ている。

ただ、氏政には、後継者としてふさわしいかどうかと氏康が思い悩むほど愚かな振る舞いがあったことも事実である。

最もよく知られているのは、二度の汁かけ飯の挿話であろう。

氏政が飯を食っているところに、たまたま氏康がやって来た。

この時代、副食が少なく、やたらと飯ばかり食うのが普通なので、食べやすくするのに汁をかけたり、茶漬けにしたりすることが多い。

氏康が見ていると、氏政も飯に汁をかけて食っているのだが、途中で箸を止めて、また汁を足すということを繰り返している。

氏康は、

「飯など毎日食っているのに、どれくらいの汁をかければちょうどいいか、そんなこともわからず、何度も汁を注ぎ足すとは、何という愚か者よ」

と溜息をついたという。

後世の人間からすれば、汁など何度かけてもいいではないかという気がするが、当時の食事の作法からすれば、何度も注ぎ足すのは見苦しいと判断されたのであろう。

もうひとつ、『甲陽軍鑑《こうようぐんかん》』に載っている有名な挿話がある。

家臣たちを引き連れて氏政が領地を見回っているとき、たまたま麦畑のそばを通りかかった。農民が麦を収穫しているのを見て、

「おお、麦がある。ちょうど腹が減った。あの麦を食べることにしようか」

と、氏政が言った。

内心、家臣たちは、

(刈り取ったばかりの麦をすぐに食べられると思っているのだろうか)

と呆れたという。

『甲陽軍鑑』では、この話を伝え聞いた武田信玄《しんげん》が、

「麦飯がどうやってできるのかも知らないようなうつけが北条の主だというのなら、いずれ武田が北条を従える日が来るであろうよ」

と喜んだというオチがついている。

実際に、このふたつの挿話に象徴されるほど氏政が愚かだったかどうかは定かではないが、少なくとも、氏親が亡くなった後、氏政に家督を継がせることを氏康が心配していたことだけは間違いない。

四

「何とぞ、何とぞ、よろしくお願いいたしますぞ」

憲政は膝を乗り出し、下座で畏《かしこ》まっている景虎《かげとら》を見つめ、弾正少弼《だんじょうしょうひつ》殿、と力を込めて言う。

「は。承知しております」

景虎が恭《うやうや》しく平伏する。景虎の背後に控えている直江実綱《なおえさねつな》と冬之助《ふゆのすけ》もそれに倣《なら》う。

「うむ」

憲政は満足げにうなずくと、腰を上げて広間から出て行く。その後には桃風《とうふう》が続く。

廊下に出るとき、桃風がちらりと振り返り、肩越しに冬之助を見る。その目には複雑な感情が滲《にじ》んでいる。

桃風と冬之助の間には様々な因縁がある。

冬之助が仕えていた扇谷《おうぎがやつ》上杉氏は河越の戦いで滅亡したが、そうなった原因の一端は桃風にある。

それ以前から、冬之助は軍配者としての桃風を軽蔑しきっていたが、北条軍への対応を巡って桃風の自尊心を傷つけたことが原因で手痛いしっぺ返しを受けた。そのせいで、北条軍が扇谷上杉軍の陣地を夜襲したとき、主・朝定《ともさだ》のそばにいてやることができなかったのである。

それだけではない。

主家を失った冬之助が山内上杉氏に仕え、自分の立場が脅かされることを怖れた桃風は、冬之助を信濃《しなの》に送った。そこを冬之助の死に場所にするつもりだった。思惑通り、遠征軍は小田井原《おたいはら》の戦いで武田軍に敗れ、冬之助は囚われの身となった。危うく磔《はりつけ》にされて殺されるところだったが、四郎左《しろうざ》の手引きでかろうじて助かった。

桃風のせいで、冬之助は不運の階段を転がり落ち、危うく命まで落とすところだったのである。不《ふ》倶《ぐ》戴天《たいてん》の敵と言っていい。

その冬之助は、今は宇佐美《うさみ》冬之助として長尾《ながお》景虎に仕えている。

そんな事情など何も知らない桃風は、越後に逃れた憲政が景虎と初めて対面した席に冬之助がいるのを見て仰天した。

それ以来、何度も顔を合わせているが、冬之助は桃風を責めるでも罵《ののし》るでもなく、冷たい表情で格式張った挨拶をするだけである。それがかえって桃風を不安にする。いつか復讐されるのではないか、と恐ろしいのだ。

（気持ちの悪い奴だ。何を考えているのだか……）

今も、そんな思いで、桃風は冬之助を見遣った。

そもそも、自分はこんなところにいるはずではない、という悔しさもある。

平井《ひらい》城を捨てたとき、上原兵庫助《うえはらひょうごのすけ》や菅野大膳《すがのだいぜん》らの重臣たちは憲政の前途に見切りをつけて逐電した。桃風もそのつもりだったが、その機会を逸した。北条軍の攻撃を怖れる憲政が、桃風を片時もそばに近くから離そうとしなかったせいである。そのせいで、平井城から厩橋《まやばし》城、厩橋城から越後へと、否応なしに憲政と行動を共にすることになってしまった。

越後に入ってからは、

（ここまで来たら、じたばたしても仕方がない。しばらく様子を見ることにしよう）

と腹を括《くく》った。

そんなときに冬之助と再会したのだから、桃風が仰天するのも当然なのであった。

憲政と桃風が廊下に姿を消すと、

「さて、どうしたものか……」

景虎は体の向きを変え、あぐらをかくと、こっちに来い、と言う。景虎よりも更に下座に実綱と冬之助が控えているのである。

二人が景虎のそばにやって来る。

「管領《かんれい》殿にあのように頼まれたのでは、何もしないわけにはいくまいのう」

景虎がつぶやく。

「殿の顔を見るたびに同じことを申されますから」

実綱が苦笑いをする。

憲政の頼みというのは、上野に兵を出し、北条氏に奪われた領地を取り戻してほしいという、何とも、虫のいい頼みなのである。

見返りに領地をくれるとか、何かしら景虎にも旨味があれば話は違うのだろうが、そんな旨味はない。常識的に考えれば、誰でも断るであろう。

面と向かって断ることができなければ、適当に生返事をして、憲政の頼みを聞き流せばいい。

だが、景虎は真剣に悩んでいる。

この年の五月下旬、従五位下《じゅごいのげ》・弾正少弼の官位を与えられたことも影響している。

弾正台の尹《いん》には親王が任じられることが多いので、実質的な責任者は大弼《だいひつ》になる。その補佐をするのが少弼である。

弾正台は「非違《ひい》をただす役所」であり、大弼、少弼は「非違を糾弾する事を掌《つかさど》る」と大宝律令に記されている。

もちろん、過去の話である。

こんな役所や役人が実権を握っていたのは平安時代、貴族が政権を担っていた頃のことで、武家政権が成立し、貴族が実権を失ってからは、大宝律令に定められた官位など、有名無実の肩書きに過ぎない。出自の卑しい、地方の成り上がり大名が箔を付けるために朝廷に献金し、その金額に応じて、適当な官位をもらうという、単なる名誉職なのである。

それ故、景虎が弾正少弼に任じられたことにも大して深い意味はない。

が、景虎本人は、そう思わなかった。

終生にわたる景虎の癖というか習性というか、とにかく、権威に弱く、その権威を馬鹿正直に崇《あが》め奉《たてまつ》るのである。

そういう意味では、弾正少弼に任じられたのは運命的であると言っていいかもしれない。

(物事には筋道がある。間違ったことを許してはならぬ。必ずや、道理を重んじるようにしなければならぬ)

と思い定めている。

愚かで間抜けな憲政を恭しく丁重に扱っているのも、決して表向きだけのことではない。関東管領という権威に心から敬意を払っているから、憲政の言葉を、あたかも天のお告げであるかのように受け止めている。

景虎の判断基準からすれば、神聖なる関東管領の権威を踏みにじり、その領地や城を奪うなどという悪行は決して許されない、ということになる。

憲政が、

「上野に兵を出し、北条の者どもを駆逐せよ」

と命ずれば、そうしなければならぬ、と考えている。何のためらいもない。

それが景虎の裏表のない本心なのである。できることなら、すぐにでも上野に出兵したいのだ。が……。

そう簡単にはいかない事情がある。

景虎は権威を重んじる生真面目な性格だが、皮肉なことに、父の為景《ためかげ》はそうではなかった。守護代という立場にありながら、主家の越後上杉氏を圧迫して、越後の支配権を奪った。下剋上の権化のような梟雄《きょうゆう》だったのである。

当然、国内には敵が多く、反長尾という立場で結集する豪族たちがいる。彼らを屈服させることができぬまま、為景が急死した。

為景の死後、景虎の兄・晴景《はるかげ》が後を継いだが、次第に反長尾勢力が力を伸ばしたため、景虎は晴景と袂《たもと》を分かち、力尽くで長尾の家督を奪おうとした。

景虎が勝利して長尾家の当主の座につき、越後守護となったものの、それを認めず、頑強に抵抗する豪族たちが依然として残った。その中心にいるのが景虎の遠縁に当たる長尾政景《まさかげ》である。

一昨年の暮れから景虎と政景の抗争は激化し、それは去年の夏まで続いた。抗争が長引いた原因は、端的に言えば、景虎の政治力のなさと言うしかない。戦争は得意だが、政治は苦手なのである。

最後には景虎が政景を屈服させ、景虎の姉を政景に嫁がせるという形で和睦が成立した。

ちなみに、この夫婦から生まれるのが、後の上杉景勝《かげかつ》である。

政景との和議の成立で、ようやく越後は平穏になったが、それは表向きのことで、景虎の立場が盤《ばん》石《じゃく》だとは言い難い。そんなときに大がかりな軍事行動を起こすことを、景虎がためらうのは無理からぬことであろう。

しかも、この時期、景虎配下の有力豪族たちが土地を巡って争っている。その中でも、平子孫太郎と松本河内守《かわちのかみ》との争い、中条藤資《なかじょうふじすけ》と黒川実氏《くろかわさねうじ》との争いは深刻で、双方が一歩も譲らず、ついには武力衝突まで起こしている。

景虎は、その裁定に苦慮している。ひとつ間違えば、内乱にまで発展しかねないほどの問題であった。そんなときだから、

(何とかして差し上げたいのは山々だが、今は管領殿の問題にまで関わっている余裕はない)

というのが景虎の本音であったろう。

しかし、弾正少弼という立場が、そんな言葉を吐くことを景虎に許さない。己の価値観に縛られて身動きが取れなくなっている。

「どうしたものか……」

景虎が溜息をつく。

「北条に使者を送っては、いかがですか？」

冬之助が口を開く。

「使者だと？」

景虎が冬之助を見る。

「北条が奪った城と土地を管領殿に返すように申し入れるのです……」

扇谷上杉氏は滅んでしまったから、北条氏が河越城や松山《まつやま》城を維持するのは仕方がないし、そもそも、それは武蔵の話である。

しかし、上野は昔から山内上杉氏が支配してきた国なのだから、平井城や厩橋城、山内上杉の武蔵の拠点であった鉢形《はちがた》城などは憲政に返すべきだ、と冬之助は言う。

「……」

実綱がちらりと横目で冬之助を見る。

(こいつ、何を考えている)

と呆れた顔である。

無理もない。

この時代、戦争で奪い取った城や土地を、おとなしく返す馬鹿はいない。

ところが、景虎は、

「おお、それがいい。北条殿も道理を説けば、きっとわかってくれるであろう。様々な行き違いがあって合戦沙汰になったにしても、管領殿は関東の盟主なのだ。関東の大名は管領殿に従わなければならぬ。頭を冷やして考えれば、きっと北条殿にも道理が通じる」

そうだ、それがいい、と景虎は自分の膝をぽんぽんと嬉しそうに叩く。

が、急に心配そうな顔になり、

「それで管領殿は納得してくれるだろうか？」

と、景虎が訊く。

憲政が望んでいるのは景虎の出兵なのである。

「ああ、それならば……」

いくらかの手勢を率いて殿が上野に入り、そこから使者を送ればよいではありませんか、と冬之助が言う。

「うむ、そうだな。相手の言い分も聞かないうちに、いきなり合戦を仕掛けるわけにもいかぬ。兵を率いて上野に行けば、わしの面目も立つ」

景虎が大きくうなずく。

(なるほど、そういうことか……)

ようやく実綱も冬之助の考えを理解した。

要は時間稼ぎなのである。

今の景虎には大がかりな軍事行動を起こす余裕はないが、憲政にせっつかれて苦慮している。

それ故、少数の兵を率いて景虎が上野に入り、そこで北条氏に使者を送る。それなら合戦にはならないだろうし、憲政にも言い訳できる。景虎の面目も立つ。

この時代、大名同士が交渉する場合、かなりの日数を要するから、実綱が考えたように、冬之助のやり方ならば、体《てい》よく時間稼ぎができるのである。

「よし、すぐに出発の支度をしよう。どれくらいの兵を連れて行けばよいか……」

「多すぎるのも、少なすぎるのも、よろしくないと存じます」

冬之助が言う。

「ならば、五百にしよう」

景虎がうなずく。それで決まりである。

五

「長尾景虎か……」

氏康が首を捻る。

ついさっき、越後からの使者の口上を聞いたばかりである。景虎からの書状も受け取った。

景虎は五百ほどの兵と共に越後・上野の国境付近にいて、そこから使者を送ってきたのだ。

使者を下がらせると、氏康は小太郎と盛信を呼んだ。

「どう思う？」

氏康が訊く。

「このようなことを本気で言っているとは思えませぬ」

盛信が呆れたように首を振る。

景虎が求めているのは、北条氏が上野から兵を退《ひ》き、城や領地を憲政に返還することである。

それだけではない。武蔵の支配についても、先々、ご相談したいと書いてある。

つまり、景虎は上野だけでなく、北条氏による武蔵の支配も認めていないということだ。

「確かに、こんな図々しい話は聞いたことがない。まともに相手にする気にもならぬが、相手は越後の守護だからな」

無視することもできぬしのう、と氏康はつぶやき、小太郎に顔を向ける。

「管領殿に泣きつかれたものの、今の長尾には上野に兵を出す余裕などないはずです。それ故、使者を送ってきて、いろいろ努力はしているのだと管領殿に言い訳したいのではないでしょうか」

小太郎が言う。

「越後は、どんな様子なのですか?」

盛信が訊く。

北条氏の領国と越後が国境を接していなかったこともあり、これまで越後の支配者と北条氏はまったくの没交渉だった。干戈《かんか》を交えたこともない。

諜報《ちょうほう》活動は北条氏が最も得意とするところだが、越後については、あまり熱心に調べたことがない。せいぜい、噂話の類いを拾い集める程度である。

だから、盛信も越後の事情に疎《うと》い。

「実の兄と争って、弾正少弼殿が長尾の家督を奪ったのが四年前の暮れ、それに納得しない豪族たちとの戦いが起こり、それが収まったのは、去年の今頃のはずだ。わしも、それ以上、詳しくは知らぬので、今後、風間党に探らせようと思う」

小太郎が答える。

「一年前に戦《いくさ》が終わったばかりでは、まだ足許も固まっていないでしょう。大軍など動かせば、また国が乱れるかもしれませせぬな」

盛信が言う。

「なるほど、では、これは口先だけなのだな。それならば、こちらも真剣に相手をする必要はないということになる」

「無用の波風を立てることもないでしょうから、弾正少弼殿の面目が立つような返事をすればよろしいかと存じます」

「ならば、そうしよう」

氏康はうなずく。

早速、景虎に対する返書を認《したた》めた。

景虎の骨折りに感謝し、自分も管領殿を大いに敬っているから、いずれ上野は管領殿にお返ししたいと考えている。ついては、その打ち合わせをしたいから、ぜひ、管領殿に小田原までお越し願いたい、と記した。

言い回しは丁寧だが、要は、何か頼み事があるのなら、憲政自身が氏康のもとに出向いてこい、というのだ。慇懃無礼《いんぎんぶれい》と言っていい。

小太郎からは、無用の波風を立てぬように忠告されたものの、

（越後の小僧が偉そうに何を言うか）

という苛立ちと腹立たしさを氏康も抑えきれず、景虎への感謝の言葉を記しながらも、そこにいくらか棘《とげ》のある言葉も書き加えずにいられなかったのであろう。

その返書の内容が、後々、景虎との間に軋轢《あつれき》を生じさせることになる。

六

　七月になって間もなく、小田原の氏康のもとに知らせが届いた。長尾景虎が国境を越えて、越後から上野に攻め込んだというのである。

「来たか。その数は？」

　氏康が小太郎に訊く。

「二千という話ですが」

「ふうむ、二千か……」

　本気で攻めてくるつもりなのかな、と氏康は首を捻る。

　先達《せんだっ》て、景虎は五百の兵を率いて上野の国境近くまでやって来て、そこから小田原に使者を送って来た。村を荒らして略奪するとか、北条方の城や砦《とりで》を攻めるとか、そういうことは何もなかった。

　今度は違う。

　すでに国境付近の城や砦の周辺が放火され、田畑も荒らされているという。規模が小さいとは言え、明確な敵対行動である。

「わしの返事に怒ったのかもしれぬな。素直に城や領地を管領殿に返さないから、今度は力尽くで奪いに来たということか？　しかし、わずか二千では何もできまい」

　氏康には、さしたる切迫感はない。

　長尾景虎を大きな脅威とは感じていないせいだ。越後の守護になったとは言え、越後国内の戦いを勝ち抜いただけで、対外的にはまったくの無名で、取り立てて戦がうまいという話も聞いていない。

一方の氏康は、父の氏綱が存命の頃から、数多くの大きな戦を勝ち抜き、今では数ヶ国を支配する大大名なのである。その氏康が景虎如きの小僧を怖れるはずがない。

「ひとつ気になることがあるのです」

小太郎は深刻な顔つきである。

「何だ？」

「越後の国情について風間党に調べさせたのです。弾正少弼殿のそばに宇佐美冬之助という軍配者がいるのですが、どうやら、それは扇谷上杉氏に仕えていた曾我養玉《そがようぎょく》らしいのです」

「それは、まことか」

氏康の表情が一変する。

冬之助には氏綱も氏康も何度も煮え湯を飲まされてきた。恐るべき相手だとわかっている。

景虎の実力は未知数だが、冬之助の実力は知っているのだ。

「わしが出向くまでのことはないと高を括っていたが、あの男が越後勢の軍配を握っているとなれば、たかが二千などと侮《あなど》ることはできぬ。わずか五百の兵で松山城を奪い取った男なのだからな」

「出陣なさいますか？」

「反対か？」

「とんでもない。出陣なさるべきです。長尾に北条の強さを思い知らせてやらなければなりませぬ」

「よくぞ申した」

氏康は、景虎と一戦し、場合によっては越後に攻め込んでやろうと考えた。そのためには、わずかばかりの兵ではどうにもならないから、九月になって小田原を出るとき、五千の兵を率いていた。道々、東相模《さがみ》や武蔵で兵を増やす予定で、それに上野にいる兵を加えれば、最終的には一万ほどの大軍になるはずであった。

七

「ふんっ、ようやく小田原から出てきたか」

実綱から知らせを聞いて、景虎がうなずく。

「小田原を出たときは五千でしたが、今では、七千以上に増えているようです」

「わしの前に現れるときには一万くらいにはなっているだろうな。どういうつもりなのかな？」

景虎が冬之助に顔を向ける。

「われらを叩き潰し、その勢いを駆って越後に攻め込むつもりなのでしょう」

冬之助が答える。

「北条殿は欲深い御方のようだ。管領殿に上野を返すどころか、わしから越後まで奪おうとする」

景虎が愉快そうに笑う。

「返り討ちにすれば、上野を奪い返すことができますし、武蔵に攻め込んで松山城や河越城を囲むこともできましょう」

冬之助も笑う。

「まさか、本気で、そのようなことを……」

真顔でいるのは実綱だけである。その表情には強い危機感が表れている。

「わしらが二千、向こうが一万、数が違いすぎるから、わしらは勝てぬと言いたいのか？」

景虎が実綱をじろりと睨む。

「そうは申しませぬが……」

実綱が言葉を濁す。

もちろん、本心では、

（勝てるはずがない）

と言いたいのである。

わずか二千で、一万もの敵と、しかも、名将という評価が定まっている氏康が率いているのに、勝てるはずがない。

しかし、そんなことを口にすれば、景虎の機嫌が悪くなるとわかっているから、言葉を濁してごまかしたのだ。

「その方《ほう》は、どう思う？」

景虎が冬之助に訊く。

「勝てぬとは思いませぬ」

「勝てるか？」

「それには多くの準備がいるでしょう。相手の弱いところを探って、様々に策を巡らせなければなりませぬ。しかしながら、此度《こたび》は、やめておくのがよろしいかと存じます」

「なぜだ？　やはり、北条は手強《てごわ》いからか」

「それもありますが、心配なのは北条ではなく、むしろ、越後でございます」

「ふうむ、越後か……」

「長い戦になれば、恐らく、越後で不穏な動きが出てくるのではないか、という気がします」

「そうです。心配なのは越後です。いかに北条に勝とうとも、その間に春日山《かすがやま》城を奪われてしまったのでは、どうにもなりませぬ」

実綱が言う。

「わかった。そうしよう。わしは越後に帰る」

青竹をぴしっと足許に打ち付けると、景虎が立ち上がる。

「北条の支配する土地をさんざんに荒らしてやったし、上野を返すように北条殿に申し入れもした。少しは管領殿の溜飲も下がったであろうよ。北条殿とは日を改めて手合わせすることにしようぞ」

帰り支度をせよ、すぐに陣払いだぞ、と景虎が矢継ぎ早に命令を発する。

決断の早い男なのである。こうと決めたら、ぐずぐずしない。長居は無用とばかりに、その翌日には越後に帰ってしまった。

八

河越城から松山城に向かっているとき、氏康は景虎が越後に去ったことを知った。

せっかく景虎と決戦するつもりで大軍を率いて来たのに、肩透かしを食った格好である。

だが、氏康は怒りもせず、落胆もしなかった。

すぐ次のことを考え始める。

「このまま真っ直ぐ小田原に帰るのも芸がない。せっかくだから、公方《くぼう》さまにご挨拶して帰ることにしよう。そろそろ、公方さまにもはっきりしてもらわなければならぬしのう」

武蔵と東相模で募った兵を領地に戻し、小田原から率いて来た五千の兵を率いて、氏康は古河《こが》に向かった。

（なるほど……）

氏康の政治家としての才能に、小太郎は感心した。

公方さまに挨拶して帰る、と言われて、ようやく小太郎にも氏康の狙いがわかった。

このあたり、軍事を専門とする小太郎と、軍事だけでなく、政治や外交においても優れた才能を持つ氏康との差というものであろう。

（長尾と戦をするというのは本気ではなく、むしろ、こっちが主眼だったのかもしれぬな）

と想像すると、小太郎は氏康の凄みを思い知らされる気がする。

言うまでもなく、古河公方・足利晴氏《はるうじ》に挨拶するために、わざわざ兵を率いて古河に出向くというのんきな話ではない。

氏康の妹が晴氏に嫁いでおり、すでに梅千代王丸《うめちよおうまる》という子を産んでいる。十二歳になる。

氏康は、晴氏に対して梅千代王丸を古河公方家の後継ぎにすることを執拗《しつよう》に晴氏に要求しているが、晴氏はのらりくらりとかわし続けている。

晴氏には藤氏《ふじうじ》という後継ぎがいて、もう子供もいる。つまり、晴氏から藤氏へ、藤氏からその子へと古河公方を継承する流れは決まっているのだ。

そこに氏康が横槍を入れてきたわけである。

氏康の要求が無理筋だが、正論が通る時代ではない。力のある者の言うことが正論になるのだ。

六年前、晴氏は河越の戦いで氏康に敗れ、それ以来、氏康には頭が上がらない状況が続いているが、藤氏から梅千代王丸に後継ぎを変えることだけは頑として承知せず、四年前には、藤氏こそが古河公方家の嫡男であり、次の古河公方になる者だと宣言し、その披露まで行った。

これに激怒した氏康は、梅千代王丸を、その母と共に北条氏の城である葛西《かさい》城に移し、古河から葛西に公方府を移すことを強引に晴氏に認めさせた。

だが、晴氏が古河公方であり、その後継ぎは藤氏、そして、二人が古河に留まっているという状況には何の変化もない。

晴氏とすれば、氏康に実権を奪われて、どうせ自分は何もできないのだから、公方府がどこであろうと関係ないと開き直っているのである。

その後、天文の大地震が起こったり、山内憲政との間で上野を巡る攻防戦が展開されたりして氏康は忙殺されたので、古河公方の一件は棚上げ状態になっていた。

(いつまでも曖昧なままにしておくことはできぬ)

今度こそ、ケリを付けよう、と氏康は覚悟を決めたのであろう。

氏康は、晴氏がどういう人間かよく知っている。

民のことなど何も考えず、政治も軍事も取り巻きに丸投げして、日がな一日、遊興に耽《ふけ》っている腑《ふ》抜《ぬ》けなのである。強い信念など何も持っていないが、気位だけは高い。そういう人間の扱いを、氏康は、よく心得ている。今までは古河公方という権威に遠慮していただけである。

古河に着いた氏康は、五千の軍勢で城を囲んだ。これから城攻めを始めると言わんばかりの物々しさである。

晴氏は氏康に使者を送り、なぜ、すぐに城に入らず、武装したままでいるのか、と詰問した。

「公方さまがここに来られよ。来ないのなら、城を焼き払う」

と、氏康は使者に伝えた。

晴氏は仰天し、また使者を送り、無茶なことを言うな、何か誤解があるようだから、城で話し合いたい、といくらか下手《したて》に出てきた。

「明日、夜が明けたら、城を焼き払う。誰一人、城から出ることは許さぬ」

と、氏康は使者を追い返した。

「薬が効きすぎるのではないでしょうか？」

小太郎は心配したが、

「あれくらいで、ちょうどいいのだ」

「公方さまが来なかったら、どうなさるのですか？」

「城を焼くさ。半分くらい焼けば、慌ててやって来るだろう」

氏康は平気な顔をしている。

「それでも来なければ……？」

「そう案ずるな。公方さまは来る。自分の命より大切なものはないと思っているのだからな」

あの手合いを動かすには、頭を下げても駄目なのだ、刃物を突きつけて脅かすのが手っ取り早い、と氏康は笑う。

実際、その通りであった。

その夜、晴氏は城を出て、氏康のもとにやって来た。その場で、氏康は梅千代王丸を公方家の嫡男に据えることを強く要求した。

「しかしのう……」

この期《ご》に及んでも、晴氏は渋った。

「ならば、城にお戻りなさいませ。明日、城は丸焼けになる。中にいる者たちは、皆、焼け死ぬ。そうなれば、公方家を継ぐ者は梅千代王丸しかいなくなるでしょう」

「本気でそのようなことを申しておるのか？」

「多くの者たちを巻き添えにするのが嫌だとおっしゃるのであれば、この場で公方さまの首を刎ねてもよいのですぞ」

氏康が睨む。

「まさか、本気ではあるまい」

「河越でわたしを裏切ったときに、そうしてもよかったのです」

「……」

晴氏の顔色が変わり、ぶるぶる震え出す。

ついに、

「わかった。その方に従おう」

がっくりと肩を落とす。

十二月十二日、晴氏は藤氏を廃嫡し、葛西城にいる梅千代王丸に古河公方家の家督を譲った。まだ元服もしていない、わずか十二歳の古河公方の誕生である。氏康にとって、大きな外交的な成果であった。

九

この時期、氏康は、もうひとつ大きな外交に取り組んでいた。

今川、武田との三国同盟の締結である。

主導したのは今川の軍配者・太原雪斎《たいげんせっさい》である。

すでに七年前、武田と今川は同盟を結んでいる。

今川は駿東《すんとう》地方を取り戻すために北条との国境付近に兵を出し、同盟に従って、武田晴信《はるのぶ》も出陣した。太原雪斎の立案した壮大な計画が進み、扇谷上杉氏・山内上杉氏・古河公方家が河越城を包囲し、北条氏は絶体絶命の危機に陥った。

東西に敵を抱えていたのでは身動きが取れないので、氏康は、まず武田と、次いで今川と和睦した。両家の要求する領地を割譲しなければならなかったが、和睦が成立したおかげで、東の敵に全力を傾けることができるようになり、ついには河越の戦いで大勝利を得た。

その大勝利をきっかけに、北条氏は大きく躍進し、今では武蔵から上野へと支配地が広がっている。

氏康の前途は順風満帆と言っていい。

そんなときに、なぜ、武田や今川と手を結ぼうとするのか？

きっかけは、二年前の六月、今川義元の正妻が亡くなったことである。武田晴信の姉だ。両家の緊密な関係を維持するために、新たな婚姻が議されたが、そのとき、雪斎が、

「いっそ北条家も巻き込んでしまいましょう」

と言い出したのである。

雪斎は大きな絵を描くのが好きな男だ。

今川・武田・北条という三つの巨大な大名家を婚姻によって結びつけるという思いつきに夢中になった。駿府《すんぷ》、小田原、甲府《こうふ》を使者が盛んに行き来するようになった。

夢のような話だが、それが実現すれば、三家にとって、大きな旨味がある。

今川の目は西に向いている。

遠江《とおとうみ》・三河《みかわ》を征するだけではなく、尾張《おわり》や美濃《みの》にも進出し、いずれは京に上りたいというのが今川義元の野望である。全力を西に向けるためには、東で国境を接する北条氏とは事を構えたくないのが本音だ。

武田は南信濃を制圧し、今は北信濃に侵攻している。北信濃の豪族たちの抵抗はしぶといものの、彼らを攻め滅ぼすのは時間の問題と思われていた。

そこに長尾景虎が現れた。

先代の晴景は、武田による信濃侵略に無関心だったが、景虎は、そうではない。まだ景虎自身は信濃に出てきていないが、北信濃の豪族たちへの手厚い後援を始めているから、景虎の出兵は時間の問題であろう、と晴信は覚悟している。

氏康の仇敵である山内憲政が越後に亡命し、上野奪回を景虎に要請したことを晴信も知っているか

ら、北条と同盟すれば、共同で景虎に対処できると考えた。

北条氏の方針は今川とは正反対で、その目は東に向いており、西に関心はない。関東八ヶ国を支配下に置くことが悲願なのである。上野を奪った今、氏康は房総《ぼうそう》半島全域の支配を目論《もくろ》んでおり、そのためには安房《あわ》の里見《さとみ》氏を打倒する必要がある。武田や今川と争うのは無駄なのだ。

三家が手を結べば、それぞれの目標に向かって全力で邁進することができる。

雪斎の骨折りで、三家の婚姻話が着々と進んだ。

氏康の嫡男・新九郎氏親と晴信の娘の結婚、氏康の娘と義元の嫡男・氏真《うじざね》の結婚、晴信の嫡男・義信《よしのぶ》と義元の娘の結婚、この三つである。

まず、この年十一月二十七日、武田家に義元の娘が輿入れした。これで武田と今川は新たな絆を得た。あとのふたつは、そう簡単にいかなかった。

同じ時期に、晴信の娘が氏康の嫡男・氏親に輿入れする予定だったが、氏親は、三月に亡くなってしまった。

新たに嫡男となった松千代丸が晴信の娘を娶《めと》ることになったが、松千代丸は元服していないので、とりあえず、婚約だけすることにして、正式な結婚は元服後ということになった。

義元の嫡男・氏真と氏康の娘の結婚は更に難航した。娘が六歳の幼女で、すぐに駿府に送って結婚させることができなかったのだ。そのため結婚は二年先ということになったが、それでは同盟が成立しないので、代わりに、氏康の四男・助五郎《すけごろう》が駿府に赴くことになった。後の氏規《うじのり》で、このとき八歳である。

助五郎は、義元の妹を母として生まれたから、義元の甥である。義元の母・寿桂尼《じゅけいに》は祖母である。

そういう濃い血縁関係があるので、実質的には人質だったが、体裁としては、義元や寿桂尼の家族として扱われることになった。

ちなみに助五郎が駿府で暮らしているとき、隣の屋敷には松平竹千代《まつだいらたけちよ》、後の徳川家康《とくがわいえやす》がいた。年齢の近い二人は、この時期に友情を育み、その縁は、後々、北条氏が滅亡するときまで続くことになる。

十

北条、今川、武田の三国同盟は、まだ正式には成立していないものの、結婚に関する誓約書は取り交わされているから、事実上、同盟が成立したようなものであり、この三家が互いに敵対行動をとることはなくなった。

同盟の成立は、背後を脅かされる心配をせずに、三家が本来の目的に向かって全力を傾けることが可能になったことを意味する。

山内憲政を越後に追い出し、上野を手に入れた氏康の目は房総半島に向けられた。

房総半島には、下総《しもうさ》、上総《かずさ》、安房の三国がある。

そのうち、すでに下総を征し、上総も半分くらいは支配している。そこで足踏みしているのは、安房を本拠とする里見氏が手強いからである。

三国同盟の成立を機に、氏康は本腰を入れて里見氏を討伐する覚悟を決めた。

天文二十二年（一五五三）四月、氏康は下総から南下し、同時に綱成が海を渡って、安房に上陸した。七月十三日には、氏康と綱成が合流し、上総の金谷《かなや》城を攻撃した。房総と相模を結ぶ航路の起点で、海上交通の要衝である。金谷を押さえれば、江戸《えど》湾を支配することができるのだ。新たに獲得した土地はそれほど大きくはないが、交易によって得られる利益は莫大である。

今川や武田と手を結んだ成果が、これほど早く、しかも、これほど大きなものになったことを氏康は大いに喜んだ。

今川も、尾張の織田信秀との戦いに苦労しながらも、少しずつ支配地を拡大しているから、やはり、三国同盟の恩恵を受けている。

十一

この年、三家の中で、最も躍進したのは武田である。信濃攻略が最終段階に入ったのだ。それは必ずしも三国同盟のおかげではなかったが、晴信の頭の中には、すでに信濃を征した後の青写真ができあがっており、その段階に至れば、三国同盟が大きな役割を果たしてくれるはずであった。

四月、晴信は信濃攻略の最大の障害となっていた村上義清《むらかみよしきよ》の本拠・葛尾《かつらお》城を落とすことに成功した。

慌てたのは北信濃の豪族たちである。次は自分たちが武田に攻められるとわかっているからだ。

北信濃の豪族たちのまとめ役である高梨政頼《たかなしまさより》は村上義清と不仲だったが、それまでの諍《いさか》いを水に流して手を組んだ。これに力を得た村上義清は、葛尾城の奪還に成功した。

（どうやら決着を付けるときが来たようだ）

そう判断した晴信は、自ら大軍を率いて葛尾城に向かった。

籠城しても勝ち目はないと考えた村上義清は、得意の野戦に勝機を見出そうとした。脳裏には、五年前、上田原《うえだはら》で武田軍を壊滅寸前に追い込んだ記憶がある。同じことをしてやろうという目論見《もくろみ》だ。

五月七日、両軍は桔梗原《ききょうがはら》で激突した。

夜明けと共に始まった戦いは、昼過ぎには呆気なく終わった。武田軍の勝利である。

上田原で敗れたとき、武田軍には傲《おご》りがあった。

総大将の晴信が慢心していた。傲りと慢心が敗北という形で現れた。

今の晴信は、そうではない。

この五年で変わったのだ。

常にそば近くにいる四郎左が誰よりも、よく知っている。偏屈者だから、口に出して晴信を誉めたりはしないが、心の中では、

(御屋形さまは大きくなられた)

と感心している。

七月二十五日、晴信は一万の大軍を率いて甲府を出陣し、佐久《さく》郡に向かった。村上義清に止《とど》めを刺すためである。桔梗原の合戦のとき、村上義清は五千の兵を率いていたが、今では動員力も三千程度に落ち込み、しかも、日毎《ひごと》に減っている。武田の大軍に怖れをなして、村上方の豪族たちが次々と離脱しているのだ。

(戦にはなるまい)

晴信は楽観している。

村上義清の陣営に残っている豪族たちの中には武田に内通を約束している者が多く、彼らは合戦が

始まったら一斉に裏切ることになっている。

　村上義清も、周囲に渦巻く不穏な空気を感じないはずがなく、そんな空気を察知すれば、いつ裏切るかわからない豪族たちを率いて晴信と決戦しようとは思わないはずであった。どこかで見切りを付けて逃走を図るに違いない。

（それで信濃が手に入るのだ）

　先代・信虎《のぶとら》の時代から長い歳月と多大な労力をかけて続けてきた信濃征服が最終段階に入ったことを晴信は実感する。

　長窪《ながくぼ》城に入った晴信は、和田《わだ》城、高鳥屋《たかとや》城、内村《うちむら》城を簡単に攻め落とした。

　それでも塩田《しおだ》城に拠る村上義清は動かなかった。

　いや、動くことができなかった。

　八月五日、晴信は塩田城に攻め寄せた。

　晴信が想像したように、戦にはならなかった。

　武田に内通する豪族たちが城を開いたのだ。

　村上義清は、武田軍に城を包囲されないうちに、一族郎党を率いて城を出た。兵力が少ない上に、豪族たちを信じることもできないので、武田軍と戦うことを諦めたのである。

　晴信は佐久郡、埴科《はにしな》郡、小県《ちいさがた》郡から村上義清を中心とする反武田勢力を駆逐することに成功した。信濃の九割を征したと言っていい。

　残るのは木曾郡と北信濃だけである。

　北信濃には中小の豪族が乱立しているだけなので、武田の大軍を目《ま》の当たりにすれば、戦うことなく降伏するだろうというのが晴信の見通しである。

ここで言う北信濃とは善光寺平《ぜんこうじだいら》を中心とする盆地を指す。

善光寺平の南には千曲川《ちくま》と犀川《さい》が合流して形成する三角地帯があり、よく肥えた土壌と豊かな水資源の恩恵を受けた米作地になっている。二毛作によって麦も生産されているし、ふたつの川からは、いくらでも魚が獲れる。

経済的な価値が高いだけでなく、高井郡《たかい》、水内郡《みのち》、埴科郡、更科郡《さらしな》という四郡にまたがる交通の要衝であり、ここを押さえてしまえば、越後、上野、甲斐《かい》の三国に容易に進出することができる。

古来、この肥沃な三角地帯を、土地の者たちは「川中島《かわなかじま》」と呼ぶ。

十二

殺風景な部屋である。十二畳ほどの板敷きには、上座に畳が一枚敷かれているだけだ。その畳に、春日山城の主・長尾景虎があぐらをかいて坐り込んでいる。二十四歳の越後国主である。

景虎は、かれこれ半刻（一時間）ほども黙りこくっている。自分の膝に肘を乗せ、頬杖をついて難しい顔をしている。下座には、直江実綱、本庄実乃《ほんじょうさねより》、大熊朝秀《おおくまともひで》という、いずれも五十がらみの重臣たちが居並んでいる。その三人よりも更に下座に冬之助が控えている。

冬之助は三人の重臣たちを観察している。

実綱は生真面目な表情で、まったく姿勢を崩さず、背筋をぴんと伸ばしたまま、膝の上に置いた自分の手許に視線を落としている。

本庄実乃は、じっと目を瞑《つむ》っている。小太りの体が微《かす》かに前後に揺れているのは、居眠りしているせいだと冬之助にはわかる。

重臣たちとの話し合いの場で、時として景虎は黙り込んでしまうことがあり、その沈黙がどれくらい続くのか誰にもわからない。景虎が口を開くのを、じっと待つしかない。

冬之助が景虎に仕えるようになって五年になるが、その間には、一刻（二時間）も黙り込んだことがある。

そういうときの景虎は、自分の世界に閉じ籠もってしまい、心の中で、ひたすら自分自身と押し問答しているだけだから、周囲のことには、まったく気が回らなくなってしまう。

だから、実乃も平気で居眠りができる。いびきが洩れたり、体勢を崩してひっくり返ることもある。それでも景虎は、ぴくりとも反応しない。

対照的なのが大熊朝秀で、骨張って痩せた体格だけでなく、見るからに神経質そうな容貌も、まるっきり実乃とは違っている。

朝秀は、ちらちらと景虎に目を向けながら、苛立った様子で爪を噛んでいる。ただ待つだけという無為な時間の過ごし方が性に合わないのだ。

実綱は実務能力が抜きん出ており、実乃は様々な縁故やコネを駆使して、時には恫喝《どうかつ》という荒っぽい手段を用いて、長尾氏に従う豪族たちの間で悶着や軋轢が生じるのを未然に防ぐ寝技に長《た》けている。

朝秀は長尾氏の金庫番という立場で、算盤勘定《そろばんかんじょう》に優れている。そういう三人の特徴が、退屈な待ち時間の過ごし方にも如実に表れていると冬之助は感じる。

（御屋形さまは、だいぶ迷っておられるな……）

この五年の間に、冬之助も長尾景虎という若い主をだいぶ理解するようになっている。政治に関わる厄介事が生じると、景虎の思考は立ち往生して何も判断できなくなってしまう。政治が苦手なのだ。

戦のときは、そうではない。

大きな戦の前、必ずと言っていいほど城内の毘沙門堂《びしゃもん》に籠もるが、そこから出てくるときには明確な方針が決まっており、矢継ぎ早に指示を出していく。足利学校で系統立てて兵法を学んだ冬之助の立場からすると、常識外れの指示に思えることもあるが、いざ実戦となると、景虎の指示の正しさが明らかになる。理屈では間違っているはずなのに、現実には景虎の思惑通りに事が進んでしまう……何度となく、そういう経験をするうちに、冬之助は、景虎が兵法の常識では測ることのできない天才的な武将であることを疑わなくなった。

ところが、政治向きの話になると、景虎は人が変わったように優柔不断になってしまう。情が混じって目が曇り、先例と道理に基づいて適切な決断を下すという単純なことができないのである。

今も、そうだ。

どういう決断を下すべきか、重臣たちにも冬之助にもわかっている。景虎もわかっているはずなのに、それでも、景虎は迷っている。

こういう事情であった。

二日前、村上義清が春日山城に現れた。

援軍要請である。

景虎としては断りたかった。

実際、去年の十二月に小笠原長時《おがさわらながとき》に同じことを頼まれたときには即座に断っている。景虎は信濃には関心がないのである。景虎の目は一途に関東に向いている。

関東にこだわる大きな理由があるのだ。

きっかけは、関東管領である山内上杉氏の主・憲政が上野から越後に逃れてきたことである。景虎の生涯にわたる性癖と言っていいが、自分よりも身分の高い者に何かを頼まれると気が狂わんばかりに感激し、その頼みを断ることができなくなってしまう。

関東管領という雲の上のような存在が景虎に頭を下げ、景虎の手を取って、

「わしを助けてくれぬか」

と涙まで流したのである。

それでなくても感激しやすい景虎の血は高揚した。

いや、沸騰したと言っていい。

景虎とすれば、すぐさま上野に出兵したかったが、国内事情が、それを許さなかった。

やむなく景虎は氏康に使者を送り、憲政に上野を返還するように申し入れた。

氏康からは慇懃無礼な返事が返ってきた。

これに怒った景虎は上野に攻め込み、厩橋城や平井城周辺を荒らし回った。

もっとも、氏康と決戦するほどの兵力ではなかったので、氏康が大軍を率いてやって来ると、すぐさま越後に引き揚げた。

とりあえず、憲政の顔を立ててやったという格好だが、憲政は大いに不満だった。小競《こぜ》り合《あ》いなどではなく、本格的に上野に攻め込んで、北条勢を駆逐してもらいたいのである。

その頃には憲政も景虎の性格がわかっていたから、いかにして景虎を抱き込み、否応なしに北条氏との戦に引きずり込むか、軍配者の桃風と相談した。

「よほど思い切ったやり方をしなければなりませぬぞ」

「上野の半国くらいを渡さねばならぬかのう」

「それでは駄目でしょう。あの男には、どうやら物欲というものがないようです」

「では、どうする？」

「弾正少弼に任じられたときの喜びようを覚えておられますか？」

「子供のように無邪気に喜んでいたな。朝廷の任官など、賄《まいない》次第でどうにでもなるというのに」

「田舎者だから、そんな当たり前のことも知らないのでございますよ。弾正少弼くらいであれほど喜ぶのですから、関東管領職にしてやると言えば、喜び過ぎて狂い死にしてしまうかもしれませぬな」

「関東管領にするのか？　しかし、あれは山内上杉の当主が世襲するものだぞ」

「ですから、山内上杉の家督も譲ってしまうのです」

「わしの後継ぎにするということか？」

「竜若丸さまも亡くなられて、ちょうどご嫡男の席も空いておりますれば」

「わしは、どうなるのだ？」

「隠居料として上野一国をもらいたい、それ以外の国は好きにしてよい、とでも言えばどうでしょうか。武蔵もやる、相模もやる、伊豆もやる……好きにせよ、と」

「それで納得するか？」

「まずは話してみることでございますよ」

「うむ、そうしてみよう」

相談がまとまると、憲政は景虎を呼んで、

「汝《なんじ》に関東管領職と上杉の家督を譲りたい」

と言い出した。

景虎は仰天した。

室町幕府は、その草創期に、東日本を関東公方が、西日本を室町将軍が統治するという形を取った。関東管領の役目は、関東公方を補佐し、関東公方に刃向かう者を武力で討伐することである。東日本の武士たちの頂点に君臨し、思うさま采配を振る権力が与えられているのだ。

もっとも、それは過去の話である。

現に関東管領職を世襲する山内上杉氏は滅亡の瀬戸際に追い込まれているではないか。

いくらかでも時勢を見る目のある者にとっては、関東管領職や山内上杉氏の家督など少しも魅力のあるものではない。それどころか、恐るべき災いの種と言っていい。

なぜなら、今や関東の最強国である北条氏が関東管領職を狙っているからだ。迂闊《うかつ》に関東管領職を譲り受けたりすれば、北条氏と激突する覚悟をしなければならない。

しかも、北条氏は憲政の嫡男・竜若丸を殺している。景虎が憲政の養子となって山内上杉の家督を継げば、義理の兄弟である竜若丸の弔い合戦をする義務を負わされるわけで、否応なしに北条氏と事を構える立場に置かれてしまう。それが武家の論理というものだ。

景虎にとっても越後にとっても、これほど馬鹿な話はなかった。

関東管領など有名無実の職に過ぎず、何の権力もない。山内上杉の家督にしたところで、憲政には譲るべき城も領地もない。憲政が景虎に譲ることができるのは、上杉家に代々伝わる太刀と系図、朝廷から下された御旗、「笹に飛雀《とびすずめ》」の紋が描かれた幔幕《まんまく》くらいであった。

普通であれば、断るであろう。

景虎も最初は断った。

この申し出の馬鹿馬鹿しさを見抜いたからではない。自分のような若輩者が、しかも、越後守程度の者が関東管領職に就《つ》いたり、山内上杉の家督を継ぐのは畏《おそ》れ多い、という理由であった。

（これは脈があるな）

と見抜いた憲政は、もう一押しすれば、景虎を抱き込むことができるとほくそ笑み、

「わしの言葉だけでは信じられぬのもわからないではない。上洛《じょうらく》せよ」

京都に上って、室町将軍に謁見し、将軍の口から許しを得ればよい、と勧めたのである。

筋から言えば、関東公方を補佐するのが関東管領の役目なのだから、京都にいる将軍ではなく、古河公方・足利晴氏の元に出向くべきだが、晴氏は氏康の言いなりだから、景虎の望みをかなえてくれるはずがない。それで憲政は上洛を勧めた。

（古河にいようが、京にいようが、どちらも将軍には違いあるまい）

という人を食った憲政の理屈である。

随分と景虎も甘く見られたものだが、当の景虎は、すっかり舞い上がってしまい、すぐさま上洛準備を始めた。重臣たちが諫《いさ》めたが、耳を貸そうとしなかった。まんまと憲政の術中にはまった。

小笠原長時の援軍要請を断ったのは、上洛で頭がいっぱいだったからである。上洛して将軍に謁見し、関東管領職への就任と山内上杉の家督相続を許してもらえたら、すぐにでも関東に兵を出すつも

りでいる。信濃に関わっている暇などないのだ。

そこに村上義清が現れた。

今度も断りたかったが、事は、それほど簡単ではない。

十三

「出陣しなければならぬ」

ようやく景虎が口を開く。

なぜ、小笠原長時の頼みを断ったのに、村上義清の頼みを聞こうとするのか。

それは、案内役として、高梨政頼が同行していたからである。

何代も前から、長尾と高梨は通婚を重ねており、同族と言っていいほど血の繋がりが濃い。

現に政頼の妻は景虎の父・為景の妹で、景虎にとって政頼は義理の叔父である。

景虎が兄の晴景から長尾の家督を譲り受けるときにも、政頼は尽力してくれた。恩人なのだ。

政頼から、わしを助けてくれぬか、と頼まれれば、情にもろい景虎が断り切れるはずがなかった。

「それは、よいお考えとは思われませぬ」

真っ先に大熊朝秀が反対する。

「金がありませぬ」

「ううむ、金か……」

景虎の表情が曇る。

金がないといっても素寒貧《すかんぴん》という意味ではない。あるにはあるが、もう使い道が決まっているのだ。上洛の資金なのである。

本来であれば、もっと早く上洛したかったが、それが延び延びになっているのは金がないからだ。

上洛には莫大な費用がかかる。その費用を捻出するために、朝秀は四苦八苦してきた。ようやく目処《めど》が立ったので、この秋、上洛する予定になっている。

武田と戦になれば、その資金を戦費に充てることになるから、またもや上洛を延期しなければならなくなってしまう。

本庄実乃も武田との戦いに反対する。

理由をふたつ挙げる。

ひとつは、武田の強大な軍事力である。

今の武田の最大動員能力は二万にも達するであろう。

景虎が動かすことができるのは、せいぜい、五千ほどに過ぎない。越後を総ざらいすれば一万ほどになるだろうが、数字上の話に過ぎず、現実的ではない。自分の国を空にして、他国に兵を出すなどあり得ないからだ。

もうひとつの理由は、武田との戦いが長引けば、越後で反乱が起こる可能性があることだ。表面的には平穏だが、隙《すき》があれば、景虎に取って代わろうとする野心家が何人もいる。

直江実綱は黙っているが、その沈黙こそが、二人の重臣たちと同じ意見だという証であろう。

「おのれら、わしを恩知らずの人でなしにするつもりか」

景虎が絞り出すように言う。

「では、言い方を改めましょう。武田と戦をするなとは申しませぬ。どうしても戦をするのであれば、上洛を諦めていただくしかありませぬ」

大熊朝秀が冷たい口調で言う。

「いやいや、やはり、戦などするべきではない。のう、直江殿？」

本庄実乃が訊く。

「御屋形さま、ここは本庄殿や大熊殿の申されるように……」

「もう、よいわ！」

目を血走らせ、肩を怒らせて、景虎が板敷きを踏み鳴らして部屋から出ていく。

「納得して下さったのであろうか……」

直江実綱が独り言のようにつぶやく。

「そうしてもらわねば困る。戦もする、上洛もするというのでは金蔵が空になってしまう。いや、それでも足りぬな。身の丈に合わぬことをするのは、自ら墓穴を掘るようなもの」

大熊朝秀が苦い顔で言う。

「若いときには、無茶をするくらいでちょうどよいが、今度ばかりは無茶を控えていただかねばならぬな。いずれ武田と戦うことになるかもしれぬが、それは今ではない。十分な備えもないまま戦を始めれば、大熊殿の言うように、それこそ墓穴を掘りかねぬわ」

ふと本庄実乃は冬之助を見て、

「宇佐美殿、どう思われる？」

「そのようなことを軍配者などに訊《たず》ねることもありますまいに」

大熊朝秀が顔を顰《しか》める。

「まあ、よいではないか。御屋形さまもおられぬ。これは、わしらだけの雑談よ、雑談。それに宇佐美殿は、山内上杉の軍配者だったときに武田と手合わせしている。そうであったな？」

「はあ……」

しばらく考えてから、冬之助は、

「武田がそれほど強いとも思われませぬ」

「小田井原では上杉が負けたではないか」

大熊朝秀が口許に薄ら笑いを浮かべる。

「勝つときもあれば負けるときもあります。あのとき武田は七千、上杉は三千、数で劣っていた上に上杉兵は疲れておりました」

「では、宇佐美殿は、御屋形さまと同じように武田と戦うべきだという考えなのか？」

本庄実乃が訊く。

「戦うべきか否か、それは軍配者が口を挟むことではありませぬ。戦うと決まれば、いかようにも策の立てようはあるということです」

自分は戦をするだけの男だ、政治絡みのややこしいことは、そっちで勝手に話し合ってくれ……冬之助の言いたいのは、そういうことだった。

十四

この年の暮れ、氏康の部屋で、氏康と小太郎が向かい合っている。

「何とか年内に元服させることができたな」

「これで、ひと安心でございますな」

「うむ」

去年の三月、氏康の嫡男・新九郎氏親が病で亡くなった。十六歳だった。

今川、北条、武田の三国同盟締結のため、氏親は武田晴信の娘と結婚することになっていたが、氏親の死で、三国同盟の先行きに暗雲が垂れ込めた。

両家の話し合いで、氏親の代わりに、次男の松千代丸が晴信の娘と結婚することになったが、結婚そのものは延期せざるを得なかった。結婚するには、まず松千代丸を元服させ、氏康の後継者という地位を公に認知させる必要があるからだ。

その元服の儀式がようやく行われ、松千代丸は新九郎氏政となった。

新九郎という仮名《けみょう》は、初代・宗瑞以来、北条氏の当主が引き継ぐものとされているから、氏政は後継者の地位を確実に得たことになる。

更に京都の幕府に要請して、氏政を相伴衆《しょうばん》に任じてもらった。これは、文字通り、室町将軍の食事に相伴できる身分である。実際に将軍に近侍するわけではなく、あくまでも形式的な身分に過ぎないが、これは大名が得られる最高の家格である。

元服の儀式を終え、相伴衆の地位を得たことで、ようやく晴信の娘と結婚できる態勢が整った。氏政は十五歳、妻となる娘は十一歳である。

「来年のうちには婚儀を挙げることができそうだ」

氏康がほっとしたように言う。

「めでたきことでございます」

小太郎がうなずく。

「かえで丸……いや、新之助にも、これまで以上に松千代丸を支えてもらわなければならぬな」

以前から、氏康と小太郎は、小太郎の長男・新之助を氏政の相談役にしようと話し合ってきた。そういう腹積もりで、小太郎も新之助を教育してきた。

「まだまだ力不足でございます。松千代丸さまが後継ぎと決まったからには、今まで以上に厳しく学ばせなければならぬと考えております」

「それは、わしも同じだ。代替わりするには、まだ間があるだろうから、今のうちに松千代丸を北条の主として恥ずかしくない人間にしなければならぬと思っている」

氏康は三十九歳である。隠居する年齢ではないから、氏政に家督を譲るのは、ずっと先になる。その時間を使って、氏政を鍛えようという考えなのだ。裏返せば、氏康の目から見て、それほど氏政が頼りないということでもある。

「今川や武田と末永く手を携えていくことができるかどうかも松千代丸次第だからのう」

「はい」

「して、どうだ、何か都から知らせてきたことはないか？」

氏康が話題を変える。

「弾正少弼殿は都を後にしたそうでございます」

「ようやく越後に帰るか。長かったのう」

氏康がうなずく。

十月下旬、長尾景虎は兵を率いて上洛した。

名所旧跡を見物し、堺《さかい》に足を運んで鉄砲の買い付けを行った。堺から高野山《こうやさん》に足を延ばし、奈良見物をして都に戻った。

都における何よりの収穫は天皇と将軍に拝謁したことであり、

「世の乱れを鎮めてほしい。頼りにしておるぞよ」

と、後奈良《ごなら》天皇に言葉をかけられて、景虎は感激に震え、膝に涙をこぼした。

将軍・足利義輝《よしてる》からは、関東管領職への就任と山内上杉の家督を継ぐことの内諾を得た。

十分すぎるほどに満足して、景虎が帰国の途についたのは十二月の半ば過ぎで、二ヶ月に及ぶ長旅であった。

そういう景虎の動きを、小太郎は風間党を使って探らせ、氏康に事細かく報告した。

それまで大して気にも留めていなかった景虎の動きに、なぜ、氏康が神経を尖らせるようになったかと言えば、この年の九月、北信濃で長尾景虎と武田晴信が干戈を交え、晴信が惨敗を喫したからだ。

その後、十年以上にわたって繰り返される武田晴信と長尾景虎の死闘、いわゆる川中島の戦いの一回目である。川中島における景虎の勝利は、周辺諸国の諸大名に衝撃を与え、景虎が天才的な武将であることを喧伝《けんでん》することになった。

氏康も衝撃を受けた一人である。

去年の夏、景虎は兵を率いて上野に攻め込み、厩橋城周辺を荒らし回った。

氏康は大軍を率いて上野に入ったが、景虎がさっさと兵を退いてしまったので、直接、手合わせすることはなかった。

景虎が国主となって日が浅く、二十歳そこそこの若者ということもあり、氏康は景虎が憲政の味方をしても、さして警戒もせず、それほど気にもしていなかった。

景虎が兵を退いたのも、北条軍と戦うことを怖れたのだと考えた。

率直に言って、氏康は景虎など歯牙にもかけていなかったのだ。

ところが、景虎は晴信を負かした。

たまたま運が味方して、まぐれで勝ったというのではない。恐るべき大胆さで武田軍を翻弄し、虚《こ》空蔵山《くぞうさん》城付近の戦いでは、晴信の命が危険にさらされるほど武田軍を追い込んだのである。

その戦いの詳細を知るにつれ、氏康も小太郎も、

(これは侮れぬ相手だ)

と、景虎を見直し、景虎の動静に注意を払うようになったのである。

晴信と景虎の戦いは北信濃で行われたが、氏康にとっても他人事《ひとごと》ではない。

都で将軍から関東管領への就任と山内上杉の家督相続を承認されたとなれば、いずれ景虎が上野に攻め込んでくるのは火を見るより明らかだからだ。

十五

年が明けると、氏康は出陣準備を始め、一月下旬、兵を率いて浦賀《うらが》に向かった。重臣・石巻家貞《いしまきいえさだ》が浦賀城で待っていた。

氏康と家貞が浦賀城で会ったのは、房総半島に兵を送る相談をするためである。去年の七月、上総の金谷城を落としたことで、時間のかかる陸路ではなく、海路によって、浦賀から金谷まで一気に大軍を送ることが可能になった。その上陸作戦が成功すれば、金谷から、里見氏の本国・安房に攻め込むことができる。

里見氏の側からすれば、それを許せば、自家の存亡の危機だから、死に物狂いで上陸を防がなければならない。

氏康には里見氏の覚悟がわかっている。中途半端なやり方をすれば、手痛いしっぺ返しを食うことになるであろう。ここまで長い時間をかけて、房総半島で領地を慎重に広げてきた。ただ一度の失敗で、それを失うわけにはいかない。

山内上杉氏を駆逐し、上野を奪ったときも、決して焦ることなく、時間をかけ、できるだけ味方の損害が出ないように工夫した。

今度も、そうするつもりであった。里見氏を追い詰めているからこそ、ここで焦りは禁物なのだと自分に言い聞かせる。

家貞から房総半島における詳しい戦況を聞くと、

「すぐに海を渡るのは、まだ危ないかもしれぬな」

と、氏康はつぶやき、どうだ、と小太郎に顔を向ける。

「おっしゃる通りだと思います」

小太郎はうなずくと、板敷きに広げられた絵図面に視線を落とし、金谷の周辺にぐるりと指で円を描く。

「少なくとも、このあたりに敵が入り込まぬようにしなければならぬと存じます」

「と言うことは……」

家貞が身を乗り出して、じっと絵図面を見つめる。

「峰上《みねがみ》城の防備を固めるべきだということですかな?」

「はい」

小太郎がうなずく。

峰上城は金谷の海岸から二里半（約十キロ）ほど内陸にある。敵が金谷に迫ろうとすれば、まず、この城を何とかしなければならない。ここを放置して金谷に接近すれば挟み撃ちにされるからだ。

「御屋形さま?」

家貞が氏康を見る。

「そうせよ」

「早速に」

家貞が畏《かしこ》まる。

小田原を出るとき、氏康は自ら大軍を率いて渡海し、今度こそ里見氏の息の根を止めてやろうという鼻息だったが、家貞から戦況を聞き、小太郎の進言が正しいと判断するや、すぐさま方針を変えた。己の方針に固執することなく、誰の意見であろうと、その意見が正しいかどうかで、己の行動を決めることができるのである。この思考の柔軟さこそ、氏康の最も優れた美質と言っていいであろう。

結果として、この方針転換によって、氏康は、ふたつの得をした。

ひとつは、思いがけず、房総半島でふたつの城が手に入ったことである。富津《ふっつ》の百首《ひゃくしゅ》城と佐貫《さぬき》城だ。北条氏による金谷周辺の防備強化を見て、里見氏が兵力の移動をしたことで、ふたつの城の守りが手薄になったせいである。

佐貫城は、房総半島を制圧するために里見氏が拠点としていた重要な城である。それが手に入った。氏康にとっては棚ぼたと言っていい。

もうひとつは、時間の余裕ができたことだ。

実は、氏康には、房総半島に渡海して戦をする暇などなかったのである。

いよいよ、この夏、娘を今川氏真に嫁がせることが決まり、その支度をしなければならなかった。ただの婚礼ではない。

重要な政治的意味合いのある儀式である。

すでに一昨年の冬、今川義元の娘が武田晴信の嫡男・義信に嫁いでおり、年内に、氏政が武田晴信の娘を娶ることも決まっているから、氏康の娘が今川家に嫁げば、事実上、三国同盟が成立する。

まずは今川との婚礼を無事に終えなければならない。里見氏を打倒することも重要だが、今川との絆を深めることも同じくらいに重要なのだ。

渡海せずに済んだことで、氏康は自ら婚礼準備の差配ができることになった。

駿府と小田原を何度となく使者が往復した。

四月になって太原雪斎から、五月の初めに三家の当主が顔合わせをしてはいかがでありましょう、という提案が為された。

七月中旬に予定されている婚儀に合わせて顔合わせするのが自然な流れだが、それには武田晴信が難色を示した。

去年の九月、晴信は川中島で長尾景虎に敗れ、北信濃制圧に失敗した。それを見て、佐久郡で武田の支配に抗おうとする不穏な動きが出ている。

晴信は態勢を立て直し、この夏には信濃に兵を出すつもりでいるから、七月の顔合わせは無理だと断ったのである。顔合わせそのものを拒否したわけではなく、五月の初めならば、何とか出向くことができると返答した。

義元は五月だろうが七月だろうが問題はない。

あとは氏康次第である。

「どうだろうな？」

氏康がその場にいる者たちの顔を見回す。

小太郎、氏政、新之助の三人が控えている。

「五月と七月の二度、駿河《するが》に出向くということですか？」

氏政が訊く。

「二度は行かぬ。一度だけだ」

氏康が答える。

「そうですか。ならば、わたしは、どちらでも大丈夫です」

「ん？」

氏康が怪訝な顔になる。

「おまえも駿河に行くつもりなのか？」

「そうではないのですか？　滅多にない機会ですから、今川殿にも武田殿にもお目にかかれればと思っておりましたが」

「……」

氏康が言葉を失う。

小太郎も困ったような顔をしている。

氏康と小太郎の沈黙から何事かを察したのか、氏政が居心地が悪そうに尻をもぞもぞと動かし、

「新之助、どうだ？」

と横にいる新之助に助けを求める。

新之助は、さすがに氏政ほど初《うぶ》ではないから、この沈黙の意味がわかっている。

「御屋形さまと若殿が一緒に他国に出かけるのは危のうございますから」

「危ないことはあるまい。戦をしに行くわけではないぞ」

「それは、そうですが……」

新之助も困惑する。

「松千代丸」

氏康が口を開く。もう元服したから、仮名の「新九郎」と呼びかけるべきだが、氏康の目には、ま

だ一人前の大人には見えないのであろう。

だから、つい幼名が口から出た。

「例えばだが、わしが駿河に行くのではなく、今川殿と武田殿がご嫡男を連れて小田原にやって来るとして、おまえは何を考える?」

「何を考える、と言われましても……。そうですね、できる限り盛大に、粗相がないよう丁重にお迎えしなければならぬと思いますが」

「それだけか?」

「他に何があるのですか?」

「国境を接する隣国の当主と嫡男が顔を揃えてやって来るのだぞ。二人揃って討ち果たすことができれば、労せずして領地を広げられるとは考えないのか?」

「え」

氏政が驚愕《きょうがく》する。

「武田殿や今川殿を討つとおっしゃるのですか?」

「例えば、と申したではないか」

「三つの家が盟約を結び、これから先、絆を深めようというときに、父上は、そのような腹黒いことを……」

「今川殿や武田殿が小田原に来ることがあれば、わしも盛大に歓迎するであろうよ。しかし、心の片隅で、さっき言ったように、ここで二人を討ち取れば、どうなるだろう、ということを一度くらいは考える。わしだけではない。恐らく、武田殿や今川殿も同じことを考えるに違いない」

「で、では、駿河に行くのはお止めになった方が……」

氏政がごくりと生唾を飲み込む。

「そう簡単な話ではない」

氏康が苦い顔をする。

「わしは、おまえほどのお人好しではないから、心から今川殿を信じてはおらぬ。危ない目に遭《あ》うかもしれぬという怖れも抱いておる。しかし、三つの家が手を結べば、北条が東に領地を広げていくのに役に立つと思うから、わしは行くのだ。うまくいけば、大きな見返りを期待できるからな。だが、わしとおまえが二人揃って、のこのこ出かけていく必要はない。当主と嫡男が一緒に討ち取られれば、その家は滅びる。そんな危ない橋を渡るつもりはない。それ故、わしが行くのなら、おまえは残らなければならぬし、おまえが行くのなら、わしは残る。戦とは違うからこそ、しっかり用心しなければならぬのだ。わかったか？」

「は、はい」

氏政が手の甲で額の汗を拭う。

「武田殿は一人で来るであろうし、今川殿も、そうであろう。ご嫡男は、甲府と駿府に残してくる」

「申し訳ありませぬ。考えが足りませんでした」

「己の愚かさを素直に認めることができるのが、おまえのいいところだ。間違えるのはいい。考えが足りぬのも仕方がない。しかし、それは一度だけのことだ。同じ過《あやま》ちを繰り返してはならぬ。今は、まだ、わしがいる。小太郎もいる。それ故、おまえの過ちを正すことができるが、いつまでも、それでは困る。おまえは学ぶのだ。おまえだけではない。新之助も学ばなければならぬ。わかったか？」

「はい」

氏政と新之助が頭《こうべ》を垂れる。

十六

四月下旬、小太郎は駿河に向かった。

今川の軍配者・太原雪斎の招きである。

義元のいる駿府ではなく、富士《ふじ》郡の善得寺《ぜんとくじ》に招かれた。小太郎だけでなく、武田晴信の軍配者・山《やま》本勘助《もとかんすけ》、すなわち、四郎左も招かれている。

五月の初めに三家の当主が顔を合わせることになっているが、その前に、まずは三家の軍配者が顔合わせをしておこうという趣旨なのである。

小太郎は息子の新之助を伴うことにした。

太原雪斎や山本勘助の名前は、傑出した軍配者として近隣諸国に鳴り響いている。彼らに会う機会など滅多にないから、新之助の教育の一環として同道を命じた。

小太郎と新之助以外には、荷物を運ぶ小者や警護の武士を数人連れているだけである。

わずかな人数で他国に行くことを新之助は心配し、

「もっと多くの郎党を連れていった方がよいのではありませんか？」

と、小太郎に勧めた。

しかし、小太郎は、

「本気で雪斎殿がわしらの命を奪おうと考えるのなら、百や二百の兵を連れて行ったところで、何の役にも立たぬ。それ故、盗賊や追い剝ぎの類いを寄せ付けないだけの人数で十分なのだ」

と取り合わなかった。

朝早く小田原を出て、日が暮れないうちに善得寺に着いた。急げば、もっと早く着いただろうが、三人の顔合わせは明日の予定なので、急ぐことなく、ゆるゆるとやって来た。

顔合わせだけを考えれば、今夜は国境付近の城に泊まり、明日の朝、国境を越えて善得寺に来てもよかったが、小太郎は、事前に善得寺周辺の様子をじっくり眺めたかったので一日早く来た。

三家の当主が顔合わせをするとき、まさか義元が悪巧みをするとは小太郎にも思えなかったが、氏康の言うように、何事も用心するに越したことはない。どこにどれくらいの兵を隠すことができるか、万が一、襲撃された場合、どれくらいの兵がいれば、氏康を無事に逃がすことができるか……そういうことを考えたかった。

雪斎が、当主の顔合わせの前に武田と北条の軍配者を招いたのは、どうぞ好きなように検分なさるがよい、当方には何の邪心もありませぬぞ、と暗に言っているわけであった。一流の軍配者ならば、その程度の警戒心を持つのは当たり前だと雪斎は考えているのだ。小太郎や四郎左に一目置いているということでもある。

先触れを走らせておいたので、小太郎たちが善得寺に着いたとき、墨染めの衣を身にまとった雪斎が門前で出迎えた。

「風摩殿、ようこそお越し下さいました。お久し振りでございます。お元気そうで何よりです」

雪斎が丁寧に会釈する。

小太郎と雪斎には面識がある。

天文五年（一五三六）六月、世に言う花蔵《はなくら》の乱、すなわち、今川の家督を巡る内紛が起こったとき、小太郎は雪斎と共に駿河に行き、義元にも会っているのだ。十八年前のことである。

「雪斎殿もお元気そうで何よりでございます」

小太郎も頭を下げる。

「お互い、年齢《とし》を取りましたな。いくつになられる？」

「四十九です」

「わたしは五十九です。まさか、こんなに長生きするとは思っていませんでした。いつ冥途《めいど》に旅立ってもいいように、暇があると、この寺に来て仏道修行に励んでおります」

「立派な心懸けだと思います」

小太郎の記憶に残る雪斎は、恰幅がよく、肌艶もよく、生気に満ちあふれていた。

今、目の前にいる雪斎は、すっかり痩せてしまい、肌も乾燥しているように見える。

十八年も経てば、見かけが変わるのは当然だが、かつての雪斎が花盛りの樹木だったとすれば、今の雪斎は花も葉も落ちてしまった枯れ木のようだ。

（どこか悪いのではないか）

と、小太郎は直感する。

門前で小太郎を出迎えることができるくらいだから、病だとしても、それほど深刻な状態ではないのだろうが、黄ばんで、いくらか黒ずんだ肌を見れば、体の中に病が潜んでいるのは間違いないように思われる。

「倅《せがれ》を連れて来ました」

小太郎が雪斎に新之助を紹介する。

「おお、やはり、そうでしたか。最初に見たとき、顔立ちが似ているので、もしや、と思いましたが……。風摩殿は、いい後継ぎをお持ちだ」

雪斎が新之助に微笑《ほほえ》みかける。

「新之助と申します」

緊張した面持ちで、新之助が挨拶する。

「太原崇孚《そうふ》でござる」

雪斎が丁寧に頭を下げる。

「いずれは北条家の軍配者になられるのかな？」

「いいえ、わたしは軍配者になるための修行はしておりませぬ」

「では、重臣として北条家を支えていくわけですな？」

「さあ、それはわかりませぬが……」

「多くのことを学びなさるがよい。若い頃に蓄えた学識が年齢を取ってから役に立つものです」

「胸に刻んでおきます」

「お疲れでしょうから、すぐに休みたいかもしれませぬが、まだ元気があるようなら、日のあるうちに、この寺を少しご案内したいと存ずるが、いかがでしょうかな？」

雪斎が小太郎に訊く。

「ぜひ、お願いしたいと存じます」

「では、参りましょう」

雪斎と小太郎が並んで歩き出す。

その後ろを新之助がついていく。

「これといって特徴のない寺なのですが、わたしと御屋形さまにとっては、特別な思い入れのある寺なのですよ……」

歩きながら、雪斎は、ぽつりぽつりと昔語りを始める。

雪斎は、今川氏親《うじちか》の重臣・庵原左衛門尉《いはらさえもんのじょう》の子として生まれた。氏親は義元の父である。

ひとつの霊夢が雪斎の人生を変えた。

ある夜、左衛門尉の夢枕に御仏が現れ、

「この子は、わたしが現世に遣わした者である。仏門に入れて修行させれば、いずれ今川家の守り神となるであろう」

と語った。

左衛門尉は驚き、その夢を氏親に伝えた。

「何と、ありがたい夢であろうか。御仏の言葉を蔑《ないがし》ろにはできぬ」

氏親は、雪斎を仏門に入れるように命じた。

それで雪斎は善得寺で修行することになった。

学問の進む速さが尋常ではないので、住職が驚いて氏親に知らせるほどだった。雪斎の神童ぶりを耳にするたびに氏親は喜び、

「それほど優れた者を田舎に燻《くすぶ》らせておくわけにはいかぬ」

と、雪斎を京都に出すことにした。

建仁寺《けんにんじ》で学ぶことになったが、ここでも学問の天才ぶりをいかんなく発揮した。

建仁寺は、ただの寺ではない。

東の足利学校、西の建仁寺と並び称されるほど、このふたつから巣立った軍配者は多い。

仏道修行の傍ら、雪斎も兵書を読んだ。

それが後々、大いに役に立った。

十四歳のとき、師の常庵龍崇《じょうあんりゅうそう》によって剃髪《ていはつ》され、九英承菊《きゅうえいしょうぎく》と名付けられた。

建仁寺で修行を続け、雪斎の重みは増した。やがては日本を代表する名僧になったであろうが、思わぬことから運命が変転した。

氏親が五男・方菊丸《ほうぎくまる》を仏門に入れることに決め、雪斎を教育係に指名したのである。

方菊丸は後の義元で、このとき四歳、雪斎は二十七歳である。

駿河に帰国した雪斎は、方菊丸を伴って善得寺に入った。

雪斎は、幼い方菊丸に仏道修行の基本を教えた。

二年後、雪斎は方菊丸と共に建仁寺に戻った。

常庵龍崇が亡くなると、優れた先達を求めて妙心寺《みょうしんじ》に移り、大休宗休《だいきゅうそうきゅう》に弟子入りした。方菊丸の教育に役立つと考えたからである。

このとき、雪斎は九英承菊から太原崇孚に名を改め、方菊丸も得度して栴岳承芳《せんがくしょうほう》になった。

栴岳承芳が善得寺に戻ったのは十七歳のときで、行く行くは住職になったはずである。

しかし、花蔵の乱が起こり、雪斎も義元も人生が大きく変わった。

義元は今川の家督を継いで駿河の国主となり、雪斎は義元の相談役兼軍配者となった。

「人生というのは、わからぬものですよ」

雪斎が微笑みながら言う。

「いろいろありましたが、最後には、この寺に戻ってきました」

「なるほど」

雪斎が暗に言おうとすることが小太郎には察せられる。

善得寺は、義元にとっても雪斎にとっても、ただの寺ではない。特別な意味のある寺なのである。

その寺で、血なまぐさい陰謀など企むはずがない、どうか信じてもらいたい……そう雪斎は伝えたいのに違いなかった。

十七

その夜、小太郎が泊まっている宿坊を、四郎左が訪ねてきた。

「こんな夜更けに、どうなさったのですか？　てっきり、明日、いらっしゃると思っていました」

小太郎が驚く。

みすぼらしい姿で、供を連れている様子もない。

今や山本勘助の名は近隣諸国に鳴り響いている。

それほどの大物には、とても見えない。

「わしは、おまえより、もっと用心深いのだ」

「今川を信用していないということですか？」

「今川だけではなく、武田以外の家は、どこも信用していない。おまえを殺せば北条が弱くなるし、わしを殺せば武田が弱くなる。人の心には、ふと魔が差すということがある」

「雪斎殿が悪巧みをするとも思えませんが……」

「まあ、そうだな。来月、御屋形さまがここに来る。わしを殺すより、御屋形さまを殺す方がいいだろう。わしが死んでも武田が弱くなるだけだが、御屋形さまが死ねば武田が滅びる」

「何だか心配になってきました」

「ふんっ、しおらしいことを言うなよ。約束の一日前にここに来たのは、寺の周りの地形を念入りに調べるためだろう。万が一のことがあっても、小田原殿を逃がすことができるように、な」

「違うとは言いません」

「ふふふっ……」

四郎左が笑う。

「何がおかしいのですか？」

「久し振りに会ったのに、殺すとか殺されるとか、そんな物騒な話ばかりをしている……そう思ったら、何だか、おかしくなった」

「確かに」

小太郎も笑う。

「いくつになった？」

「今年、四十九です」

「わしは、五十五だ。お互いに老けたな。隠居して、孫とのんびり遊んでいたい年齢だが、何の因果か、そんなわけにもいかぬ」

「そう言えば、妻女を娶られたと聞きました」

「おいおい、そんなことまで調べているのか？　北条家は忍びを数多く召し使っているとは聞いていたが……。そうか、その元締めが風摩か。どんな些細なことでも、おまえの耳に入るわけだな」

「お互い様ですよ。武田や今川の忍びも小田原にはたくさんいますから」

「わしは戦以外のことはわからぬ。おい、茶碗はないか？」

「どうぞ」

小太郎が粗末な茶碗を差し出す。

「ひとつしかないのか？」

「生憎《あいにく》と」

「まあ、いい。一緒に使えばいいだろう」

荷物から瓢簞《ひょうたん》を取り出すと、四郎左は茶碗に酒を注ぐ。

「ここは宿坊ですよ」

「誰が気にするものか」

まず四郎左が酒を飲み、茶碗を小太郎に差し出す。

「では」

小太郎も酒を飲む。

「それほど耳が早いのなら、長尾の手強さも耳にしているのだろうな？」

「越後の長尾……。弾正少弼殿は、それほど手強いのですか？」

「武田の禄《ろく》を食《は》むようになって、かれこれ十一年になるが、あれほど恐ろしい敵と戦ったのは初めてだ。今までは、村上義清が最も手強いと思っていたが、いやいや、とんでもない。弾正少弼殿に比べたら、村上義清など小者に過ぎぬ」

「それは少しばかり大袈裟なのではありませんか」

「まだ長尾と戦ったことがないから、そう思うのも無理はない。弾正少弼殿の軍配者を知っているか？」

「宇佐美定行《さだゆき》ですか」

「そうだ、宇佐美定行。かつての名を……」

「曾我冬之助……。養玉さんですよね」

「知っていたか」

「養玉さんが軍配者ならば、長尾が手強いのも当然ですね」

「養玉が指揮したのか、それとも、弾正少弼殿が直々《じきじき》に指揮を執ったのか、それはわからないが、養玉が指揮したのだとしたら、あいつ、高輪原《たかなわはら》のときよりも、よほど腕を上げているぞ。これを見ろ」

四郎左は、持参した絵図面を広げる。自分で拵《こしら》えた北信濃の地形図だ。

小太郎が身を乗り出す。

「最初、越後勢は、山田《やまだ》城を囲む飯富《おぶ》隊を、次いで、長沼《ながぬま》城を囲む馬場《ばば》隊を奇襲した……」

去年の九月、ほぼひと月にわたって展開された武田軍と長尾軍の一連の戦い、すなわち、第一回の川中島の戦いを、絵図面を使いながら、四郎左は事細かに小太郎に説明する。説明が進むにつれ、小太郎の表情が険しくなっていく。

　虚空蔵山城近くの合戦で、武田軍が長尾軍の罠に嵌《は》まり、晴信の命までが危険にさらされたことを聞くと、恐ろしい策を思いつく者がいるものだ、と小太郎はつぶやく。

　四郎左の説明が終わると、小太郎は、ふーっと大きな溜息をつき、

「あたかも自分が戦場にいて、越後勢と戦っている気持ちになりました」

　額の汗を拭い、酒を口にする。

　四郎左も飲む。

「どうだ、少しは長尾の手強さがわかったか？　われらが争っているときではない。三家が手を携えて、長尾を止めなければならぬぞ」

「管領殿が越後に落ち延び、弾正少弼殿に助力を求めたとき、さして深刻に受け止めませんでした」

「わしと御屋形さまも、そうだった。ようやく越後をまとめたばかりの若い国主に何ができるものか、とな。決して侮ったわけではないが、村上義清より手強いとは想像していなかった。正直、ひどい目にあった。川中島周辺の城や砦を奪い返したことに満足して、さっさと越後に引き揚げてくれたから助かった。だがな、小太郎」

　四郎左は、ぐいっと身を乗り出す。

「去年の秋、弾正少弼殿が北信濃に兵を入れたのは、血縁の高梨に泣きつかれたからで、本当の狙いは上野だぞ。北条から上野を奪い返せば、関東管領職と上杉の家督を譲り受けることを許すと、上洛したときに将軍家から約束されたらしいからな」

「真の狙いは武田を信濃から逐《お》うことではなく、北条を倒すことだというわけですか。武田を脅かす

力があるのなら、北条としても油断できませんね」

「三家が手を結べば、北条は背後を心配することなく、上野で長尾と全力で戦うことができる。北条が苦戦すれば、武田が北信濃から越後を攻める。そうすれば、長尾は慌てて兵を退くだろう。逆に長尾が北信濃に出てきたら、北条が上野から越後を攻める。お互いに助け合うことができる」

「長尾を攻めるという一点だけを考えれば、北条と武田が手を結ぶことは、双方にとって大いに役立ちそうですね。しかし、今川にとっては、どうなんですか？」

「北条と和睦すれば、今川は織田との戦いに全力を注ぐことができる」

「都への道にある邪魔な石を取り除きたいということですか。織田という石を」

「人それぞれということだよ。都かぶれの治部大輔《じぶのたいふ》殿は一心に上洛を目指す。左京大夫《さきょうのだいぶ》殿は早雲庵《そううんあん》さまの遺志を継いで関東平定を目指す。今川と北条は、そもそも目指すものが違うのだから、わずかばかりの土地を巡って争ってきたのがおかしい」

「おっしゃる通りです」

小太郎がうなずく。

「おまえも、遠からず、養玉と戦うことになるだろう。死ぬなよ」

茶碗を差し出す。

「はい」

酒を口にしながら、小太郎がうなずく。

十八

小太郎は小田原に戻ると、雪斎や四郎左と話し合った内容を、氏康に報告した。

深夜、四郎左と二人きりで会ったときもそうだったし、翌朝、雪斎を交えて三人で会ったときも、話題の中心は長尾の動向だった。

「厄介な男が現れたものよのう」

長尾景虎が余計な手出しをしなければ、里見討伐に全力を傾けることができるのに、と氏康が渋い顔になる。

「その代わり……と言っていいかどうかわかりませんが、三家が盟約を結ぶことについては、今川も武田も大いに乗り気で、今川が善得寺に罠を仕掛ける怖れはまったくないと考えてよいかと思います。もちろん、油断するつもりはありませんが」

「共通の敵がいる間は強い結束を保つことができるということだな。長尾が倒れるまでは、今川と武田を信じてもよいか……」

「そう思います」

小太郎がうなずく。

その十日ほど後、氏康は小太郎を伴い、二百人ほどの兵を連れて小田原を出た。氏政は残った。

二百人というのは事前の取り決めで、武田晴信と今川義元も同じだけの兵を連れてくることになっている。

氏康は昼前に善得寺に着いた。

すでに義元と晴信は到着している。

兵は寺の外で待ち、寺に入るのは、氏康と小太郎の他には数人の小姓だけである。それも事前の取り決めである。

「左京大夫さま、ようこそ、おいでなさいました」

門前に雪斎が出迎える。

「うむ、久し振りだのう。元気そうではないか」

「おかげさまで」

雪斎が頭を下げる。

氏康と雪斎には面識がある。十八年前、今川の家督を巡って内紛が起こったとき、氏康の助力を求めて、雪斎は小田原に行ったのだ。

そのことを氏康は覚えていた。

「お疲れでございましょう。まずは、お休み下さいませ」

「さようか」

「ご案内いたします」

氏康のために用意してある控え室に雪斎が直々に案内する。

今川家において、雪斎は義元に次ぐ実力者だから、その雪斎が門前に出迎え、控え室まで先導するというのは、かなりの厚遇であろう。

十九

三家の当主が一堂に会する場を設けるのは、なかなか難しい。格式張った席だと、どうしても官位などで差をつけることになるが、対等の立場で同盟を結ぼうとする者たちに官位など何の意味もない。

対応を誤ると無用の軋轢を生じかねないから、晴信と氏康を善得寺に招いた義元としても気を遣うことになる。

結局、

「その方に任せる」

と、雪斎に丸投げした。

雪斎は思案し、庭で花見をしながら弁当を食べるという設定を捻り出した。花見ならば、席次に気を遣う必要もない。

ただ、すでに梅も桜も散ってしまったので、花見の主役となる花がない。

庭の隅に薄紫色の藤の花が咲いているのに目を止め、それを主役にすることにした。

(あれがよかろう)

もっとも、善得寺に咲いているのは、ほんのわずかなので、大急ぎで他から藤の花を運んで、いかにも、それらしく取り繕った。

幔幕を巡らせ、三人の当主たちが車座になって坐ることのできる席を設けた。見上げると、咲き誇っている藤の花を観賞できるという風情である。

「やあ、ようこそ、おいでなされた」

義元が晴信と氏康を迎え、席に案内する。

義元と晴信は何度も顔を合わせているが、義元と晴信が氏康に会うのは初めてである。

義元と氏康は河東《かとう》地方を巡って何度となく干戈を交えているし、八年前には、義元と雪斎の謀略によって、河越城を巡る攻防戦で北条氏は滅亡の瀬戸際に追い込まれている。仇敵同士なのである。

しかし、そんなことは、おくびにも出さず、義元はにこやかに氏康を迎えるし、氏康の方も、かつての遺恨など忘れてしまったような穏やかな顔で、慇懃に義元に挨拶する。

「まずは一献」

義元が徳利を手にして、晴信と氏康に酒を注ぐ。

「次は、わたしが」

義元には晴信が酒を注ぐ。

年齢で言えば、三十四歳の晴信が最も若い。

次いで義元が三十六歳、氏康が四十歳である。

彼らの背後には、それぞれの軍配者が控えている。

三人ともしかつめらしい顔をしているが、四郎左が横目で小太郎を見て、わずかに口許を歪《ゆが》めて笑う。小太郎には四郎左が何を言いたいのか察せられる。

（狐と狸が顔を揃えて化かし合いをしている）

というのであろう。

(確かに、そうだ)

小太郎も、そう思う。

かつては兄弟国のように親しかった北条と今川の関係は、義元が家督を継いでから急激に悪化し、互いに憎み合い、何度となく合戦騒ぎを起こしている。

それまで今川は武田と不仲だったが、義元は北条を切り捨て、武田との関係を改善した。

その三家が婚姻政策によって同盟を結ぼうとしている。数年前には考えられないことであった。

三家を取り巻く環境が変化し、敵対するよりも、手を結んだ方が得だという、つまりは損得勘定によって同盟を結ぶわけである。

そういう事情を考えれば、

(いつまた手切れになってもおかしくない)

と、小太郎は危惧する。

氏康は義元の嫡男・氏真に娘を嫁がせ、晴信の娘を氏政の妻に迎える。どちらも正妻だから、先々、男子を生めば、その子たちが今川や北条の主になる。

家と家を結びつける、最も強い絆であろう。

しかし、三家を取り巻く環境が変わってくれば、そんな絆など簡単に捨てられてしまうに違いない。

贔屓目ではないが、氏康は同盟を忠実に守るだろう、と小太郎は思う。

氏康が目指している関東制覇には、まだ長い時間がかかるだろうから、その間、今川や武田と手を結ぶのは、氏康にとって大いに有益なのである。

東に目を向けている氏康とは対照的に、義元の目は西に向いている。三河を支配下に置き、遠江の大半も制圧し、尾張進出を狙って織田信秀と熾烈な争いを繰り広げている。

義元の視線の先には都がある。都に今川の旗を立て、将軍家を助けて天下に号令したい……そういう野望を抱いている。

であれば、氏康と利害が対立することはなさそうだが、義元の野望が巨大すぎるため、その野望が挫折したとき、義元の目が西から東に転換する怖れもある。そうなれば、今川と北条の争いが再燃しかねない。

三国同盟を提唱した雪斎が健在でいるうちは同盟も安泰かもしれないが、雪斎も六十近い高齢で、決して健康体には見えない。

そういう意味では、将来の今川と北条の関係は雪斎の健康次第と言えるかもしれなかった。

武田と北条の関係はわかりやすい。

鍵を握るのは、この場にいない長尾景虎である。

北信濃防衛に意欲を燃やす長尾景虎を打ち破って、晴信が信濃全域を征すれば、武田は、越後、美濃、上野のいずれかに侵攻して、領土拡大を図るであろう。越後に侵攻するのであれば、今川にも北条にも関係ないが、美濃に進めば、今川と利害が衝突する可能性があるし、上野を狙えば、当然、北条と衝突することになる。

要は長尾景虎次第なのである。

すでに晴信は、一度、長尾景虎に敗れている。

今後も長尾景虎に苦戦が続くようであれば、武田の勢力拡大は止まる。

氏康にとっても他人事ではない。

長尾景虎が晴信を打ち破り、その勢いを駆って上野に攻め込んでくれば、それを迎え撃たなければならない。武田と北条が各個撃破されるのが最悪だから、長尾景虎を食い止めるために、晴信と氏康は協力する必要がある。長尾景虎が健在でいる限り、武田と北条の同盟は揺るがないという意味だ。

そんなことを小太郎が考えていると、氏康、義元、晴信の三人も長尾景虎のことを話し始めた。

「身の程をわきまえぬ成り上がり者めが」

義元が顔を顰《しか》める。

都に今川の旗を立てることを念願とする義元にとって、長尾景虎が大軍を率いて上洛したことは大きな衝撃だった。先を越されてしまった、と無念なのである。

もちろん、長尾景虎は天下に号令しようとしたわけではない。天皇や将軍に謁見し、耳に心地よい言葉を賜っただけのことである。

だが、義元の誇りは傷ついた。長尾景虎の振る舞いはけしからぬ、と憤った。

三人の中で、長尾景虎の脅威に直にさらされていないのは義元だけなのに、三人のうちで誰よりも長尾景虎に対して怒っている。

「上野に兵を出したかと思えば、北信濃にも兵を出す。越後に引き揚げたかと思えば、すぐさま都に出かける。忙《せわ》しない人のようですな」

義元の興奮を宥《なだ》めようとするかのように雪斎が口を挟む。

「若いせいでしょうか。元気が有り余っているかのようだ」

氏康が言う。

「二十五と聞きました。確かに若い」

晴信がうなずく。

「越後の山猿の分際で、のこのこと都に行って、将軍家や天皇に偉そうに講釈を垂れたと聞いた。いくら若かろうと許されることではない。どうせ金をばらまいて、謁見の席を用意してもらったのであろうが」

義元が、ふんっ、と鼻を鳴らす。

「なかなかの戦上手だとも聞きましたが」

氏康が晴信に顔を向ける。

「よくわからぬ戦をするのです。鼻面を引きずり回されて右往左往している間に、向こうにやりたい放題されたとでも言えばいいのか……」

そうだったのう、と晴信が四郎左を振り返る。

「はい。不思議な戦でした。何はともあれ、御屋形さまが無事で何よりでした」

にこりともせずに四郎左が答える。

「よほど優れた軍配者がついているのかのう？」

今度は氏康が小太郎を振り返る。

「宇佐美定行と名乗っているようですが、正体は、どうやら曾我冬之助のようです」

小太郎が答える。

「曾我冬之助とは……。扇谷上杉の軍配者ではなかったかな？」

雪斎が首を捻る。

「その男です」

「ならば、手強いのも道理。先代の頃から、北条家を苦しめてきた腕利きの軍配者ですな」

「それは何とも言えません」

四郎左が言う。

「どういう意味かな？」

「養玉の……いや、曾我冬之助のことなら、よく存じておりますが、あの男が軍配を振っている気はしませんでした」

「他にも軍配者がいるということかな？」

「わかりませぬ。他にもいるのか、それとも、弾正少弼さまがご自分で采配を振ったのか……」

「いずれにしろ、厄介な男が現れたものだ」

晴信がつぶやく。

「関東管領になるつもりでいるらしい。面倒なことですな」

義元が氏康を見て、口許に笑みを浮かべる。面白がっているのであろう。

「当家にとっても由々しきことでございまするよ。なぜなら……」

四郎左が睨むような眼差しで義元を見る。

「われらは決して北信濃を諦めるつもりはないからです」

「さよう」

晴信がうなずく。

「ふうむ、長尾と武田、長尾と北条……どちらが先になるかはわからぬが、いずれにしろ、長尾と雌《し》雄《ゆう》を決することになるというわけですな。そのときは、及ばずながら、わが今川も力添えいたしましょう。そのために、こうして三家が盟約を結ぶのですから」

「心強いお言葉でござる」

氏康が軽く頭を下げる。

「酒を」

義元が命ずると、小姓どもが晴信と氏康に酒を注ぐ。

「末永く、手を携えましょうぞ」

義元が盃を持ち上げる。

晴信と氏康も、それに倣《なら》う。

三人が盃の酒を飲み干す。

それから間もなく花見の宴は終わり、その日のうちに三人の当主たちは善得寺を後にした。

初めての顔合わせは、まずまず無難に成功したと言ってよかろう。

二十

七月初め、氏康の娘が輿入れのために小田原から駿府に向けて出発した。警護の武士たち、駿府で姫を世話する女房たち、持参する引き出物を乗せた馬や荷車、馬を世話したり荷車を管理する人夫たち……それらの者たちが縦に細長く続き、先頭を行く者たちが小田原を出て一刻（二時間）経っても、最後尾の者たちは小田原城を出発していないという有様だった。

沿道には大勢の民が列をなし、この行列を見物した。

この輿入れの豪華さは、当時としても桁外れのものだったらしく、様々な記録に「前代未聞」と書き残されている。

氏康は姫を乗せた輿の傍らを、ゆっくり馬を歩かせている。氏政も従っている。

頻繁に輿を止めさせては、

「疲れてはおらぬか。喉は渇かぬか」

と、氏康は姫に声をかける。

まだ八歳なのである。

この時代、大名同士が政略結婚するときには、家臣の娘を養女として迎え、その娘を相手方に嫁入りさせることがよく行われる。実子を差し出すのは、よほど重要な相手と婚姻関係を結ぶときだけである。

後に早川殿《はやかわどの》と呼ばれることになるこの姫は、氏政の八つ下の同母妹である。年齢が離れているだけに、氏政も、この妹を可愛がっていた。

姫は輿から顔を出すと、

「うん、大丈夫でございます」

と、にこりと微笑む。

その無邪気な笑顔を見ると、氏康は胸が締め付けられそうになる。

伊豆と駿河の国境には今川から派遣された武士たちが待機している。烏帽子《えぼし》を被《かぶ》り、絹の狩衣《かりぎぬ》を身に着けている。

小田原から供奉《ぐぶ》してきた武士たちは、ここで今川の武士たちに警護を引き継ぐ。

氏康の見送りも、ここまでである。

「よろしくお願いしますぞ」

「お任せ下さいませ」

今川方の責任者に娘を預けると、氏康は馬に乗ったまま、輿が遠ざかっていくのを見送る。

と、輿から姫が身を乗り出し、氏康に手を振る。

「おおっ……」

氏康の目から大粒の涙がぽろぽろとこぼれ落ちる。

つられて、氏政も涙ぐむ。

「よい子だ。本当に、よい子だ。駿府で達者に暮らすのだぞ」

「駿府には助五郎がおります。少しは慰められるでしょう」

氏政が言う。

氏康の四男・助五郎は二年前から駿府で暮らしている。十歳になる。

やがて、輿が豆粒ほどの大きさになると、ようやく、氏康は馬首を返した。小田原に戻るのだ。

しかし、婚礼行列は、まだまだ長く続いており、半分くらいは国境を越えていない。

ついさっきまでは、嫁入りするわが子のために涙する甘い父親の顔だったが、今は違う。

険しい表情で、口を真一文字に引き結んでいる。

北条氏の当主の顔に戻ったのである。

二十一

小田原城に戻ると、すぐさま氏康は小太郎と盛信を呼ぶ。

いずれ氏康の後を継ぐことになる氏政と、氏政の補佐役になる新之助も同席させる。経験を積むことで、多くを学ばせるためである。

「どうだ？」

氏康が小太郎に顔を向ける。

「何かの間違いでは済みませんから、念には念を入れて、しっかり調べてみましたが、やはり……」

小太郎が溜息をつく。

「そうか、やはり、か」

氏康も重苦しい溜息をつく。

古河城で不穏な動きがあることを風間党が探り出したのである。

最初、氏康も小太郎も耳を疑った。

八年前の四月、世に言う「河越の夜襲」で氏康は両上杉軍と古河公方軍を撃破した。扇谷上杉氏は滅亡した。山内上杉氏は凋落《ちょうらく》の一途を辿り、今では、すべての領国を失い、当主の憲政は越後に亡命している。

そのとき、古河公方家も両上杉氏と同じ運命を辿ってもおかしくなかった。

しかし、氏康は許した。

古河公方家には、まだまだ利用価値があると判断したからである。

氏康が要求したのは、ひとつだけである。

古河公方・足利晴氏の後継者は嫡男の藤氏と決まっていたが、藤氏を廃嫡させ、自分の甥に当たる梅千代王丸（後の義氏《よしうじ》）を後継者にするよう晴氏に迫ったのである。

晴氏としては否応もない。

逆らえば、殺されるだけである。

命を投げ出してまで意地を張り通すような度胸は、晴氏にはない。

その後、梅千代王丸は古河城から葛西城に移っている。

梅千代王丸を、晴氏や藤氏と同じ城に置くことは危険だと氏康が判断したからだ。

梅千代王丸は晴氏の後継者となり、二年前に古河公方に就任した。わずか十二歳の幼い古河公方の誕生であった。

古河公方の座を譲るように、氏康が晴氏に圧力をかけたのである。

当然ながら、晴氏と藤氏は氏康を深く恨んでいる。

二人に恨まれていることは氏康も承知しているが、歯牙にもかけてこなかった。生かしてやっているだけでもありがたく思え、という気持ちだったのであろう。

しかし、晴氏は四十七歳、藤氏もまだ二十代の若さである。世捨て人のように暮らすには、まだ早いから、様々な策謀を巡らせて、何とか、かつての栄光を取り戻したいと思うのであろう。

風間党が探り出したのは、晴氏が北条氏に敵対する者たちと手紙をやり取りしているという事実である。下野《しもつけ》の小山《おやま》氏、下総の相馬《そうま》氏、安房の里見氏などに密かに使者を送っていた。手紙の内容まではわからないが、敵対勢力との間を使者が行き来しているというだけで、ただ事ではない。

「古河城で謀反《むほん》が企てられているのは間違いないようだな。さて、これから、どうすべきか？」

氏康が氏政に顔を向け、おまえならば、どうする、と問いかける。

「すぐさま古河に使者を送り、真偽のほどを糺《ただ》すべきかと存じます。その返答如何《いかん》によって、兵を出し、古河を攻めるのがよかろうと考えます」

「ふうむ、なるほどな。おまえは、どう考える？」

今度は新之助に問う。

「若殿と同じ考えでございますが。ただ、古河に使者を送ると同時に戦支度を始めるべきかと存じます。使者に詰問されたくらいで、謀反を諦めるとは思えませぬ。向こうの戦支度が調《ととの》わぬうちに古河を攻めるべきかと考えます」

「と、新之助は言っているが？」

また氏康は氏政に訊く。

「そう言われると、その方がよかろうと思います。どうせ戦になると見越しているのであれば、早めに戦支度するべきです」

「おまえたちの考えは、わかった。では、こっちの二人にも訊いてみることにしよう。太郎衛門」

「は」

盛信が頭を垂れる。

「考えを言ってみよ」

「何もしませぬ」

盛信が答えると、氏政と新之助が、えっ、という驚き顔で盛信を見る。

「一応、おまえにも訊いておくか」

氏康が小太郎に顔を向ける。

「太郎衛門と同じでございます。何もしませぬ」

「二人とも、どうかしてしまったのではないか？　古河で謀反が企まれているのだぞ」

氏政が言う。

「それは間違いないでしょう。しかしながら、まだ兵を挙げたわけではありませぬ」

盛信が首を振る。

「そうなってからでは遅いではないか」

「いいえ、逆でございます。そうしてもらわなければ困るのです」

小太郎が言う。

「は？」

氏政には、盛信と小太郎が何を言おうとしているのか、さっぱりわからないらしい。

「おまえは、どうだ？　まだ、わからぬのか」

小太郎が新之助に訊く。

その視線は、氏政に向けられたものより、ずっと厳しい。そんなことで補佐役が務まるか、と叱責しているかのようである。

「あ、ああ……。そういうことでしたか」

新之助が大きく息を吐き、がっくりと肩を落とす。

「申し訳ありませぬ。御屋形さまのお考えを、何もわかっておりませんでした」

「よいのだ。最初から何でもわかるわけではないし、何でもできるわけでもない。わしらも、そうだった。何度となく過ちを犯した。そこから多くを学んで、次に生かしたのだ。さあ、なぜ、太郎衛門や小太郎が、今は何もせぬと言ったのか、新九郎に説明してやるがいい」

氏康が新之助に向かってうなずく。

「実際に兵を挙げていないときに古河を攻めれば、向こうは何とでも言い逃れができます。敵に送った手紙や敵から送られてきた手紙を見付けたとしても、そんなものは知らぬ、誰かが勝手にやったことだ、偽物であろう、と白を切るでしょう。それでは、重く罰することはできませぬ……」

そこまで新之助が話したとき、ようやく、氏政が、そうか、そういうことなのか、と悔しそうに自分の膝を叩く。

「わかったようだな」

氏康が氏政を見る。

「たとえ謀反を企んだところで、古河に駆けつける者など大しているはずもありませぬ。せいぜい、二千や三千、もっと少ないかもしれませぬ。その程度の謀反ならば、われらは少しも怖れる必要はない。むしろ、知らん顔をしていて、向こうが兵を挙げたら、一気に叩き潰せばよい。そうすれば、向こうは言い逃れなどできないから、こちらの好きなように罰することができる。そうなのですね？」

「うむ、うむ」

氏康が大きくうなずく。時間がかかったとはいえ、氏政が正解に辿り着いたことに満足しているのであろう。

「父上は、あの二人を斬るつもりなのですか？」

氏政が訊く。

「まだ何も考えてはおらぬ」

「若君、御屋形さまは古河の謀反など大したことだと思ってはおられないのです。他のことを考えておられます」

小太郎が口を挟む。

「他のこと？」

氏政が首を捻る。

「里見をどうするか、ということでしょうか？」

新之助が遠慮気味に口を開く。

「よく気が付いた。その通りだ」

小太郎がうなずく。

「古河にいる二人には大した力はない。小山や相馬も、そうだ。あんな者たちが集まったところで何もできはしないのだ。警戒しなければならぬのは、里見のみ。今の里見には古河に兵を送るほどの余裕はないだろうが、われらが古河城を攻めている隙に下総に攻め上って、葛西城を攻めるくらいのことはするかもしれぬ」

「つまり、自分たちのために、体よく古河のお二人を利用しようというわけですね？」

「うむ。そんなこともわからずに謀反を企むとは、実に愚かしい」

「元々、愚かな御方なのだ。己の愚かさに気が付くだけの賢さがあれば、あのように落ちぶれたりはせぬ。わしも心から敬うであろうよ」

氏康が言う。

二十二

氏康が晴氏と藤氏の謀反について小太郎たちと話し合っている頃、武田晴信は信濃に出陣していた。最初に手をつけたのは、伊那《いな》郡の南部に残っている敵対勢力を掃討することである。天竜《てんりゅう》川沿いに南下し、周辺の城や砦を虱潰《しらみつぶ》しに攻め落とした。

八月六日には嫡男・義信が初陣を果たし、手柄を立てた。

七日には鈴岡《すずおか》城、十五日には神之峰《かんのみね》城を落とし、伊那郡南部を完全に制圧した。

晴信のもうひとつの目的は、駒ヶ《こま》岳《たけ》の西、福島《ふくしま》城を拠点とする木曾義康《きそよしやす》・義昌《よしまさ》父子を屈服させることである。木曾郡を支配下におけば、残るのは北信濃だけになる。

武田の者たちは、福島城を落とし、その勢いのまま一気に北信濃に攻め上るのであろうと予想していた。短期間で伊那郡の南部を制圧した武田軍の実力を以てすれば、そう難しくないはずであった。

しかし、晴信は、本格的に木曾郡に侵攻しようとはせず、福島城も攻めなかった。小競り合い程度の合戦をしただけで、九月の初めには甲府に戻ってしまった。

「誰もが不満を感じているようですな」

「そうか」

「なぜ、木曾を攻めなかったか、その理由を説明すれば納得もするのでしょうが」

四郎左がちらりと晴信の顔を見上げる。

「そんなことができるか。調略が失敗してしまうわ」

晴信が愉快そうに笑う。

一年前、長尾景虎に敗れたことを、晴信も四郎左も忘れていない。

単純に北信濃に攻め込めば、去年と同じように長尾景虎が春日山城から出てくるに違いない。

それでは同じことの繰り返しである。

晴信が武将としても政治家としても優れているのは、己の過ちを素直に認め、失敗から学ぶことのできる柔軟性と謙虚さを持っていることである。傲慢《ごうまん》でも独善的でもなく、他人の言葉に真摯に耳を傾けることができる。

晴信が血の気の多い、身勝手な武将であれば、闇雲に北信濃に攻め込んで長尾景虎に返り討ちにされるであろう。

一年前の敗北について、晴信と四郎左は何度となく話し合った。それまで長尾景虎について何も知らなかったので、多くの忍びを越後に放って、長尾景虎について調べた。

その結果、まだ若いものの、戦には滅法強いとわかった。越後国内での戦いが多かったので、その強さが国外にあまり知られなかったのだ。

長尾景虎が武田軍に勝ったのは、まぐれではなかったのである。

これまで一度も敗れたことがないので、戦における長尾景虎の弱点が何なのか、晴信にも四郎左にもわからない。

ただ、長尾景虎にも泣き所があることはわかった。

政治である。

長尾景虎には政治的な調整能力が欠落しており、だからこそ、守護の座を巡って越後が内乱状態に陥った。異様なほど戦が強いから、自分に敵対する者たちを次々に打ち破って、ついに守護の座を奪い取ったが、景虎に人並みの政治力があれば、そもそも、それほど多くの戦をする必要はなかったはずである。そういう事情がわかると、

「北信濃を攻める前に、まず、やることがある」

と、晴信と四郎左の考えは一致した。

戦いというのは、軍勢を率いて合戦することだけを意味するのではない。政治上の駆け引きを駆使して、相手の足を引っ張り、相手を弱体化させることも立派な戦いである。うまくいけば、合戦などしなくても相手を倒すことができる。

晴信と四郎左は、長尾景虎の最大の弱点、すなわち、政治力のなさを衝《つ》こうとしている。すでに手を打ってある。

晴信が、木曾攻めと北信濃侵攻を先延ばししたのは、調略の実が熟すのを待っているからであった。早ければ年内には実が熟し、年明けに木曾と北信濃を攻めることができるであろう。

二十三

十一月初め、氏康は動員令を発し、小田原から出陣した。目的は、古河城の足利晴氏・藤氏父子の討伐である。

道々、兵を加え、江戸城を出るときには七千という大軍になった。

四日には古河城を包囲した。

晴氏と藤氏が謀反を企み、北条氏に敵対する諸大名と連絡を取り合っていることを、七月の時点で氏康はつかんでいた。すぐに討伐しなかったのは、謀反の未遂程度では晴氏と藤氏を重く罰することもできないからで、実際に古河城に兵を集め、兵糧を蓄え、誰の目にも謀反が明らかになるのを、じっと待っていたのである。

まさか、そんなこととは夢にも思っていない晴氏と藤氏は、

(氏康は何も気付いておらぬわ)

と、ほくそ笑んでいた。

北条氏に叛旗《はんき》を翻すという大それたことを企むのであれば、自分たちの行動を秘密裡にするのは当然だし、北条氏の動きにも神経を尖らせなければならないはずなのに、愚か者というのは、自分のことばかり考えて、相手の動きなどほったらかしにしがちだから、何事も自分に都合よく解釈し、楽観的な見通しを持ってしまう。

せめて、謀反の準備を急ぐべきであった。時間が経つほど、秘密は洩れやすくなるからである。

ところが、晴氏は少しも焦ることなく、ある意味、優雅と言えるほど、のんびりと戦支度をした。

謀反の計画にしても杜撰《ずさん》と言うしかなく、戦支度が調ったら、直ちに北条討伐の兵を挙げ、関東の諸大名に檄《げき》を飛ばす、という程度のことを考えていたに過ぎない。越後の長尾景虎にも参陣を促すつもりであった。

かつて両上杉氏と共に河越城を包囲したとき、晴氏の呼びかけに応じて、数万という関東の諸大名

が集まった。それを再現できるだろうと期待した。

全力で支援するという安房の里見氏の約束も、晴氏の自信の根拠になっている。

晴氏の目論見は出だしから躓《つまず》いた。

北条軍がやって来るのは、自分たちが兵を挙げ、関東の諸大名に檄を飛ばしてからだと思い込んでいたのに、何もしないうちに古河城を包囲されてしまった。これでは順序が逆である。

兵を挙げず、檄も飛ばさなかったのは、まだ戦支度が完了していないからである。野外決戦を挑むには兵が少なすぎるし、籠城するには兵糧が足りない。すべてが中途半端である。

大急ぎで里見氏に使者を送ったが、救援が間に合うかどうかわからない。

そんな心許ない状況だが、古河城には二千ほどの兵しかいないから、城に閉じ籠もって、里見氏の援軍がやって来るのを待つしかないのである。

それを見透かしたかのように、氏康は猛烈な城攻めを開始する。

元々が大して堅固な城ではなく、謀反を企んだにもかかわらず、ろくに補強もされていないから、氏康が攻撃を始めた翌日には、城の一部が崩れた。放置すると、そこから北条軍が侵入するから、晴氏は決死の兵を二百人ばかり城から出すことにした。彼らが北条軍の攻撃を防いでいる間に、崩れた箇所を修繕しようというのである。

その場しのぎの行き当たりばったりのやり方だから、それがうまくいくとは誰も期待していなかったが、思いがけず、二百人が奮闘し、北条軍を押し戻した。

それを見た晴氏は、

(案外、やれるのではないか)

と自信を持ち、六百人の兵を追加投入した。

最初の二百人と合わせて八百人の兵が北条軍に挑みかかる。

「よし、いいぞ。行け、行け」

櫓《やぐら》から眺めている晴氏が手を叩いて喜ぶほど、八百人は善戦している。数倍の北条軍を敗走させているように見えた。

「父上、勝てるかもしれませぬぞ」

「うむ、うむ」

藤氏の言葉に晴氏が顔を綻《ほころ》ばせる。

だが、その笑顔が凍りつくのに時間はかからなかった。

北条軍が後退したのは、公方軍を誘《おび》き寄《よ》せる罠である。初歩的な兵法だ。

敵軍を奥深くに誘い込み、待ち伏せていた味方が敵軍を包囲殲滅《せんめつ》するのである。

これが見事に決まった。

敗走したと見せかけていた北条軍が、足を止めて公方軍に向き直るのと同時に、隠れ潜んでいた北条軍が左右から現れる。

驚いた公方軍が慌てて城に引き返そうとするが、そのときには北条軍が退路を塞いでいる。

包囲殲滅と言っても、どこか一ヶ所だけ逃げ道を開けるのが普通である。敵軍は、その一ヶ所から逃げようとする。当然、戦意はないから楽に勝つことができる。

逆に、逃げ道を作らないと、敵軍が死に物狂いで向かってくるから、味方の死傷者も増えてしまう。

それを承知で逃げ道を作らなかったのは、この公方軍を全滅させて、晴氏に北条軍の恐ろしさを教えてやろうと氏康が考えたからである。

八百人の公方軍は、数倍の北条軍に四方から攻め立てられて、半刻（一時間）ほどで壊滅した。

「……」

晴氏と藤氏は呆然としている。

城に籠もっていた四割もの兵をあっという間に失ったのだから無理もない。

ろくに戦のことなどわからない晴氏にも、

（これは、いかぬ）

この先、もはや戦いようがないことがわかる。

ごくりと生唾を飲み込むと、

「逃げよ」

絞り出すように藤氏に告げる。

「え、逃げるのですか？」

「どうにもならぬ。明日にも城は落ちるだろう。暗くなったら、搦《から》め手《て》口から、そっと逃げよ。安房の里見を頼ればよかろう」

「ならば、父上もご一緒に」

「それは駄目だ」

晴氏が首を振る。

「わしが城にいる間は、北条もここを動かぬであろうが、わしら二人が城を落ちたと知れば、必死に後を追ってくるに違いない。そうなったら、二人とも捕まってしまう……」

それ故、おまえだけでも逃げてくれ、と晴氏は言うのである。

「父上……」

藤氏がはらはらと涙を流す。

「無事に生き延びるのだ。そうすれば、いつかは北条を倒す機会も巡ってくるであろう」

晴氏が藤氏の肩に手を載せて言う。それは自分に言い聞かせているかのようでもあった。

その夜、藤氏は闇に紛れて城を出ると、わずか数人の近習を伴って安房に向けて落ちていった。

翌日の昼過ぎ、古河城は降伏し、開城した。

晴氏は捕らえられ、小田原に送られた。

このとき、晴氏は牢駕籠《かご》に乗せられて運ばれ、道々、民衆のさらし者にされたというから、前の古河公方という高貴な地位に就いていた晴氏とすれば、この上ない恥辱であったろう。そのような恥辱を敢《あ》えて、晴氏に与えたところに氏康の強い怒りが表れているとも言える。

その後、晴氏は相模国大住《おおすみ》郡波多野《はたの》（秦野）の、周囲に人家もなく、旅人も通らないような山奥に蟄居《ちっきょ》させられた。話し相手は番人のみ、鳥の囀《さえず》りや虫の声、風の音しか聞こえないという侘《わび》しい土地である。

古河城を落とし、晴氏を捕らえたことに満足して小田原に引き揚げてもよかったが、氏康は、そこから房総半島に兵を進めることにした。藤氏が里見氏を頼って逃げたこともわかっていたので、この際、里見氏を叩いてやろうと考えたのである。

その決断を下すに当たって、氏康が最も神経を尖らせたのは越後の長尾景虎の動向である。

晴氏が長尾景虎に救援を求める使者を送ったことは氏康も承知しているから、その呼びかけに応じて長尾景虎が上野に侵攻するようなら、里見攻めをする余裕などない。

何人もの風間党の忍びを越後に送り、長尾景虎の動きを探ったが、兵を動かしそうな気配はまったくないという報告が届く。その報告を信じて、氏康は古河城から房総半島に兵を向けることにした。

そうと決めるや、氏康の動きは速く、十一月十日には房総半島の中央部に位置する久留里《くるり》城を囲んだ。ここは、里見氏が下総に北進するための足がかりとしている重要拠点である。

久留里城から、里見氏の本国である安房まで、これといって堅固な城は他にないから、北条氏からすれば、久留里城さえ落としてしまえば、そこから一気に南下して安房に攻め込むことができる。

北条氏は何としても久留里城を落としたいし、逆に里見氏の方からすれば、ここを失えば本国が危うくなるから、死に物狂いで守らなければならない。

氏康は、一万二千の軍勢を率いて南下し、久留里城を囲んだ。かつて、これほどの大軍を房総半島で動かしたことはない。このことからも、この一戦に懸ける氏康の並々ならぬ決意を窺《うかが》うことができよう。

里見氏の方は四千の兵を久留里城に入れ、北条軍の来襲を待ち受けた。

十一月十一日の早朝、北条軍が攻撃を開始した。

氏康は戦いを長引かせるつもりはなく、できれば一気に決着させるつもりだった。

武田晴信の娘と氏政の婚礼がひと月後に迫っており、できるだけ早く小田原に戻らなければならないからである。

里見氏の側からすれば、北条軍の攻撃に耐え、時間を味方にすれば、自然と自分たちが有利になることはわかっている。決戦を避け、じっと籠城すればいいだけなのだ。

しかし、そうもいかない事情がある。

一万二千という途方もない大軍を迎え撃つために、里見氏も四千という、里見氏とすれば限界に近いほどの動員をして久留里城に送り込んだ。

皮肉なことに、この四千の兵が、長期の籠城戦を不可能にした。

久留里城には四千の兵が長く滞陣できるほどの広さがないのである。

しかも、北条軍の来襲が素早かったため、十分な兵糧を運び入れることもできず、城を補強することもできなかった。このあたりの事情は古河城に似ている。

つまり、戦が長引くほど、里見氏にとっても戦況は悪くなってしまうのだ。

実際、北条軍が城の大手門に攻撃を集中させると、今にも大手門が破壊されそうな気配になってきた。これを見て、北条軍は更に大手門に兵力を集中させるし、里見軍の方も大手門の守備兵を増やす。

万が一、大手門を突破され、北条軍が城内に雪崩《なだ》れ込む事態になれば、里見軍が久留里城を守り抜くことはできない。

戦いが始まって数時間後には、大手門を巡る攻防が勝敗の帰趨《きすう》を決することになると、北条軍にも里見軍にもわかってきた。

里見軍の方では、

「城を出て戦うべきだ」

という意見が大勢を占め始めた。

城に閉じ籠もって守っているだけだと、北条軍による大手門の破壊を食い止めることができないからである。兵を城の外に出して、北条軍を追い返す必要がある。

昼過ぎになって、正木久太郎時綱という武将が五百の兵を率いて突撃を敢行した。

その勢いに押され、北条軍は後退した。

しかし、数にモノを言わせて、しばらくすると、逆に里見軍を押し返した。

正木は兵を叱咤し、

「退くな、退くな」

と叫びつつ、自らも刀を振るって北条軍に挑みかかる。これを見て、兵たちが正木に続く。

正木の率いる里見軍は、北条軍を三度押し返したが、最後には疲労困憊して城内に引き揚げた。

またもや北条軍が大手門に取りつこうとするが、日が暮れて暗くなってきたので、やむなく引き揚げた。

久留里城内にいた者たちは、正木の兵たちを口ではねぎらいつつ、冷たい目を向けた。

それは、

「もう少し踏ん張って、敵を押し戻せば、すぐに夜になったのだから、その闇に紛れて敵の本陣に迫ることもできたのではないか」

と言いたいのであった。

まともに戦っても勝てないような大軍と戦うとき、最も有効な手段は敵の総大将を討ち取ってしまうことである。万が一、氏康が死ねば、北条軍は慌てふためいて逃げるであろう。

わずか五百の正木軍にそこまで要求するのは酷というものだが、追い込まれている里見軍は、城に逃げ戻った正木軍を嘲《あざけ》り、後々、この敗北を「正木崩れ」と呼ぶことになる。

正木久太郎は大いに悔しがり、

「明日も、わしに戦わせてほしい」

と嘆願した。

翌朝早く、正木を始めとする一千の里見軍が大手門を出て、北条軍に向けて突撃した。前日の恥辱を雪《そそ》ぐために志願してきた者たちで、これは死兵と言っていい。生きて帰る気がない者たちだから、これほど手強い兵もいない。

北条軍は混乱し、守勢に回るしかなかった。そこに城の搦め手から密かに出撃した五百人の里見軍が攻めかかる。

北条軍は浮き足立ち、退却を始める。

これを見て、大手門から八百の里見軍が追加投入される。

これによって、北条軍の混乱は更に大きくなる。

里見軍が優勢になった理由のひとつは、地の利である。久留里城周辺の地形を知り尽くしており、それをうまく利用した。

まだ完全に夜が明けず、周囲が薄暗い状況で、北条軍は方向を見失い、里見軍によって川や田圃《たんぼ》に追い詰められた。

城からは新手の兵が逐次投入され、昼になる頃には、城には五百だけが残り、残りの兵はすべて戦場を駆け回っていた。

氏康にとっては、思いがけぬ敗北と言っていい。

これほど惨めな敗北を喫するのは初めての経験である。

一方的に攻められながら、それでも北条軍が踏みとどまることができたのは、数の力である。どれほど里見軍が奮戦しようと、一万二千の北条軍に致命的な打撃を与えることはできなかったのだ。

「殿」

小太郎が呼びかける。

氏康の本陣は城から離れているから、戦いの様子は肉眼では確かめようがない。

しかし、前線から次々と伝令がやって来て戦況を伝えるから、戦の様子はわかっている。

「そろそろ……」

「わかっている。兵を退けと言うのであろう」

「はい」

「ううむ……」

氏康は目を閉じ、右手で額を押さえる。

しばらく、その姿勢のままでいたが、やがて、目を開けると、

「わしが間違っていた。わしの焦りが今日の負けに繋がったのだ」

ぽつりとつぶやく。

「……」

小太郎は、口を閉ざして、じっと氏康を見つめる。

氏康は、城を包囲するや、すぐさま総攻撃を仕掛け、時間をかけずに城を落とそうとした。

小太郎は反対した。

里見軍の弱点を見抜いていたのだ。

城を包囲して、じわじわと圧力をかけ続ければ、籠城の準備が不十分な里見軍は、否応なしに城から出てこざるを得なくなる。それを待ち構えて、劣勢の里見軍を包囲殲滅すればいい、というのが小太郎の主張だった。

小太郎の言うことは正しいと認めたものの、氏康は賛同しなかった。いずれ里見軍が城から出てくるにしても、それがいつになるかはっきりしないからであった。

氏康としては、どんなに遅くても、今月中には小田原に戻らなければならないのである。氏政の婚礼の準備が進んでおり、氏康自身が最終的に点検する必要があるからだ。

だから、氏康は小太郎の策を退けて、自分の主張を貫いた。その結果の敗北なのである。

「こっちも必死だが、相手も必死なのだ。こっちの都合で相手を負かすことができるようなうまい話はない。わしは、まだまだ修行が足りぬようだ。おじいさまや父上がいれば、どれほど叱り飛ばされることであろうか」

氏康が肩を落とす。

「命があれば、いくらでもやり直しが利きます。今日の反省を次に生かせばよいのです」

「そうだな。ここでムキになって攻撃を続ければ、それこそ、ここが北条の墓場になりかねぬ」

納得して大きくうなずくと、氏康は直ちに撤兵の命令を発した。

「……」

小太郎は無言でうなずく。己の過ちを素直に認めることができる氏康の度量の大きさに感動しているのである。

第二部　川中島

一

武田晴信《たけだはるのぶ》が信濃《しなの》における勢力圏を着々と広げても、氏康《うじやす》が里見《さとみ》氏を討伐するために久留里《くるり》城を包囲しても、越後《えちご》の長尾《ながお》景虎《かげとら》は、まったく動く気配がなかった。

氏康には、その理由がわからなかったが、晴信にはわかっていた。

だからこそ、去年の九月、景虎に奪われた北信濃にまで悠然と兵を出したのである。

(今の長尾は信濃に兵を出すことなどできぬのだ)

晴信は笑いが止まらない。

なぜなら、景虎が身動きが取れない状況を作ったのは晴信自身なのである。

その理由とは何か？

越後中部・刈羽《かりわ》郡佐橋庄《さばしのしょう》を領する北条高広《きたじょうたかひろ》が謀反《むほん》し、景虎は、その対応に苦慮していたのである。

北条高広に働きかけ、謀反に踏み切らせたのが晴信なのだ。

ちなみに、この北条家は、小田原《おだわら》の北条氏《ほうじょう》とは何の関係もない。鎌倉《かまくら》幕府を開いた源頼朝《みなもとのよりとも》の側近である大江広元《おおえのひろもと》の孫・毛利経光《もうりつねみつ》が地頭として越後に赴任し、そのまま土着して北条を称したのが始まりだというから、長い歴史を持つ由緒ある名家なのだ。同族である安田《やすだ》氏と共に長尾氏に忠勤を励み、為景《ためかげ》・晴景《はるかげ》・景虎という代々の当主に尽くし、長尾氏による越後支配を実現させた陰の功労者といっていい存在だ。

だからこそ、北条高広の謀反は、景虎にとって寝耳に水、驚天動地の衝撃であった。

「わしは信じぬぞ」

景虎は使者を送り、春日山城《かすがやま》に伺候《しこう》することを北条高広に命じた。責めるつもりはなく、直に顔を見たら、すべて不問にするつもりだった。

しかし、使者は戻らず、北条高広からは何の返事もない。

「何かの間違いであろう。よく調べよ」

景虎は、事を荒立てることなく、あくまでも穏便に解決しようとした。

ところが、十二月五日、北条高広が兵を挙げ、越後の豪族たちに檄《げき》を飛ばした。長尾氏を糾弾する内容であった。

もはや、景虎も庇《かば》いようがない。

翌日、春日山城で重臣会議が開かれた。

直江実綱《なおえさねつな》、本庄実乃《ほんじょうさねより》、大熊朝秀《おおくまともひで》というい つもの三人だけでなく、柿崎景家《かきざきかげいえ》、色部勝長《いろべかつなが》、斎藤朝信《さいとうとものぶ》、安田長秀《ながひで》らも集まった。それほど重大な話し合いだということであった。冬之助《ふゆのすけ》も下座に控えている。

直江実綱と本庄実乃は、できれば、事を丸く収める方策を見付けたいという穏健派であり、激情家の柿崎景家は、すぐにでも佐橋庄に兵を差し向けて北条高広を討つべしと主張する強硬派である。大熊朝秀は苦い顔で黙りこくっているし、それ以外の者たちも、どうしたらいいかわからないという顔で途方に暮れている。

穏健派と強硬派の主張が平行線を辿って結論が出ないので、最後には景虎の決断を仰ぐことになる。

「北条の呼びかけに応じた者はいるのか？」

景虎が訊く。

「今のところ、そのような不届き者はおらぬようですが……」

本庄実乃が首を振る。

「ならば、そのうちに北条も目が覚めるであろう。長秀」

「は」

安田長秀が畏《かしこ》まる。

「汝《なんじ》と北条は同族だ。言葉を尽くして、過《あやま》ちを諭《さと》してやるがよい。心を改めて、わしのもとに顔を出せば、この罪を咎《とが》めるつもりはない。そう伝えよ」

「御屋形《おやかた》さま、何を申されるのですか！」

柿崎景家が叫ぶ。

「わしは北条を、わが一族同様に思っている。そのような者たちに刃《やいば》を向ける気にならぬ」

そう言い残して、景虎は席を立ち、広間から出て行く。

景虎がいなくなると、重臣たちは、それぞれの考えを口にする。安田長秀の説得工作がうまくいくとは、誰も考えていない。

（なるほど、面白いものだ……）

冬之助が面白いと思うのは、なぜ、北条高広が謀反したのか、その理由を誰も口にしないことだ。

その理由が重臣たちにわからないわけではなく、むしろ、わかりすぎるほどにわかっており、皆の胸にも大なり小なり北条高広と同じような蟠《わだかま》りが澱《よど》んでいるからこそ、それを口にできないのだろうと冬之助は察した。

その理由とは、兵役と年貢の重さである。

景虎が越後統一を完成させたのは、三年前の天文《てんぶん》二十年（一五五一）の八月、同族の長尾政景《まさかげ》を降伏させたときだが、そこに至るまでの十年以上、越後は内乱状態だった。その長い戦いで、国土は荒廃し、豪族たちは疲弊した。

本来であれば、統一した後は戦《いくさ》を控え、民政に力を注ぎ、国力の回復に努めるべきであったろう。

しかし、景虎は真逆のことをした。

上洛《じょうらく》を計画し、その費用を捻出するために年貢を重くした。

更に高梨政頼《たかなしまさより》と村上義清《むらかみよしきよ》の請《こ》いを入れて北信濃に出兵した。短期決戦で武田軍を撃破し、川中島《かわなかじま》周辺の城や砦《とりで》を取り戻した。

そこまではよかった。国外に兵を出して勝てば、その戦利品で兵が潤うからであった。

それが、この時代の常識だ。

ところが、景虎は何の見返りも求めなかった。武田と戦ったのは正義のためであり、欲のためではない。これは義の戦だから何も求めぬ……それが景虎の理屈であった。

景虎に従って戦った者たちからすれば、
と、はらわたが煮えくり返る思いであったろう。

食糧も武器も自弁で、わざわざ越後から遠征して武田軍と命懸けで戦ったにもかかわらず、手ぶらで帰らなければならぬとは、どういうことなのか……そんな不満が軍中燻《くすぶ》った。

北信濃から帰国すると、その直後、景虎は上洛した。将軍・義輝《よしてる》から、上野《こうずけ》を取り戻せば、関東管《かん》領職《れいしょく》と山内上杉《やまのうちうえすぎ》の家督を継ぐことを許すと約束され、感激に震えた。大喜びで越後に戻ると、

「年が明けたら上野に兵を出すぞ」

と誇らしげに宣言した。

それに待ったをかけたのが、長尾家の財政を預かる大熊朝秀である。金がない、という。

金がないのなら百姓から取り立てればよい、というのが景虎の考えで、すぐさま増税を命じた。

豪族は悲鳴を上げ、百姓は年貢の重さに耐えられず、逃散《ちょうさん》する者が続出した。

直江実綱は、

「このようなやり方を続ければ、百姓どもが飢えてしまいます。上野に出陣することも大事でしょうが、民を愛することも領主としての大切な務めでございまするぞ」

と何度となく諫言《かんげん》した。

しかし、景虎の心には、まったく響かなかった。

軍事には異様に強いが、政治や経済に関しては無知で、景虎の頭には民政という観念がない。

もっとも、その点に関しては、この時代のどの大名も似たようなもので、民をいたわることが結果

的に国力を増すことに繋がるという近代経済学の初歩を実践していたのは、北条氏と武田氏くらいのものであった。

それにしても景虎の無知と無関心は並外れており、実綱の言葉を耳にしても、

「飢えて死ぬ者が多いのであれば、よその国から奪ってこなければならぬな」

と、つぶやいただけである。

(もう限界だ。あの男にはついていけぬ)

たまたま誰よりも早く北条高広が挙兵したが、越後国内を見渡せば、誰が兵を挙げてもおかしくないくらい不穏な空気が漂っていたのである。

それがわかっているから、重臣たちは謀反の理由を口にしようとしない。それを口にすれば景虎を非難することになるし、本心では誰もが北条高広に同情する気持ちを持っていたからだ。

冬之助一人が醒《さ》めた目で越後の内紛を眺めている。

さっさと、この問題を片付けて、上野にでも北信濃にでも兵を出してもらいたいと願っている。

軍配者である冬之助は常に戦を求めている。

二

安田長秀の説得工作は、うまくいかなかった。

北条高広は長秀の言葉に耳を貸さず、防備を固めて城に籠もっている。

景虎にも重臣たちにも不思議なのは、孤立無援の北条高広が、なぜ、強気な姿勢を崩そうとしない

のか、ということであった。

籠城というのは、援軍がやって来る当てがあって初めて成立する策である。その当てもないのに籠城したところで立ち枯れるのがオチなのだ。

年が明けて、その謎が解明された。

北条高広から武田氏に宛てた書状を持つ使者が捕らえられたのである。

恐《おそ》るべき謀略が明らかになった。

北条高広が越後を混乱状態に陥れ、その隙を衝いて武田軍が北信濃に侵攻し、高梨政頼や村上義清を打ち破る。その勢いに乗って武田軍は越後に攻め込み、北条高広を中心とする反乱軍と協力して春日山城を南北から攻め、長尾氏を滅ぼしてしまう。その後、武田軍と反乱軍が越後を分割支配する
……そんな密約である。

その事実を直江実綱から知らされた景虎は、

「まことか」

「はい」

「信じられぬ」

呆然とし、しばし黙り込んだ。

その後も北条高広の裏切りに関する報告が続々と届く。

ついに景虎は、

「出陣じゃ！　裏切り者を攻めるぞ！」

と吠えるように叫んだ。

「わしに忠義を尽くそうと思う者は、身ひとつで佐橋庄に集うように触れよ。裏切り者に手を貸し、武田に与《くみ》しようとする者は領地に留まって武具の手入れをするがよい。わしに遠慮することはない。好きなようにして構わぬ。明日の夜明け、佐橋庄に顔を見せぬ者は、すべてわしの敵である。北条一族を皆殺しにした後、わしが直々に相手をする。越後に裏切り者の住む土地はないと思うがよい」

三

翌朝、景虎の呼びかけに応じて佐橋庄に五千の兵が集まり、北条城を包囲した。

この城は、さして堅固ではない。

立て籠もっているのも七百人ほどで、しかも、三割は女子供である。これでは籠城も難しい。

景虎が命令すれば、五千の軍勢が城に殺到し、日暮れまでには城内にいる者たちを皆殺しにしてしまうであろう。

何度か城の者とやり取りした末、北条高広は安田長秀に伴われて景虎の前に罷《まか》り出た。自分の命と引き換えに城にいる者たちの助命を願おうとしたのである。

「武田は現れぬようだな」

「よく知りもしない相手の甘い言葉に踊らされた愚か者でございます」

「悔やんでおるのか」

「できることならば、道を踏み外す以前に……いや、武田から誘いを受けた日に戻り、使者の首を落として御屋形さまに進上したい気持ちでございます……」

北条高広は涙ながらに、時折、嗚咽《おえつ》を洩らしながら景虎に謝罪し、自分はどうなってもいいから、自分に従って城に籠もった者たちの命を助けてほしいと嘆願した。

「愚か者め。汝に罰を与えるぞ。覚悟せよ」

「はい」

高広が目を瞑《つむ》って姿勢を正す。景虎に斬られるつもりでいるのだ。

景虎は青竹を振り上げると、高広の左肩をぴしっと強く打つ。

「たった今、汝の悪心を斬ったぞ。これで汝の心に棲《す》みついた魔物は退散した。忠義者の北条高広に戻ったぞ。どうだ？」

「……」

高広は、ぽかんと口を開けたまま固まっている。

「これが、汝に与える罰だ。心して受け止めよ」

「うっ……」

高広は地面に突っ伏して、号泣する。

重臣たちも貰《もら》い泣きをしている。

冬之助だけは冷静に、こんな曖昧な形で謀反の幕引きをしたことで、

（これから先、また同じようなことが起こるのではなかろうか。御屋形さまの優しさが仇《あだ》にならねばよいが……）

と危惧せずにはいられなかった。

四

天文二十四年（一五五五）三月初め、武田晴信は木曾《きそ》郡の制圧を目指して出陣した。いきなり敵の本拠である福島《ふくしま》城を攻めるのではなく、周辺の村や砦を攻めた。じわじわと包囲網を狭めていこうというのだ。

木曾攻めを開始して一ヶ月ほど経ったとき、晴信のもとに、三千の長尾軍が北信濃に入ったという知らせが届いた。

「長尾景虎というのは、わからぬ男よのう。武田が高梨を攻めようとしているのであれば、それを助けるために兵を出すのもわからぬではないが、わしらは木曾にいる。高梨や村上には何も手出ししていないではないか」

知らせを聞いた晴信は不機嫌そうに顔を顰《しか》める。

「考えられるとすれば……」

四郎左《しろうざ》が口を開く。

「何だ？」

「武田にそそのかされた北条高広が弾正少弼《だんじょうしょうひつ》殿の足許で謀反を起こしたことへの意趣返し」

「馬鹿な。そんなことの仕返しに兵を出すというのか。それでは、まるで子供ではないか」

「案外、そうなのではないでしょうか」

「何がだ？」

「つまり……」

短気で分別がなく、道理をわきまえず、たやすく情に流され、気分次第で重い罪を許したり、軽い罪を重く罰したりする。そういう領主は珍しいかもしれないが、そういう子供なら、いくらでもいる。そんな男だから、雪解けの季節になるや、武田憎しの一念から前後の見境もなく北信濃に出てきたのではないか……そう四郎左は言う。

「信じられぬな。わしは、そんな男を相手にしなければならぬのか」

「道理の通じない相手ほど厄介なものはありませぬ。これから、どうなさいますか？」

「木曾攻めは先延ばしにして北信濃に向かう」

晴信の決断は早い。

放置すれば、二年前のように好き放題に城や砦を落とされるのではないか、と危惧しているのだ。

四月六日、晴信は五千の兵を率いて北信濃に向かった。途中で加わった兵もいるので、四月二十五日に川中島に着いたとき、武田軍は七千を超える大軍になっていた。

晴信は、犀《さい》川と千曲《ちくま》川に挟まれて広がる八幡原《はちまんぱら》の東側、大塚《おおつか》砦に本陣を置いた。

一方の長尾軍は犀川の北、善光寺《ぜんこうじ》の東側に位置する横山《よこやま》城を中心に布陣し、その後、妻女山《さいじょさん》に移動した。

世に言う第二次川中島の戦いは、こうして幕を開けた。

五

晴信よりも、ずっと早く布陣を終えていたにもかかわらず、長尾軍は武田方の城や砦を攻めようとせず、じっと動かなかった。あたかも晴信以外は眼中にない、という感じであった。

妻女山の上から敵陣を遠望しながら、

「なぜ、景虎は動かないと思う？」

晴信が四郎左に訊く。

「弾正少弼殿は御屋形さまとの決戦を望んでいるのでしょう」

「わしが来るのを待ち構えていたというのか。こちらは七千、向こうは三千だぞ」

「何か策があるのか、それとも……」

「何だ？」

「他に策がないのかもしれません」

「どういう意味だ？」

「はい……」

一昨年、景虎が北信濃に現れたときには四千以上の軍勢を引き連れていたのに、なぜ、今回は、わずか三千なのか。謀反を起こした北条高広を厳しく咎めることなく許したので、景虎を甘く見て、出陣を渋る豪族が多いのではないか、と四郎左は言うのである。

「景虎は腹立ち紛れに出陣したものの、豪族どもは本心では何の得にもならぬ戦などしたくないと思っているに違いない。命令に背いたところで大した罰を受けることもあるまいと高を括《くく》ってしまえば、何だかんだと理由を拵《こしら》えて兵を出さぬようになる。だから、わずか三千で出陣する羽目になった。なるほど、そうだとすれば、それは謀反の始末を誤ったせいに違いない」

晴信がうなずく。

「謀反そのものは失敗しましたが、思わぬところで、それが役に立ったということですね」

「ならば、さっさと引き揚げればいいのに、つまらぬ意地を張り続けるとは……。やはり、長尾景虎は子供かもしれぬ」

「だからこそ侮《あなど》れぬということにもなります。子供というものは、時として、損得勘定抜きで動くことがあります」

「今の景虎のようにな」

「恐らく、越後から連れて来た三千も士気が低いのではないかと思われます。それ故、弾正少弼殿とすれば、ただ一戦して勝利し、さっさと越後に帰りたい……それが本音ではないでしょうか」

「何とも虫のいいことを考えるものよ。わしをそれほどの阿呆だと思っているのか」

晴信が嫌な顔をする。

「それなら、こっちが付き合う理由はない。相手にせずに放っておけば、勝手に転んでくれるわ」

六

長尾軍は、しばしば横山城を出て、犀川沿いに武田方の城を攻めたり、田畑を焼き払ったりした。

晴信を決戦に誘い出そうとする挑発であった。三千の長尾軍が七千の武田軍を挑発して決戦に持ち込もうとするのも異様だが、その挑発を端《はな》から無視し続ける武田軍もまた異様であった。

四月の下旬に対峙を始めてから、これといった小競り合いすらないままにひと月、ふた月と時間だけが過ぎていった。

七月十九日の早朝、長尾軍が動いた。

横山城を出ると、犀川を渡り始めた。遮二無二《しゃにむに》、晴信に決戦を迫ろうというのだ。あまりにも強引すぎるやり方である。

長尾軍が犀川を渡っている最中、二百人の鉄砲隊が火蓋《ひぶた》を切った。

たちまち長尾軍は大混乱に陥る。鉄砲から逃れようとして必死に犀川から上がろうとするが、そこには晴信が指揮する武田軍の本隊が待ち構えていた。

この第二次川中島の戦いでは、晴信と四郎左の策が面白いように当たった。無理をして越後から出てきた景虎の焦りを見抜いて、その焦りをうまく利用したのである。

長尾軍は一斉に退却を始める。真っ先に戦場を離脱したのは景虎である。敵軍に向かうときも先頭に立つが、退却するときも先頭にいる。

長尾軍は横山城に籠もって動かなくなった。

それを見て、

（しばらくは動きようがあるまい）

晴信は五千の兵を率いて木曾郡に向かった。

強行軍で木曾郡に着くと、直ちに福島城を包囲し、木曾義康《よしやす》・義昌《よしまさ》父子を屈服させた。

電光石火の早業である。

九月初め、晴信は川中島に戻った。

このとき、すでに今川義元《いまがわよしもと》に使者を送り、景虎との和睦斡旋《あっせん》を依頼している。

このあたりが政治家としての晴信の凄みであろう。

武に頼るだけの男であれば、犀川の合戦に勝ち、木曾郡を制圧した勢いに乗って、何としてでも長尾軍を打ち負かそうとしたに違いない。

恐らく、武田軍は勝つであろうが、かなりの損害を被《こうむ》ることも覚悟しなければならない。

戦が長引いて、武田軍にも厭戦《えんせん》気分が漂っていることも晴信は察知している。

それらの要素を考え合わせて、

（腹八分目の勝ちでよかろう）

と判断した。

冬になる前にケリを付けたいという気持ちもあった。

強気な景虎も、今度ばかりは今川義元の和睦斡旋を素直に受け入れた。それだけ苦しい状況だったということだ。

和睦が成立したのは閏《うるう》十月十五日である。

両軍は誓紙《せいし》を交換し、日を決めて川中島から兵を退《ひ》くことになった。

こうして、二百日以上に及んだ二回目の川中島の戦いは終わった。

七

「武田と長尾が和睦したそうだ」

「はい。聞いております」

氏康の言葉に、小太郎《こたろう》がうなずく。

「全体としては武田の勝ちだろうに、なぜ、和睦したのであろうな。仲介したのが今川ならば、当然、武田が斡旋を頼んだのであろう」

「冬の戦を避けたかったのではないでしょうか。武田の御屋形さまはかなりの戦上手ですが、冬の戦だけは、あまり得意ではないようですから」

「そう言えば、上田原《うえだはら》で村上義清に大負けしたのも冬だったな」

「長尾にしても、雪が積もると越後に帰るのが難しくなりますから、喜んで和睦を承知したのでしょう。どっちにとっても悪い話ではないということだと思います」

「今川殿も人がよいのう。武田殿に頼まれたから承知せざるを得なかったのだろうが、少しくらい焦《じ》らしてもよかったものを」

「去年、善得寺でお目にかかったとき、弾正少弼殿をひどく嫌っておられましたし」

「今でも大嫌いだろうよ。武田が長尾を苦しめるのは、今川殿にとっても愉快だったはずだし、盟約を結んでいるとはいえ、隣国の武田が長尾との戦いで疲弊するのは、今川にとって悪いことではなかったはずだ」

「やはり、雪斎《せっさい》殿が亡くなったせいでしょうか」

「うむ。雪斎が健在ならば、和睦の仲介をするにしても、もっと毒のあるやり方をしただろうな」

氏康がうなずく。

長きにわたって今川家の政治・外交・軍事を取り仕切ってきた太原崇孚《たいげんそうふ》雪斎は、武田と長尾の和睦が成立する五日前、閏十月十日に死去した。享年六十。

この時代としては、長命と言っていいであろう。

雪斎の存在が巨大すぎたため、雪斎に代わる者は今川家にはいない。当主の義元が今川の舵《かじ》取りをするしかない。

武田と長尾の仲裁は、義元が一人で行った、初めての政治的な大きな決断であった。

それが氏康には、生温《なまぬる》いと思われたわけである。

「ただ、風間《かざま》党からの報告では、今川は、尾張《おわり》の織田《おだ》、美濃《みの》の斎藤との関係がかなり悪化しているらしいのです」

「なるほど、織田や斎藤と同時に事を構えるのは、まずい。万が一、そんなことになったら、武田に援軍を頼まなければならないから、今のうちに恩を売っておこうという腹だったのかもしれぬな」

「北信濃で長尾と睨み合っているのでは、今川殿に頼まれても援軍など出せないでしょうから」

「三河《みかわ》や遠江《とおとうみ》も騒がしくなっているようだな」

「吉良《きら》が織田と手を結ぼうとしているという噂も耳にしております」

「雪斎が亡くなってから……いや、そうではないな。病が重くなり、出仕もできぬようになってから、急に騒がしくなってきたようだ」

「今まで雪斎殿の力で押さえつけられていた者たちが、ここぞとばかりに今川に叛旗《はんき》を翻そうとしているかのように思われます」

「和睦の仲介をするについては、今川なりの事情があったということだな。手緩《てぬる》いやり方だったのではなく、今川の尻にも火がついていたわけか」

氏康がにやりと笑う。

「当家も武田と盟約を結んでいるわけですが、正直に言えば、長尾と武田が北信濃でやり合ってくれた方がありがたいのが本音です」

「その通りだ」

氏康がうなずく。

「とは言え、半年以上も北信濃で睨み合って、この時期に兵を退くというのだから、武田も長尾も、当面、大がかりに兵を動かす余裕はないであろうよ」

「来年の春、いや、夏くらいまで動きようがないかもしれませぬ」

「それは、わしらにとって悪いことではないな。長尾が上野に出てくると厄介だ」

「はい。今は戦どころではありませぬゆえ」

小太郎がうなずく。

夏を過ぎた頃から、氏康の身内に関することで北条氏では様々な事態が起こっている。

もちろん、身内の問題といっても、氏康の場合、政治と無縁ではあり得ない。

九月十三日、武蔵《むさし》の有力豪族である藤田《ふじた》家の当主・泰邦《やすくに》が三十四歳の若さで亡くなった。

後継ぎがいないわけではないが、まだ幼い。

家中の者たちが相談し、氏康の子を養子に迎えたいと申し入れてきた。

藤田家は、代々、北条氏に仕えてきたわけではなく、元々は山内上杉氏に仕えていた。泰邦が憲政《のりまさ》の器量に見切りをつけて、氏康に臣従した。

つまり、北条の家中では新参者なのである。

泰邦は切れ者で、北条氏が松山城《まつやま》を奪い取ったときにも率先して尽力したし、共に北条氏に仕えるように周辺の豪族たちを説得したりしたので、氏康からも信頼されていた。

臣従してから日が浅いこともあり、家と家の繋がりは薄い。あくまでも氏康と泰邦の個人的な信頼関係で繋がっていた。

幼主を立てれば、泰邦のときのようなわけにはいかなくなるのは明らかだ。これまでのように氏康の要求に機敏に応えることは難しくなるだろうし、そうなれば、氏康の不興を買うことにもなりかねない。それらのことを泰邦の妻や重臣たちが話し合い、いっそ氏康の子を後継ぎとして迎えれば、何事もうまくいくのではないか、という結論に達した。

要は、藤田家を丸ごと北条氏に差し出すことによって、藤田家の立場を盤石《ばんじゃく》なものにしようと企図したわけである。

氏康にとっても得になる話だ。

藤田家は領地こそ、それほど大きくないが、鎌倉以来の名家で、家格としては北条氏より、はるかに上である。そこにわが子を送り込むことができれば、武蔵北部を支配していく上で重要な拠点を手に入れることになる。

養子に出すのは氏康の五男・乙千代丸《おとちよまる》と決まった。

後の新太郎氏邦《うじくに》である。このとき八歳。

藤田家を継承するについて、泰邦の娘を娶《めと》り、乙千代丸が入婿するという方向で話が進められたが、乙千代丸はまだ元服もしておらず、妻となる娘も幼いので、実際の入婿は先延ばしすることになった。婚姻は先になるとしても、その準備は今のうちから進めておかなければならない。身ひとつで藤田家に赴くわけにはいかないから、随身する家臣たちを選ばなければならない。領地も増やしてやらなければならないし、氏康の息子が本拠地とするにふさわしい城も与えなければならない。いろいろ決めなければならないことがある。

その準備だけでも大変なのに、氏政《うじまさ》が妻に迎えた武田晴信の娘が懐妊しており、十一月の初め頃に出産する予定になっている。

氏政にとって初子というだけでなく、氏康にとっては初孫になる。

当然ながら、盛大に祝うことになるので、その支度もしなければならない。

晴信にとっても孫になるわけだから、武田家とのやり取りも必要になる。

他にもある。

政治的には、これが最も重要なことである。

十一月に葛西《かさい》城にいる梅千代王丸《うめちよおうまる》を元服させるのである。

三年前に晴氏《はるうじ》から足利《あしかが》家の家督を譲り受け、第五代の古河公方《こがくぼう》に就任していたものの、まだ十二歳だったので、傍目《はため》にも、氏康の強引な圧力によって、晴氏が古河公方の座から追われたことは明らかだった。北条氏に敵対する勢力からは、子供を公方に据えて、氏康が陰で操っている、と厳しく非難された。

十五歳になった今、ようやく梅千代王丸が元服し、独り立ちすることになった。

もちろん、氏康が後ろ盾であることに変わりはないが、少なくとも、独り立ちの体裁を整えることで、子供を操っている、という非難をかわすことができるわけであった。

元服の儀式では、氏康が加冠《かかん》親を務めることになっている。

氏康の祖父・宗瑞《そうずい》が伊豆《いず》の国主であることに満足せず、伊豆から相模《さがみ》に攻め込んで、これを征し、更に武蔵にまで侵攻したのは、関東を平定し、関東を支配することで、関東から戦をなくそうと考えたからである。

宗瑞の夢は、氏康の父・氏綱《うじつな》に引き継がれた。

氏綱は幾多の戦に勝ち続け、ついには武蔵の大半を征し、房総《ぼうそう》半島にまで勢力圏を広げた。

ただ、宗瑞と氏綱の成功は、あくまでも軍事的なものであり、政治的には思うような成功を得ることができなかった。いくら領地を広げても、関東の名家からは、成り上がり者と白い目を向けられていたのである。

つまり、北条氏には、実力はあっても権威がない、ということなのであった。

氏綱は権威を欲した。

そのために古河公方との結びつきを試みた。

最初のうち、古河公方・足利晴氏は氏綱を見下し、まともに相手にしようとしなかったが、同族の足利義明《よしあき》が晴氏の地位を脅かすようになったので氏綱にすがった。

晴氏の要請を受け入れ、氏綱は国府台《こうのだい》の戦いで足利義明を滅ぼした。

それによって、晴氏に恩を売ることができ、娘を晴氏の妻として古河に送り込むことに成功した。

そこで氏綱の寿命は尽きた。

氏綱の後を継いだ氏康は、太原雪斎の描いた壮大な謀略に陥れられ、一時は滅亡の瀬戸際に追い込まれたものの、河越《かわごえ》の夜襲で大勝利したことにより、武蔵と上野を手に入れることができた。

軍事的な勝利によって飛躍的に領土を拡大させただけでなく、敵に与した晴氏を追い込むことで、甥に当たる梅千代王丸を古河公方家の後継者にすることに成功した。

その梅千代王丸が元服して、古河公方として独り立ちするというのは、宗瑞、氏綱、氏康と三代にわたって引き継がれてきた大きな夢が八割方は実現したことを意味する。

北条の血を引く者が古河公方となり、北条氏の主がそれを支える。二人が力を合わせて関東に和平をもたらす……その夢がいよいよ実現するのだ。

（おじいさまと父上が生きておられたら、どれほど喜んだことだろう……）

そう考えると、氏康は胸が熱くなる。

また、この年、氏康には五人目の娘が生まれている。全体として見れば、氏康にとっては公私共に平穏で幸多き一年であったと言えよう。

だが、それは嵐の前の静けさのようなものだったのかもしれない。越後の虎が関東に目を向けるときが刻々と近付いているからである。

八

その越後の虎、すなわち、長尾景虎だが、武田と和睦して越後に戻ってからというもの、人が変わったように無気力になり、一切の政務に関わらなくなった。

重臣たちに会うことすら拒み、春日山城の居室に籠もって酒ばかり飲んでいる。

かろうじて景虎に会うことができるのは、景虎の世話をする小姓を除けば、冬之助だけである。景虎が冬之助を拒まないのは、政治の話をしないとわかっているからだ。それでも毎日会えるわけではなく、せいぜい三日に一度くらい会えるかどうかという程度である。

景虎でなければ決められない案件もあり、困り果てた直江実綱や本庄実乃らは、

「何とか取り次いでもらえぬか」

と、冬之助に頼み込んだ。

あまり引き受けたいことではなかったが、重臣たちが苦慮しているのも理解できるので、

「何とおっしゃるかわかりませんが、とりあえず、話すだけは話してみましょう」

頼みを承知して、景虎に会うことにした。


(これは、ひどいな……)

景虎の顔を見て、冬之助が息を呑む。頬がげっそりと痩《こ》け、目に力がない。目の下には濃い隈《くま》がある。飯も食わずに酒ばかり飲んでいるせいに違いない。

「説教に来たのではあるまいな?」

「そんなつもりはありません」

「ならば、直江と本庄あたりに頼まれてきたのであろう?」

「確かに頼まれはしましたが……」

「よせ。それ以上、何も言うな」

景虎が手を挙げて制する。

冬之助が口をつぐむ。もう余計なことを言うまいと決める。今の景虎には、ややこしい政務に頭を使うことなどできそうにないとわかったからだ。

「わしら二人は戦が好きよなあ。だが、無益な戦はせぬ。わしが戦うのは正義のためであり、私欲のために戦うことはせぬ」

「存じております」

「武田晴信は奸人《かんじん》よ。己の強さを振りかざして弱い者いじめばかりして領地を広げ、財宝を奪っている。そういう極悪人だからこそ、実の父親を追放するような真似もできるのであろうし、自分が殺した敵の娘を側室にして平気な顔をしていられるのだ。人の顔をした悪鬼よ。悪鬼がのさばるのを見過ごせぬと思えばこそ、わしは信濃に兵を出したのだ」

「はい」

「だが、外にばかり目を向けて、わしは自分の足許をろくに見ていなかった。越後にも小粒な武田晴信がうようよおるわ……」

景虎が深い溜息をつく。

「御屋形さまのように清き志を持つ御方など滅多におりませぬ。だからこそ、神仏の加護を受けることもでき、毘沙門天《びしゃもんてん》の如き強さを示すこともできるのです。欲望の手垢《てあか》に汚れた者に神仏は力を授けてはくれませぬ」

「世辞を申すな」

「本心でございます」

「国主である自分が正しき道を歩んでいけば、わしに従う者も己の過ちを正すであろうと期待していた。皆が正しき行いをするようになれば、越後を正義の国にできると信じていた。だが、それは間違っていた。人の心に巣くう強欲さを消し去ることなどできぬとわかった。越後の者たちの強欲さによって、わしは武田晴信に不覚を取る羽目になった。それは正義の戦までが強欲さに汚されたということだ。越後の者どもの、みみっちい強欲さが武田晴信の巨大な強欲さに負けたということだ。わしは悲しい。しかし、悲しんでいるのは、わしだけだ。武田に不覚を取ったことを恥じる者すらおらぬわ。あまりにも情けなくて腹を立てる力も出ぬ。もう耐えられぬ。わしの手には負えぬわ」

景虎が暗い目でつぶやく。

その声音の深刻さに、冬之助は言葉を失う。

景虎が政務を放棄し、ここまで落ち込むことになったそもそものきっかけは、一年ほど前に起こった北条高広の謀反である。

謀反の原因は重税である。

重税への不満は越後の豪族たちすべてに共通する感情であった。その不満が表に出なかったのは、豪族たちが景虎の武威を怖れていたからである。

景虎が北条高広の罪を問わず、寛大な処置をしたことで、重税への不満を露骨に口にする者が出てきた。謀反しても許されるのなら、少しくらい不平不満を並べても処罰されることはないだろうと高を括ったわけである。景虎の処置が裏目に出たと言っていい。

政治力に長《た》けた領主であれば、豪族たちの不満を和らげるために、思い切った減税をしたり、豪族たちに大きな負担を強いる外征を控えたりしたであろうが、景虎はまったく逆のことをした。北条高広の謀反を陰で煽《あお》った武田の卑劣なやり方に腹を立て、動員令を発して信濃に出陣したのである。

景虎は小姓たちを引き連れ、真っ先に信濃に入った。これはいつものことで、追い追い豪族たちが合流することで軍容を整えるのである。

ところが、今回は兵が集まらなかった。

何だかんだと理由を並べ立てて出陣に応じない豪族が多く、長尾軍は三千ほどにしかならなかった。

「やる気のない者など足手まといになるだけだから、最初からいない方がましである。三千もいれば、武田晴信の首を取るのに不足はない。皆が討ち死にする覚悟でぶつかれば勝てぬはずがない」

景虎は横山城に本陣を置き、武田軍の来着を待った。

川中島に現れた武田軍は七千を超えていた。

これを見て、長尾軍の士気は急激に下がった。

しかも、横山城を見下ろす位置にある旭山《あさひやま》城にも武田軍がいて、下手に動くと挟み撃ちにされる危険があった。景虎も動くに動けず、無為に時間だけが過ぎた。

この時代、食糧は自弁が原則である。

豪族たちは領地から率いてきた兵どもに飯を食わせなければならない。睨み合っているうちに出費ばかりがかさむ。

豪族たちは悲鳴を上げ、早く越後に引き揚げるよう御屋形さまを説得してくれ、と重臣たちをせっついた。苦しいのは重臣たちも同じだから、何とか景虎を説得しようとしたが、景虎は一蹴した。

景虎が撤兵を拒否したことで長尾軍の士気は更に下がった。そういう空気を景虎も敏感に察し、強引であることを承知しつつ開戦を決意した。

その結果、長尾軍は犀川の合戦で大敗を喫した。

この敗北で長尾軍に厭戦気分が充満した。

今川義元の仲介で和睦が成立して、景虎は九死に一生を得た思いだったであろう。

景虎は帰国した。

出陣に応じなかった豪族たちは、どんな罰を与えられるのかと戦々恐々としていたが、景虎は彼らを罰しようとはしなかった。抜け殻のようになって何事にも無気力になり、ついには政務に関わらなくなった。居室に引き籠もって、暗い顔で酒ばかり飲んでいるのである。


「おまえも飲め」

景虎が冬之助に盃を差し出す。

「いただきます」

景虎の抱える苦悩を思い遣ると、冬之助も飲まずにいられなくなる。

「何のために戦うのか、わしにはわからなくなった。越後の国主となったのは、国主として正しき行いをすれば、皆がそれに倣《なら》って、やがて、越後に正しき道が広がっていくだろうと期待したからだ。しかし、それは間違っていた。わしに、そんな力はなかった。豪族どもの強欲はひどくなるばかりで、正しき道など、どこにもない。越後がこんな有様なのに、武田晴信の強欲を咎めようとは片腹痛いことよ。わしは傲《おご》っていた。傲慢《ごうまん》だったのだ。だから、天が怒り、犀川で思い知らせてくれた。国主になど、なるべきではなかった。そんな器ではなかったのだ。それがようやくわかった。気付くのが遅かったかもしれぬが、何も気付かずにいるよりはよかった」

「そのようなことをおっしゃってはなりませぬ。御屋形さまの他に武田の暴虐を止められる御方はおりませぬ。御屋形さまがおられなければ、この越後も武田に攻め滅ぼされてしまうでしょう」

「よいではないか。武田晴信の巨大な強欲が越後の豪族たちのちっぽけな強欲を飲み込むだけのことだ。所詮、似た者同士なのだ。汚らわしい水が汚らわしい水に混じったとしても何も変わるまいよ」

景虎が吐き捨てるように言う。

「……」

冬之助は言葉を失ってしまう。


その数日後、景虎は春日山城の大広間に重臣たちを集め、国主の座を退いて出家する決意を告げた。次の国主を誰にするか、皆で相談して決めるがいい、わしは支度が調い次第、高野山《こうやさん》に向かう、と言い残して大広間を出た。

弘治《こうじ》二年（一五五六）三月二十三日のことである。

九

「おかしな男だ。国主の座を下りて出家するというのか。何かの間違いではないのか？」

氏康が首を捻る。

「間違いでは済まぬので、何度となく確かめさせましたが、やはり、間違いではないようです」

小太郎が答える。

「ふうむ、本当の話なのか。わからぬのう。わしには、わからぬ……」

国主になるためであれば、親でも兄弟でも殺す、わが子が国主の座を奪おうとすれば、わが子も殺す……そんな殺伐とした世の中なのである。

武田晴信は実の父親を追放したし、今川義元は腹違いの兄弟を自殺に追い込んでいる。そんな例ならば、枚挙にいとまがない。

自ら国主の座を下りるのは、例えば、病が重くなって政務に関わることができなくなり、嫡男に譲るというのであれば、ごく当たり前のことである。氏康も、そういう流れで国主になった。

だが、二十七歳の若い国主が、まだ妻も娶っておらず、従って、後継ぎもいないのに出家し、国主の座を下りて高野山で修行するというのだから前代未聞の椿事《ちんじ》と言っていい。日本の歴史上、こんなおかしなことを考えた人間は長尾景虎以外には存在しない。

「豪族どもを驚かせたいのではないのかな？」

二回目の川中島の戦いで長尾軍が惨敗したことは、当然、氏康も知っている。その原因が、景虎と豪族たちとの不協和音にあったこともわかっている。

北条氏の諜報《ちょうほう》網は関東全域に張り巡らされており、そこから得られる情報は恐ろしく精度が高いのだ。

「元々が短気な御方だといいますから、言いつけに従わない豪族たちに怒りをぶつけたとも考えられます。しかし、それほど大事なことを一度口に出してしまえば、後からなかったことにするのは容易なことではないでしょうし、かえって、豪族たちに侮られることになるかもしれませぬ」

「そういうことになるだろう。本気でなかったとしても退くに退けないことになってしまうな」

「越後には、かつて弾正少弼殿と国主の座を争った者がおります。そういう者が、では、自分が国主になりましょう、などと言い出したら、また越後は乱れるかもしれませぬ」

「景虎は、どうするつもりなのであろうな？」

「わかりませぬ。今しばらく、事の成り行きを見守るしかないかと存じます」

「そうだな」

氏康が、長尾景虎は本気で国主の座を下りるつもりはなく、豪族たちへの揺さぶりではないのか、と疑ったように、越後の者たちも、

「これは芝居ではないか」

最初は景虎の覚悟を信じようとしなかった。

（馬鹿な……）

景虎が本気だと見抜いたのは冬之助だけであった。

（何を呑気に構えているのだ。もたもたしていると、本当に高野山に旅立ってしまうぞ。御屋形さまは本気だと、なぜ、わからぬ？　皆で平伏《ひれふ》して、今までの愚かな振る舞いを詫びるのだ。許しを請うのだ。そうしなければ、おまえたちは偉大な主を失ってしまうことになるのだぞ）

戦のやり方には、はっきりと性格が現れる、というのが軍配者である冬之助の考えだ。

景虎は常に軍の先頭に立つ。時として、わずかな手勢だけを連れて何十倍もの敵軍に突き進んでいくことさえある。およそ慎重さとも臆病さとも無縁のやり方である。そんな無茶なことができるのは、自分の命は神仏によって守られているという絶対的な信仰があるからだ。その信仰が保証される見返

りが行動の純粋さであった。

景虎が何かにつけて、

「正義の戦しかせぬ」

「正しき道を広げなければならぬ」

「強欲を許さぬ」

とロにするのは、神仏に代わって正義を行い、この世に正義の道を広げ、強欲を罰するという強烈な使命感を持っているからである。神仏から与えられた神聖な使命を果たすには、まず第一に自分自身が清廉潔白でなければならず、そのためには、己の肉体と精神から世俗的な垢を削《そ》ぎ落とす必要がある。つまりは「捨てる」ということである。身ひとつ以外、何もかも捨てるのだ。何かに執着する欲望が心を汚し、目を曇らせるからである。苛烈なほどに峻厳《しゅんげん》な生き方を己に課している男が保身などに拘泥《こうでい》し、国主の座を守るために小細工を弄《ろう》するはずがなかった。景虎にとって国主の座を「捨てる」ことは、さして難しいことではない。

毘沙門天への信仰に裏付けされた景虎の質素な暮らしぶりや、己の命をわざと危険にさらすような大胆不敵な采配を見れば、冬之助には景虎が国主の座を捨てて本気で高野山で修行するつもりだとわかる。なぜ、それが他の者にはわからないのか、なぜ、景虎の振る舞いを芝居であろうと楽観できるのか、冬之助には不思議であり、重臣たちの危機感の欠如に苛立ちすら覚える。

十

出家宣言して以来、景虎は酒浸りの生活を改めた。まだ暗いうちから起き出し、毘沙門堂に籠もって読経を始める。山の端《は》から昇ってくる太陽に礼拝すると、昼くらいまで春日山を一人で歩き回る。のんびり散策するのではなく、顔中から汗を吹き出させながら、まるで走っているかのような早足で歩く。

なぜ、山歩きに励むのかと小姓が訊くと、

「しばらくは高野山で修行し、心と体に染みついた汚れを落とすつもりでおる。その後に熊野《くまの》と吉野《よしの》の霊山を歩いて修験《しゅげん》の道を学ぶつもりだ。諸国の霊山も巡ってみたい。そのためには、何よりも足腰が丈夫でなくてはなるまい。沙門の身となれば、馬に乗ることもなくなるだろうからな」

ごく当たり前のように景虎は応えた。

景虎にとっては、国主の座を捨てて高野山に行くことは決定事項なので、それから先のことについて着々と計画を立てているわけであった。

そんな景虎の姿を見て、さすがに重臣たちも不安になってきたのか、連日、春日山城に有力な豪族たちが集まって話し合いを重ねた。

しかし、景虎を翻意させる妙案は浮かばない。

四月になると、景虎の方から、次の国主が決まらないうちに自分が越後を出て行き、それによって越後を混乱させるのは無責任だと思うから春日山城に留まっているが、それは形だけのことに過ぎないから国主として政務に関わるつもりはないし、いつまでも話し合いが進まないようであれば、もう見切りを付けて旅立つことにする……そんな最後通告が突きつけられた。

この頃には景虎の決意を疑う者はいなくなっている。しかも、何としても景虎に翻意してもらわなければならぬ事態が起こっている。

葛山《かつらやま》城に拠る落合《おちあい》一族の一部が武田側に寝返り、城内で内紛が生じているのである。

この城は善光寺を見下ろすという戦略的に重要な場所にある。武田の手に落ちれば、武田軍はここを拠点として北信濃の豪族たちを攻めるはずであった。今の越後の状態では北信濃に援軍を送ることなどできないし、北信濃の豪族たちには独力で武田軍の攻撃を撥《は》ね返す力はない。

北信濃が武田の支配下に入れば、次は越後が狙われる。

景虎という軍事的な天才が越後の豪族たちを束ねて出陣すれば、無敵と怖れられる武田軍とも互角に戦うことができるが、景虎のいない越後軍では武田軍に歯が立たないであろう。自分たちの領地に武田軍が攻め込んでくるかもしれないという恐怖をひしひしと肌身で感じるようになって、ようやく越後の豪族たちは景虎のありがたみを思い知らされた。

今は雪が武田軍の軍事行動を封じているが、雪が解け出せば、武田軍が活動を開始することは間違いない。それまでに景虎を翻意させられるかどうか、それは越後の豪族たちにとって死活問題と言ってよかった。

春になると、いよいよ越後は大騒ぎになった。

今にも武田軍が北信濃を攻めるのではないか、その余勢を駆って越後に攻め込んでくるのではないかという恐怖に襲われたのである。

ところが、武田軍は動かなかった。

晴信が喪に服しているからであった。喪が明けないうちは武田軍が動くことはない……越後の豪族たちは安堵した。

武田軍は動かず、景虎にしても何だかんだと言いながら依然として春日山城に留まっているという事実が油断となり、景虎の出家宣言以来、ずっと緊張して張り詰めていた越後の空気が弛緩した。気の緩みは豪族同士の争いという形で現れた。景虎が最も嫌うことを始めたわけである。

越後の豪族たちが腰を抜かすような事態は、突然やって来た。六月二十八日である。

景虎が春日山城を出て、高野山に向かったのだ。

こうなって初めて、豪族たちは景虎がいなければ自分たちには何の力もないのだと悟った。

腹を括り、よほど思い切った提案をしなければ、もはや景虎を呼び戻すことはできぬと考え、重臣たちが起請文《きしょうもん》を作成した。命と財産のすべてを景虎に差し出し、絶対的な忠誠を誓うという内容である。末尾に連署し、名前の下に血判を捺《お》した。

越後各地の豪族たちに使者が送られ、同じ内容の血書の提出を求めた。提出を拒む者は敵とみなし、重臣たちが共同で討ち滅ぼすと付け加えた。

最終的に提出を拒む者はおらず、誰もが血書を提出した。その血書を携え、小島弥太郎《こじまやたろう》、宇野左馬之介《うのさまのすけ》らが高野山に向けて出発した。景虎から深く信頼されていた若武者たちが選抜されたのである。

「御屋形さまが一緒でなければ、われらも越後には戻らぬ覚悟です」

と、彼らは強い決意を口にした。

八月十七日、彼らは高野山の麓《ふもと》で景虎に会った。

それから三日三晩、不眠不休で景虎の説得を試みた。その間、景虎は口を利かず、黙って彼らの説得に耳を傾けた。

四日目の朝、不意に景虎が立ち上がった。

「間もなく夜が明けるな」

板戸を開ける。まだ西の空は暗く、星も光っているが、東の空は薄ぼんやりと群青《ぐんじょう》色に染まり始めている。

「一日のうちで、夜明け前が最も暗いという。だが、その直後には太陽が昇って暗闇を消し去ってしまう。今のわしの心と同じだ。越後にいるとき、わしは暗闇の中に置き去りにされたようだった。自分の進むべき道を見失い、心には迷いが満ちていた。だからこそ、出家して御仏にすがろうとしたのだ。今は違う。汝らがわしに命を差し出すというのであれば、わしも命懸けで、その気持ちに応えなければならぬと思う。わし一人だけが逃げ出すなど許されぬことだ。その方らの気持ち、しかと受け止めたぞ。越後に帰り、もう一度、国主として精一杯、務めてみよう。それこそ、わしが進むべき道だと悟った」

次第に明るくなっていく東の空に目を凝《こ》らしながら、

(もはや、迷うまい。この命を、わしを慕ってくれる者たちに捧げよう。この先、また心に迷いが生じることがあれば、そのときは越後を去るのではなく、高野山に登るのでもなく、この命を断ち、冥《めい》途《ど》に旅立つことにしよう)

景虎は、そう心に誓った。

十一

弘治三年(一五五七)二月初め、武田晴信は信濃に出陣した。中旬には川中島に進出し、武田に抵抗を続ける城や砦をいくつか落とした。

川中島から北上し、三月初めには越後との国境近くにある飯山《いいやま》城を包囲した。

このとき飯山城には高梨政頼がおり、武田軍に包囲されて動転した政頼は、春日山城の長尾景虎に矢継ぎ早に使者を送って、出陣を懇願した。

晴信は、すぐには飯山城を攻めようとしなかった。

景虎の出方を窺《うかが》ったのである。

四月になると、晴信は飯山城の包囲を解き、西上野に向かった。箕輪《みのわ》城の長野業正《ながのなりまさ》を攻めるつもりだった。

武田軍が接近すると、長野業正は城に籠もった。

晴信が城攻めの準備をしているとき、川中島に残してきた馬場信房《ばばのぶふさ》からの急使がやって来た。景虎が国境を越えて飯山城に入ったという知らせであった。

三日後、また馬場信房からの使者が着いた。長尾軍六千が善光寺に本陣を置き、その周辺に兵を配置しているという。

晴信は、箕輪城の囲みを解いて信濃に戻ることにした。川中島の近くにある、守りの堅い深志《ふかし》城に入るつもりだった。

深志城に入ると、晴信は、川中島周辺に点在する城や砦の守りを厳重に固めることを命じ、決して越後勢の挑発に乗ってはならぬ、とつけ加えた。

景虎の戦上手は、晴信も四郎左もよく知っている。

しかも、出家騒動により、雨降って地固まるというのか、越後勢が景虎を中心に強く結束している。まともに戦えば、武田軍といえども、かなりの損害を覚悟しなければならない。

それ故、晴信と四郎左は、長尾軍を相手にしない方針を固めた。

長尾軍は、北信濃における武田方の重要拠点である山田《やまだ》城を落とし、その余勢を駆って千曲川を渡り、須坂《すざか》周辺の小砦を次々と攻め潰した。

それでも晴信は動かなかった。どれほど長尾軍が暴れ回ろうと、長尾軍に攻められている味方から救援要請が来ようとも無視した。決戦を避けて時間を稼ぎ、長尾軍が越後に引き揚げるのを待つという決意は揺らがなかった。

半年にも及んだ、この第三回の川中島の戦いで、晴信と景虎が直接戦うことは一度もなかった。

唯一の大きな戦いは、八月下旬の上野原《うえのはら》の合戦だが、これは偶発的に生じた遭遇戦である。馬場信房が率いる武田軍五千が移動しているのを景虎が発見し、急襲したのである。

武田軍は三千の長尾軍の攻撃を支えきれず、たちまち算を乱して潰走した。一方的な敗北だったが、さほど大きな損害を受けなかったのは、信房がひたすら退却を命じ、無用の戦いを避けたからである。

信房は、長尾軍と戦ってはならぬという晴信の戒めを忠実に守った。

景虎は川中島を縦横無尽に駆け巡って、いくつもの小城や砦を奪ったが、山田城を除けば、戦略的にはほとんど意味のないものばかりで、実利は乏しかった。

その代わり、景虎は名声を得た。

すでにこの当時、晴信は名将と称され、武田軍は無敵と呼ばれるほど怖れられていた。

実際、武田軍の侵攻を誰も止めることができず、晴信は着々と領地を広げていたのである。

景虎は武田軍と互角以上の戦いを演じ、しばしば勝利を得た。そんな武将は他にいない。

一方、晴信は実利を得た。

九月になって景虎が越後に去るのを待って、川中島の支配権を固めることに成功したからである。

景虎が奪い取った城や砦も、結局は晴信に取り返されてしまった。

十二

「武田と長尾は、また痛み分けだったようです」

小太郎が風間党からの報告を氏康に伝える。

景虎が越後に去ってから、晴信が北信濃、特に川中島周辺で勢力を伸ばしていることも事細かに説明する。

「そうか」

氏康は、さして強い関心を示すでもなく、浮かない顔で小太郎の話に耳を傾ける。

しばらく小太郎は話し続けるが、氏康が上の空であることに気が付き、

「殿」

と呼びかける。

「……」

「殿」

「ん？」

氏康がハッとしたように顔を上げる。

「どうかなさいましたか？」

「いや、何でもない。すまぬ。何の話だったかな」

「このままでは武田が北信濃を支配する日も遠くないのではないか、と申し上げたのですが」

「そうか。やはり、武田が勝つか」

「すぐにというわけにはいかないでしょうが」

「当家としては、どちらも勝たず負けず、いつまでも戦を続けてくれるのがありがたいがのう」

「はい」

北信濃で武田と戦を続けているうちは、長尾景虎も上野に目を向ける余裕がないはずで、それは北条氏にとって悪いことではないのだ。

「お顔色が優れぬようですが？」

小太郎が心配そうに訊く。

「わかるか」

氏康がふーっと溜息をつく。

「あまり眠れぬのだ。眠っても、すぐに目が覚めてしまうし、目が覚めると、つい考え事をしてしまう。夜中から朝まで考え続けてしまうこともある」

「お察しします」

武田と長尾の動向も重要だが、今の氏康はもっと深刻で重要なふたつの問題を抱えている。

どちらも政治問題なので、軍事を専門とする小太郎が口出しできることではない。

だから、差し出がましいことを口にするのを憚《はばか》ってきたが、氏康が悩み苦しんでいるのを目《ま》の当たりにして、とても黙っていられなくなった。

「殿は精一杯のことをしておられます。誰にも真似のできぬことです。年が明ければ、きっと何もかもうまくいくはずです」

「そうだといいのだが……」

やはり、氏康の表情は冴えない。気休めの言葉で楽観的になれるほど軽い問題ではないのだ。

氏康を悩ませている問題のひとつは、凶作と疫病である。

この年、北条氏の領国では、天候不順が原因でひどい凶作となった。春から秋にかけて、あらゆる農作物が例年の半分ほどしか収穫できず、飢饉《ききん》が発生した。

農業技術が未熟な時代なので、農作物の豊凶は天候次第であり、何年かに一度は確実に凶作に見舞われる。

北条氏では、初代の宗瑞以来、凶作に備えて、米や麦を備蓄し、いざというときには、それらを放出して農民が飢えぬように配慮している。

当然、この年も、そうした。

そのおかげで、飢饉はそれほど広がらずに終熄《しゅうそく》したものの、備蓄されていた米や麦は底をついてしまったし、それを補充する見通しも立っていない。

氏康が憂慮するのは、万が一、年が明けても事態が好転しなければ、すなわち、二年続けて凶作になるようであれば、何の対策も打てないということであった。

来年の天候がどうなるかは、年が明けないとわからないわけだが、先行きの見通しを暗くし、事態をいっそう深刻にしているのは、凶作に加えて、疫病が発生したことである。

ろくな医療技術も医療知識もないから、ばたばたと人が死んでも手をこまねいているしかない。

凶作と疫病は無関係に発生したわけではない。

疫病の原因となる病原菌は、日常的にどこにでも存在しているから、凶作によって飢饉が起こり、人々が飢餓状態に陥ると、体力が落ちて病原菌に対する抵抗力が急激に弱まる。病人が増えれば働き手が減り、それだけ生産力が落ちるという悪循環に陥る。

氏康は、普段から質素倹約に努め、大大名であるにもかかわらず、贅沢とは無縁の生活を送っている。それもまた初代宗瑞以来の家訓であり、父の氏綱は宗瑞によって、氏康は宗瑞と氏綱によって、幼い頃から、そのように躾《しつ》けられてきた。氏康の後継者である氏政も、その点では同じである。上に立つ者がまず範を示さなければならぬ、というのが宗瑞の厳しい教えなのである。

凶作や疫病で領民が苦しんでいるとなれば、それまで以上に氏康は質素倹約に努め、自分だけでなく家臣たちにも同じことを求めるのは当然である。

ところが、それと矛盾することを来年の春に行わなければならない。

そのことが氏康を悩ませている。氏康の甥に当たる古河公方・足利義氏《よしうじ》の鶴岡八幡宮《つるがおかはちまんぐう》参詣である。

古河公方の参詣は初めてで、参詣後、小田原を訪問する予定になっている。

この参詣は盛大な行事にしなければならないし、小田原訪問に際しても、贅を尽くして、義氏を歓迎しなければならない。金惜しみなどできないのだ。

氏康とすれば、

（選《よ》りに選《よ》って、この時期に凶作と疫病に悩まされなければならぬとは……）

と歯軋《はぎし》りする思いだったであろう。

普通に考えれば、時期が悪いのであれば、義氏の鶴岡八幡宮参詣と小田原訪問を延期すればよさそうなものだが、それもできない。

義氏の鶴岡八幡宮参詣と小田原訪問には重要な政治的な意図が含まれており、かなり以前から慎重に計画されてきたので、そう簡単に延期などできないのである。

氏康が望む官位が義氏に与えられるように、莫大な賄賂《わいろ》を使って朝廷に根回しした。それが成功し、年が明けて二月の初めには、義氏は従四位下《じゅしいのげ》・右兵衛佐《うひょうえのすけ》に任じられることになっている。

ただの官位ではない。深い意味がある。

右兵衛佐は、鎌倉幕府の初代将軍・源頼朝が任じられていた官職なのだ。

氏康の官職は左京大夫《さきょうのだいぶ》で、これは鎌倉幕府の執権を務めた北条氏の当主と同じである。

すなわち、義氏を将軍に、氏康を執権に擬して、二人の関係を鎌倉幕府になぞらえようということなのである。それによって北条氏による関東支配を正当化しようという考えなのだ。

それが実現すれば、もはや関東の武士たちは、北条氏を成り上がり者と嘲笑《あざわら》うことなどできず、鎌倉幕府の真の後継者として認めざるを得ないであろう。実力だけでなく、権威によっても関東を支配する土台を築くことができる。

それほどの重大事を、そう簡単に先延ばしできないのは当然であろう。

義氏の参詣と小田原訪問を延期できないのであれば、氏康としては、疫病が収まり、農作物の収穫が上向くことを祈るしかない。

「悪いことばかりではありませぬ」

「そうかな」

「武田と長尾がやり合ってくれるおかげで、当家は大きな戦をせずに済んでいるではありませぬか」

「戦か。そうだな、この上、戦など起こったら、国が滅んでしまうだろうな……」

うむ、悪いことばかりではない、少しはいいこともあるのだ、と氏康は自分に言い聞かせるようにつぶやく。

十三

年が明けると弘治四年、二月二十八日に改元されて永禄《えいろく》元年（一五五八）となる。

四月、足利義氏の鶴岡八幡宮参詣と小田原訪問は予定通りに行われた。春になっても天候不順が続き、疫病が収まる気配もなかったが、氏康は無理を重ねて盛大に義氏を迎えた。

ふたつの行事は成功裡に終わり、北条氏と氏康の威信は大いに高まった。

が……。

当然ながら、その反動は大きかった。

北条氏の国庫は空になり、それを埋める当てもないという有様だったのである。

五月中旬、義氏の出立を見送ると、氏康は直ちに家臣一同に向け、今まで以上に倹約に努めるように指示した。家臣たちに倹約を要求するだけでなく、氏康自身が範を示した。

これまでも贅沢とはほど遠い生活をしてきた氏康である。その上、倹約しようとすると、もはや、大国の領主の暮らしとは思えないほど質素なものにならざるを得なかった。食事は一汁一菜が基本で、肉や魚は三日に一度しか口にしない。飯にしても、麦に稗《ひえ》や粟《あわ》を混ぜて食べるのが普通で、白米は何かの祝い事でもなければ食べない。できるだけ他国に米を売って銭に替えるためである。

とは言え、いかに貧相な食事とはいえ、食うものがあるだけましであった。領民たちは食うや食わずで、一部の地方では、またもや飢饉が発生しているのだ。

もはや、倹約に努めるだけでは、どうにもならないほど北条氏を取り巻く状況は深刻であった。

幸いというべきか、北条の領国だけでなく、その周辺国でも似たような状況であり、そのせいか、この年は関東で大きな戦は行われていない。他国に兵を出す余裕がなかったからである。

永禄から、元亀《げんき》・天正《てんしょう》へと続く時代は、関東だけでなく、日本全国で大がかりな戦乱が絶え間なく続くことになるが、その最初の年は不気味なほど静かであった。まさに嵐の前の静けさなのである。どの大名も戦をする余裕がないのでおとなしくしていたせいだが、飢餓が深刻になれば、今度は逆に積極的に戦を始めるのが歴史の教えるところだ。自国に食うものがなければ、他国から奪うしかないからである。

十四

これまで三度にわたって川中島で激突した武田と長尾ですら、この年は干戈《かんか》を交えていない。

永禄二年（一五五九）二月、武田晴信が出家した。

法性院機山信玄《ほっしょういんきざんしんげん》という。

以後、晴信は法号の「信玄」を名乗るようになる。

『論語』に諭され、以前から、四十になったら出家しようと考えていたが、心に迷いもなくなり、人生における大目標も定めたので、予定よりも一年早く出家したのである。

その大目標とは、自分の力で戦国時代を終わらせ、世の乱れを鎮めること、すなわち、天下平定である。我欲を捨て、その大目標に全身全霊を捧げるための出家なのであった。

長尾と和睦して以来、武田軍は北信濃における軍事行動を控えている。

もちろん、何もしていないわけではない。占領地の実効支配を進め、甲斐との同化政策を進めている。それが信玄のやり方なのである。新たな領地を獲得しようとするときには、総力を挙げて敵地に攻め込み、その攻勢が一段落すると、矛を収めて占領地の民政に力を入れる。軍事行動と民政を交互に繰り返すことが武田の支配力を強めることになると知っているのである。

つまり、長尾との和睦を重んじて軍事行動を控えているわけではなく、和睦の成立如何《いかん》にかかわらず、しばらくの間、民政に力を入れる予定だったのだ。

和睦など屁《へ》とも思っていない証拠に、信玄は川中島で海津《かいづ》城の整備を進めている。民政が軌道に乗れば、すぐさま北信濃全域の制圧を目指して軍事行動を始めるという強い意思の現れであった。

景虎とて馬鹿ではない。

信玄の腹の内を見抜いている。

短気な景虎とすれば、すぐさま兵を動かして、海津城を攻めたいところだが、それを思い留まらなければならない理由がある。

上洛を控えているのだ。

六年ぶり、二度目の上洛になる。

前々から山内憲政は、

「上杉の家督と関東管領職を汝に譲りたい」

と申し出ているが、

「自分のような者には畏れ多すぎまする」

景虎の方が固辞している。

憲政も越後に亡命して、かれこれ七年以上になる。

その間、北条氏は着々と支配地を広げ、今では上野のほとんどを支配しようという勢いである。

このままでは、もはや上野に戻ることはできぬと憲政は焦り始めた。

頼みの綱の景虎は、上野ではなく、憲政にはどうでもいい北信濃にばかり兵を出している。

何とか景虎の目を上野に向けなければならぬ、と覚悟を決め、改めて景虎に家督相続と関東管領職への就任を要請した。

景虎も、以前のように強くは固辞しなかった。

ここ数年、無敵と怖れられる武田軍と互角に渡り合ってきたことで自分の軍事的な才能に自信を持ち始めており、武田など何する者ぞ、北条など何する者ぞ、という気持ちがある。

ただ、軍事力だけでは、どうにもならぬこともあると思い知らされた。権威が必要なのである。

今の景虎は越後国主に過ぎない。

信玄は信濃守護職だから、本来、景虎は信玄が信濃で何をしようと口を出せる立場ではない。

氏康は、われこそは関東管領であると称している。

その後ろ盾となっているのは古河公方・足利義氏である。関東管領なのだから、上野を支配するのは何の問題もないという理屈なのだ。

そんな理屈はおかしい、でたらめだ、と景虎としては声高に叫びたいが、越後国主という立場では、犬の遠吠えにしかならない。

いくら戦が強くても、政治力において信玄や氏康に劣っている、と景虎もようやく自覚するようになったのである。

（わしが関東管領になればよいのだ）

そうすれば、信玄の信濃の仕置きに口を出すこともできるし、武蔵や上野における氏康のやり方に異を唱えることもできる。

いや、それどころか、関東管領を私称する不届き者として氏康を討伐することも可能になる。

上杉の家督を継ぎ、関東管領職に就《つ》けば、好きなときに、思うがままに信濃にでも上野にでも攻め込む大義名分を手にすることができるのである。

そのためには都に行かなければならない。

氏康は古河公方によって関東管領に任じられたと喧伝《けんでん》している。そんなものはでたらめだ、自分こそが真の関東管領であると景虎が主張するには古河公方よりも、もっと大きな権威によって関東管領に任じられる必要がある。その権威とは都にいる室町幕府の将軍・義輝である。

四月三日、景虎は五千の大軍を率いて上洛の途についた。

二十七日に都に入ると、すぐさま義輝に謁見を許され、五月一日には参内して正親町《おおぎまち》天皇に拝謁することもできた。

関東管領職の移譲についても簡単に決着した。

いっそ都で就任式を行ってはどうか、自分が介添えしようとまで義輝は言ってくれたが、景虎は婉《えん》曲《きょく》に断った。

「なぜじゃ？　遠慮はいらぬのだぞ」

「関東管領への就任は鶴岡八幡宮の神前で披露するのが習わしであると心得ておりまする故」

そう景虎が答えたから、義輝は驚いた。

鎌倉は長尾と敵対している北条氏の支配地である。

景虎の鎌倉入りを許すはずがない。

「小田原の許しを得るつもりはございませぬ」

「では？」

「上野も武蔵も相模も、元はと言えば、上杉の支配国でございまする。それを奪い返し、堂々と鶴岡八幡宮の神前に立つ覚悟でございます」

「おお、何と頼もしい言葉よ」

義輝は感嘆し、諸国を見回しても、長尾景虎ほど頼もしい武将はおるまいと感心した。

そう思ったのは、義輝だけではない。

関白・近衛《このえ》前嗣《さきつぐ》も感心した。

前嗣の妹は義輝に嫁いでいるから、二人は義兄弟の間柄である。

義輝から景虎の人柄を事細かに聞き、

（今の世の中で頼りにでけんのは長尾はんだけや）

と思い定め、景虎の宿舎を訪ねた。

「あんたが越後に帰るとき、まろも一緒に行ってもええやろ？　嫌と言うたら許さんからな」

と頼み込んだ。

景虎は、関白の訪問に恐懼《きょうく》し、

「承知いたしました」

と平伏したまま答え、前嗣が関東に下った折には関東公方に据えるという約束までした。

それは、氏康の奉じる足利義氏を廃することを意味している。氏康が黙っているはずがないから、当然、長尾と北条が衝突することになる。

景虎は関白に向かって、北条氏の討伐を公言したわけである。

越後に同道すると約束したものの、後になって、この話を知った義輝が慌て、前嗣を強く慰留したため、景虎と共に越後に下ることはできず、結局、前嗣の越後行きは翌年の九月に先延ばしになる。

十月初め、景虎は帰国した。

十月二十八日には関東管領就任を祝う祝賀の儀が行われた。越後の豪族だけでなく、関東八ヶ国の大名や豪族たちが祝いに駆けつけたり、名代を送ったりした。武田氏と北条氏は景虎の関東管領就任を認めず、この祝賀を頭から無視した。

その結果、祝いに駆けつけたのは武田や北条に圧迫されている者ばかりということになり、ごく自然の成り行きで、この祝賀の儀をきっかけに、景虎を中心とする反武田、反北条の勢力が結集される形になった。

十五

景虎が祝賀会を催している頃、氏康は上野と越後の国境近くにいた。

夏の終わりから上野に兵を入れ、北条氏に従おうとしない豪族たちを虱潰《しらみつぶ》しに討伐しつつ北上し、ついに越後との国境付近に到達したのである。

それは、上野全域を北条氏の領国とすることに成功したことを意味する。

北条氏の支配地では、二年前から凶作に見舞われ、各地で飢饉が起こり、疫病が広がるという事態に陥っている。その対応で北条氏の財政は逼迫した。

この二年、大がかりな軍事行動を起こさなかったのは偶然ではなく、戦になれば、領民に大きな負担をかけることになるとわかっているから自重したのである。

にもかかわらず、なぜ、突如として氏康は大軍を率いて上野に入ったのか？

北条氏を取り巻く厳しい状況が変わっていないのに、氏康が出陣したのには理由がある。

十一月中旬、氏康は上野から兵を退き、小田原に向かった。途中、玉縄《たまなわ》城に寄った。

武蔵、相模から重臣たちが呼ばれた。

彼らは、上野全域を支配下に置くことに成功したので、その祝いの宴に招かれるのだと思った。

しかし、そうではなかった。

重臣一同が居並んだ広間で、

「わしは隠居することにした」

と、氏康は告げたのである。

「え」

誰もが息を呑んだ。想像もしていなかったことであった。

氏康の傍らに控える氏政は、肩を落として、うつむいている。その姿からは北条氏の家督を継いで、四代目の当主になるのだという気負いや喜びは感じられず、むしろ、不安や戸惑いが滲《にじ》み出ているようであった。

氏康は四十五歳の男盛りである。

病や怪我で政務を執ることができないのなら話もわかるが、特にそういうことはない。現に上野で大規模な軍事行動を指揮したばかりなのだから、体調が悪いということはない。

一方の氏政は、ようやく二十歳を過ぎたばかりの若者で、政治においても軍事においても、まだまだ経験が足りないのは明らかである。それは他ならぬ氏政自身が承知している。だからこそ、不安を隠しきれないのであろう。

「なぜ……なぜでございまするか？」

「信じられませぬ」

広間にざわめきが起こり、重臣たちの口から驚きの声が洩れる。

「天の怒りを鎮めるためである」

氏康は一同をゆっくりと見回す。

「……」

重臣たちは、ハッとする。

「かれこれ三年も凶作が続き、来年の見通しも明るくはなさそうだ……」

領国では三年続いて凶作で、各地で飢饉が起こっている。そこに追い打ちをかけるように疫病が発生して、領民が苦しんでいる。これは天の怒りの現れである。その怒りを鎮めるために、わしは当主の座を退き、氏政に家督を譲ろうと思うのだ……そう氏康は静かに淡々と語る。

そう言われると、重臣たちも何も言えなくなってしまう。

古来、日本でも、中国でも、世の中が乱れ、民が苦しむ非常事態になると、元号を変更したり、為政者が代替わりすることが行われる。政治を刷新することで天の怒りを鎮めるためである。それでも事態が改善しないと、中国では大乱が起こり、古い王朝が打倒され、新たな王朝が生まれた。

そういう知識は、この時代、誰でも持っている。

本来、天変地異は誰のせいでもないはずだが、何の教育もない者ですら、

(上にいる者が悪いせいだ)

と素朴に考える。

北条氏の領国で問題が生じれば、

(御屋形さまのなさりようが悪いのではないか)

と、氏康に厳しい目が向けられる。

領民の怒りが沸騰すれば、一揆という形になって表れ、北条氏の屋台骨を揺るがす事態になりかねない。それがわかっているから、氏康は先手を打ったわけである。わしが悪かった、わしが責任を取って当主の座を退くから、どうか北条を憎まないでほしい、という思いの表れなのである。

すなわち、口では天の怒りを鎮めると言いながら、実際には、領民の怒りを鎮めるための代替わりなのである。

財政状況が悪いときに、氏康が敢《あ》えて上野で戦をしたのは、後を継ぐ氏政のために敵対勢力を一掃し、後顧の憂いをなくしておこうという親心なのであった。

氏康の話を聞いた重臣たちは、

（御屋形さまのおっしゃることは、もっともである。これだけひどいことが続いているのだから、手をこまねいて何もしないというのでは、もっと悪いことが起こるやもしれぬ）

という気持ちになった。

それに氏康の体調悪化が原因で代替わりするのなら、若い氏政に頼りなさも感じるであろうが、家督を譲った後、氏康が氏政を後見するのであれば、今までのやり方が大きく変わることはなかろうと安心できる。

氏康の隠居と氏政の家督継承が正式に発表されたのは十二月二十三日である。その頃には、代替わりについては、重臣たちだけでなく、領民たちにも広く知られるようになっていたから、何の騒ぎも起こらなかった。

以後、小田原城の本城に在城する氏康は「御本城様」と呼ばれることになる。

隠居したといっても、重臣たちが想像した通り、政務や軍事から手を引いたわけではなく、実際には、氏政の後見をするという形で今まで通りの役割を果たすことになる。氏康と氏政が両輪として困難な状況に対処しようという考えなのだ。

この代替わりは、これからは世の中が明るくなっていくという希望を領民に与えるための非常措置であると言っていい。

十六

この年の暮れ、氏康は小田原城に氏政の弟たちを呼び集めた。

氏政には弟が四人、妹が七人いる。兄が一人いたが、すでに亡くなっている。十六歳で病死した新《しん》九郎氏親《くろううじちか》である。

養子を含めれば、もっと子供の数は多くなるが、氏康の実子は十三人であった。

北条氏の特徴のひとつは、肉親同士での争いが皆無だったことである。

戦国時代には、親が子を殺し、子が親を殺し、兄が弟を殺し、弟が兄を殺し、叔父が甥を殺し、甥が叔父を殺す……そんな身内同士の殺し合いが珍しくない。近しい身内は、最大の味方にも最大の敵にもなり得るという時代なのだ。

大きな大名家になると、子供それぞれに乳母がつき、教育係がつく。兄弟同士で顔を合わせることも滅多にないから、血の繋がりがあっても、どうしても感情的に疎遠になる。まして異母兄弟ともなれば、ほとんど他人と同じである。兄弟という実感が得られないのだ。

北条では、それがない。

もちろん、子供たちには、それぞれ乳母と教育係がついているものの、彼らに任せきりにするのではなく、氏康夫妻が子供たちの教育に深く関わった。共に学び、共に遊び、父と母から慈しまれたことで、兄弟の絆は非常に強い。

面白いことに、兄弟の中では氏政が最も才に乏しい。無能とまでは言えないが、取り立てて優れたところもない。凡庸なのである。

父の氏康が氏政を見る目は厳しく、

「こんな者が北条氏の後を継ぐようでは先が思いやられる」

と嘆いたと言われるが、実際には、氏政は、それほどの愚か者ではない。この時代の戦国武将を見回せば、氏政は、まだ、ましな方である。

ただ、氏政の弟たちは、いずれも非凡だったから、どうしても氏政は見劣りしたであろうし、己の後継者に向ける目は、他の子たちに向ける目よりも、遥かに厳しかった。

まだ二十一歳になったばかりの若輩者で、氏康の目から見れば、愚か者に過ぎない氏政が自分の後を継ぐのは、氏康としては心配で仕方なかったらしく、兄弟たちが力を合わせて氏政を支える体制を取りたかったのであろう。自分の考えを伝えて、兄である氏政を敬って支えるように諭すために弟たちを呼び集めた。


氏康の三男、すなわち、氏政のすぐ下の弟を氏照《うじてる》という。十八歳である。幼名を藤菊丸《ふじぎくまる》という。

氏康は、氏政よりも氏照を買っていたフシがあり、だからこそ、四年前に足利義氏が元服したとき、氏照だけを参列させている。行く行くは義氏を後見させ、房総方面の北条領を任せようと考えたのかもしれない。北条氏の領国すべてを氏政に宰領させるのは心配なので、半分くらいを氏照に預けるのが安心だというわけである。

だが、氏政が武田信玄の娘を娶り、二人の間に子供が生まれる頃になると、氏政よりも優れた弟を可愛がることの危うさを自戒したのか、氏康は氏照を養子に出すことを決める。

養子先は、武蔵南西部に威を張る大石《おおいし》氏である。大石氏に婿入りしたことで、たとえ氏政に万一のことがあっても氏照が北条氏の家督を継ぐ可能性は消えた。内紛の火種を、そもそも火が付いていない段階で、氏康は揉み消したわけである。

氏照の本拠は由井《ゆい》城から滝山《たきやま》城、滝山城から八王子《はちおうじ》城へと変わり、本拠が変わるにつれ、北条氏における氏照の重みは増した。政治・軍事・外交のいずれにおいても優れた手腕を発揮した。氏康が予見したように、もし氏照が北条氏に残っていたならば、氏政を凌《しの》ぐほどの声望を集め、北条氏の家督を奪おうという野心を抱いても不思議はなかった。それほど、氏政と氏照の器量には大きな差があった。家督を巡る競争相手ではなく、氏政の家臣という立場がはっきりしたことで、氏照が妙な野心を抱くことはなくなり、その後、生涯を終えるまで氏政を支え続けることになる。死ぬときも一緒であった。


氏照の三つ下の弟、すなわち、氏康の四男は氏規《うじのり》である。このとき、十五歳である。

かつて氏康の四男は氏邦《うじくに》だというのが定説だったが、近年の研究の結果、氏邦は五男で、氏規より三つ下の弟だというのが正しいとわかった。

氏規は、八歳のときに人質として今川家に送られ、二十歳になるまで駿府《すんぷ》で過ごした。

もっとも人質とはいえ、当主の義元は伯父だし、義元の母・寿桂尼《じゅけいに》は祖母で、二人とも氏規をかわいがったから、駿府での生活は、さほど窮屈なものではなかった。形としては人質だが、実際には今川一門と同様に扱われた。

だからこそ、氏政の家督継承が公にされたとき、他の兄弟たちと同様に小田原城に駆けつけることができた。義元や寿桂尼からの祝いの品を届ける役目も担っていたはずで、本当に人質扱いされていたのであれば、こうはいかない。

実際、氏規と今川家の関係は深く、そもそも氏規の「氏」は北条氏の通字ではなく、義元の子・氏真《うじざね》の偏諱《へんき》ではないかと言われている。元服も駿府で行われ、烏帽子《えぼし》親は義元が務めた。元服してからは助五郎《すけごろう》と呼ばれたが、「五郎」は今川家の仮名《けみょう》である。今後も氏真を助けよ、という意味を込めて、義元が仮名を与えたのであろう。

元服は十五歳のときだが、つまり、その年齢で、すでに義元から氏真を支えてほしいと目をかけられ、仮名を与えられるほど氏規の器量は優れていたということなのだ。

氏規の器量を見抜いたのは義元だけではない。

氏規の生涯を語るとき、その生涯において最も重要な出来事は徳川家康《とくがわいえやす》との出会いであった。

氏規が八歳で駿府に送られたとき、たまたま隣の屋敷で暮らしていたのが、当時、松平竹千代《まつだいらたけちよ》と名乗っていた家康で、氏規よりも三つ年上の十一歳であった。

庶民の子ではないし、二人とも人質の身の上だから、勝手気儘《きまま》に相手を訪ねることもできないし、好きなときに遊ぶことができるわけではない。隣同士だったといっても、それほど頻繁に会うことができたわけではないのだ。

恐らく、義元に呼ばれて今川館に出向いたときなどに言葉を交わしたり、何かの祝い事の折に、義元の許しを得て、相手の屋敷を訪ねる程度の交流だったであろう。

しかし、二人の間には友情が芽生え、その友情は氏規が亡くなるまで続いた。

子供の頃、一緒に遊んだことがある、という程度のことで、その相手を友人として重んじるほど家康はお人好しではない。氏規の誠実さや人間的な魅力がよほど家康の心に響いたからこそ、生涯にわたって、氏規を親しい友として遇したのであろう。

北条家に戻ってからは、氏政をよく支え、徳川や今川との強い繋がりを生かし、外交面で手腕を発揮することになる。

豊臣家が台頭すると、豊臣家との交渉も担うようになり、秀吉からも気に入られた。

小田原征伐によって北条氏が滅んだとき、氏政や氏照、重臣たちは死罪を命じられたが、氏規は赦《しゃ》免《めん》され、それればかりか秀吉の直臣として取り立てられ、河内《かわち》で所領を与えられた。氏規の子孫は狭山《さやま》藩北条家として長く続き、小田原北条氏の名前を継承していくことになる。

氏康の五男は氏邦である。このとき十二歳で、まだ元服していない。幼名を乙千代丸という。氏政、氏照、氏規の三人は父も母も同じだが、氏邦は母が違う。庶出の異母兄弟なのである。氏邦は、この前年の永禄元年、武蔵北部における最大の豪族、藤田氏に婿養子に入っている。七歳年上で、氏邦が元服前だったせいもあり、実際の婚礼は五年後、氏邦が十七歳のときに行われた。妻は庶出でもあるし、他家に養子に出されたこともあって、北条氏における氏邦の立場は、他の兄弟たちに比べると、さほど重くなかった。

しかし、齢を重ねるにつれて重みを増し、四十になる頃には、氏規よりも上、氏照と同じくらいの立場に位置付けられている。武蔵と上野を支配するに当たって、氏邦の果たす役割が大きくなっていたせいである。それだけ非凡だったのだ。

氏邦の下にも西堂丸《せいどうまる》という庶出の弟がいるものの、このとき、まだ六歳の幼児だったので、兄弟の集まりには呼ばれていない。

氏康と氏政が上座に並んで坐り、下座に氏照、氏規、氏邦が控える。

「これからは兄というだけではない。おまえたちの主になる。兄弟が力を合わせて、新九郎を盛り立ててていかなければならぬぞ」

氏康が諭すように言うと、

「心得ております。兄として敬うだけでなく、御屋形さまとして衷心《ちゅうしん》より仕える覚悟でございます」

年長の氏照が両手をついて頭を垂れる。

「わたしたちも同じ気持ちでございまする」

氏規と氏邦も恭《うやうや》しく頭を下げる。

「おお、何と頼もしい言葉であることか。よろしく頼むぞ。どうか、わしを助けてくれよ」

氏政は席を立って弟たちに近付き、それぞれの手を順繰りに取って、よろしく頼むぞ、と何度も声をかける。

氏政の目には涙が光っている。

北条氏の家督を継ぐという重圧に押し潰されそうになり、心細くてたまらないのだ。氏政にとっては、本心から弟たちが頼りなのであった。

第三部　景虎越山

一

氏康《うじやす》から氏政《うじまさ》への代替わりを正式に発表した八日後、年が明けた。永禄《えいろく》三年（一五六〇）である。

これまで三年にわたって、北条《ほうじょう》氏の領国は天候不順と自然災害に見舞われ、凶作が続き、疫病が発生し、各地で飢饉《ききん》が起こった。

その責任を取る形で氏康は隠居したわけだが、そもそも天変地異は人知の及ぶところではないから、代替わりしたくらいで、何かが大きく変わるはずもない。

しかし、

「新しい御屋形《おやかた》さまのお力で、これからは暮らしが楽になるぞ」

という希望を領民に与えなければならないし、それができなければ、北条氏が領民に見捨てられてしまうであろう。

氏政の名で最初に為されたのは、二月から三月にかけての徳政令の発布である。これまでに北条氏が領民に貸し付けた米穀の返済を免除し、尚且《なおか》つ、次年度の年貢を軽減するという大胆な減税策であった。

当然ながら、領民からは大歓迎され、氏政に対する期待は高まった。

もっとも、それを演出したのは氏康であり、徳政令の内容についても前々から氏康が準備していた。氏康とすれば、氏政が当主として順調な船出ができるように段取りをつけてやったというところであろう。この徳政令によって、北条氏が徴収する年貢米は例年の半分以下になったというから、支配者である北条氏自身も身を切る厳しい内容だったのだ。

年貢米の減免だけでなく、諸役の負担を減ずる措置も講じられたし、もうひとつ、重要な指示が為された。

飢饉が起こった土地では、生活に窮した農民たちが妻子や下人を売るという異常事態まで発生しており、そのせいで村落の人口が減って生産性が落ちるという悪循環に陥っていた。売られた者たちを、すべて元通りにせよ、と氏政の名において命じたのである。

徳政令によって講じられた様々な措置のおかげで農民たちの暮らしが楽になるのは事実だが、反面、年貢米や諸役の減免を命じられた豪族たち、すなわち、直接、農民を支配している者たちや、農民たちの妻子や下人を買い取った商人たちには大打撃であり、氏政に対して不満を抱くのは当然であろう。この徳政令が氏政の独断で為されたのであったならば、何らかの騒ぎが起こっても不思議ではなかったが、実際には何の騒ぎも起こらず、徳政令は粛々と実施された。

氏政を後見しているのは氏康であり、この徳政令も、氏康が企図し、その実施に関して厳しく目を光らせていることを誰もが知っていたからである。若い氏政に異を唱えることはできても、氏康に異を唱えることのできる者はいないということであった。

氏康とすれば、しばらく氏政を内政に専念させたいところだったが、そうもいかない事情が生じた。領民の負担を考慮して、これまで大きな戦《いくさ》を控えてきたが、戦というのは、氏康の考えだけでどうこうできるものではない。こちらから攻めなくても、相手から攻めて来られれば受けて立たなければならない。

四月下旬、安房《あわ》の里見氏《さとみ》が上総《かずさ》に攻め上ってきた。北条氏の窮状も知っているし、若い氏政が相手ならば組み易しと判断し、北条氏に奪われた領地を一気に取り戻そうと考えたのだ。

「やはり、里見が動いたな」

「はい」

氏康の言葉に小太郎《こたろう》がうなずく。

代替わりするに当たって、氏康は内政面の施策だけを検討したのではない。

外交面、特に軍事的な面について、小太郎と共に対策を練っていた。

今川《いまがわ》や武田《たけだ》とは同盟を結んでいるから心配ない。気になるのは越後《えちご》の長尾《ながお》と安房の里見の動きである。長尾景虎《かげとら》は去年の四月に大軍を率いて上洛したばかりだし、北信濃《しなの》で武田と鍔迫《つばぜ》り合《あ》いを続けているから、すぐに上野《こうずけ》に侵攻することはないのではないか、むしろ、兵を動かすとしたら里見ではなかろうか、と二人の考えは一致した。

遠からず里見が攻め上ってくることを想定し、それを撃退し、更に、安房を攻めて里見を滅ぼす策を立案するように氏康は小太郎に命じた。

その策は、すでにできている。

言うなれば、氏康と小太郎は、里見からの攻撃を手ぐすね引いて待ち構えていたわけである。

それ故、上総にある北条方の城を里見軍が攻撃したという知らせが小田原《おだわら》に届くや、直《ただ》ちに氏康と氏政は出陣した。前々から準備していたので、迅速に動くことができたのである。

小田原を出て、わずか十日後、北条軍は里見氏の本拠・久留里《くるり》城を包囲した。

領地を取り戻すつもりが、あっさり本拠地に攻め込まれたのだから、里見の見通しが甘かったと言うしかない。

これまで北条と里見は何度となく干戈《かんか》を交え、ほとんどの戦いで北条が勝ったものの、里見氏を滅亡させるには至っていない。

氏康は今度こそは必ず滅ぼしてやるという意気込みで小田原を出てきた。里見を滅ぼせば、房総《ぼうそう》半島全域が北条の支配下に入り、周辺諸国で北条に敵対するのは長尾景虎だけという状況になる。敵をひとつでも減らせば、若い氏政の統治は更にやりやすくなるはずであった。

氏康の決意の表れが、向かい城を拵《こしら》えたことであった。久留里城と向かい合う場所に城を築き、兵を入れた。

これは、氏康の、

「何年かかろうとも、決してここからは動かぬ」

という覚悟の表明であった。

が……。

その氏康の固い決意を揺るがす事態が起こった。

しかも、ふたつ続けて起こった。

ひとつは、今川義元《よしもと》の死である。

義元が大軍を率いて遠江《とおとうみ》から三河《みかわ》、更に尾張《おわり》にまで攻め込もうとしていることは氏康も知っていた。事前に義元からの使者が、場合によっては尾張から京都に進むかもしれない、と知らせてきたからである。

（都に今川の旗を立て、天下に号令するつもりなのかもしれぬ）

義元だけでなく、長尾景虎も武田信玄《しんげん》も、自分の力に自信のある大名たちは、天下人となって戦国の世を鎮めたいという野望を抱いている。

本来であれば、その実力からして氏康も、そういう野心を抱いても不思議はないが、氏康にその気持ちはない。天下ではなく、関東に平和をもたらしたいというのが宗瑞《そうずい》以来の北条家の悲願なのだ。関東八ヶ国の平定に成功すれば、もしかすると氏康も天下に色気を出すかもしれないが、関東平定の道程すら、先が見えぬほどに遠いから、その可能性は低そうである。

それ故、氏康にとって義元は競争相手ではない。

義元が都に今川の旗を立てるというのなら、それに反対する理由はない。

義元がわざわざ氏康に知らせてきたのは、万が一、上洛することになれば、駿河本国の守りが手薄になるからであった。同じような使者を武田にも送っており、国境を接している両国に、三国同盟を結んでいることを忘れないように、と釘を刺したわけである。駿河を脅かすほどの力のある国は武田と北条以外にはなく、いかに同盟を結んでいるとはいえ、迂闊に隙を見せれば、悪心を起こさないとも限らないという義元の用心なのであった。

その義元が死んだ。

病死ではない。戦死である。

五月十九日、尾張の田楽狭間《でんがくはざま》という土地で織田信長《おだのぶなが》の奇襲に遭って討ち取られたという。

世に言う桶狭間《おけはざま》の戦いである。

今川軍の敗北は、風間党《かざま》によって知らされたが、そのときは義元の生死は不明だったし、氏康も大して驚きはしなかった。負けたとしても、どうせ局地戦で敗れた程度で、義元の本隊には何の影響もないだろうと思っていた。

常識的に考えれば、義元が負けるはずがなかったし、戦死するはずもなかった。今川軍は強いし、義元も無能ではないのだ。

戦いの詳細を知らせてくれたのは武田信玄で、信玄の使者は、義元の戦死と今川軍の崩壊を事細かに氏康に告げた。

さすがに氏康は驚いた。

すぐさま小太郎と氏政、それに新之助《しんのすけ》を呼んだ。

「今川の治部大輔《じぶのたいふ》殿が討ち死にしたそうだ」

氏康が言うと、氏政が、えっ、と驚きの声を発する。

「武田の使者が知らせてきたのですか?」

小太郎が訊く。驚いている様子はない。

「うむ」

「実は風間党からも、そういう知らせが届いております。しかし、あまりにも重大なことなので、しっかり確かめてからお知らせするつもりでした」

「わざわざ武田が知らせてくるのだから間違いないのだろう。まさか討ち死にとは……」

氏康が溜息をつきながら首を振る。

「治部大輔殿は、どれほどの軍勢を率いていたのだろう？」

氏政が小太郎に顔を向ける。

「二万から三万と聞いております」

「それだけの軍勢を率いていながら大敗したということは、織田は、よほどの大軍だったのだろうか？」

「二千……多くても三千くらいだったと思われます」

「そんなはずがなかろう」

「いや、小太郎の言う通りだ。織田が動かすことができるのは、それくらいであろうよ。城を空にして、兵を総ざらいして出陣したとしても五千にもなるまい。織田の力は、それくらいのものだろう」

氏康が言う。

「奇襲を仕掛けたということでしょうか？」

新之助が訊く。

「そのようだ。不意打ちを食らったのでなければ、治部大輔殿ほどの人が、そう易々と討ち取られるはずがないし、まともに合戦をして、三万の軍勢が三千の軍勢に負けるとも思えぬ」

氏康がうなずく。

「それほどの大敗を喫したとなれば、織田の軍勢が今川の領国に攻め込むでしょうか？」

氏政が訊く。

「それはないだろうと思います。御本城さまがおっしゃったように、織田の兵力は、どれほど多くても五千くらいです。今川の領国に攻め込んだら返り討ちにされるだけでしょう」

小太郎が答える。

「わしが気になるのは、織田よりも、むしろ、武田だな」

氏康が言う。

「なぜですか？　今川と武田は盟約を結んでいるではありませんか」

氏政が不思議そうな顔になる。

「今すぐ何かすることはあるまいが、治部大輔殿が亡くなって、今川の家中が混乱すれば、武田がどう動くかわからぬ」

「当家は、どうするのですか？」

「何もせぬ。とりあえず、今は、な」

「今でこそ、今川、武田、北条は盟約を結んでおりますが、思い起こせば、治部大輔殿は家督を継いだ直後、北条と手を切り、武田に鞍替えしました。新しい御屋形さまも同じことをしないとも限りませぬ」

小太郎が言う。

「武田や北条と手を切るようなことはするまい。自分が困るだけではないか」

氏政が言う。

「そうは思いますが……」

小太郎がうなずく。

「治部大輔殿は当家と手を切って、その頃、当家と不仲だった武田と結んだ。その方が得だと考えたからだ。新たな御屋形となる氏真《うじざね》殿が、例えばだが、武田と北条と手を結ぶより長尾と手を結ぶ方が得だと考えるかもしれぬ」

「信じられませぬ」

氏康の言葉に氏政が驚愕する。

「先のことはわからぬ。氏真殿が何を考えているのかわからぬからのう。氏真殿の器量次第と言えるかもしれぬ。治部大輔殿には優れた器量があったし、太原雪斎《たいげんせっさい》がそばにいたから、大きな野心を抱いて今川の領国を広げようとした。さて、氏真殿は、どうするのか？　治部大輔殿ほどの器量人であれば、すぐさま家中をまとめ、兵を率いて尾張を攻めるかも知れぬ。都に旗を立てようという気持ちがなければ、長尾と組んで信濃に攻め込み、領国を広げようとするかもしれぬ。凡庸な御方であれば、何もせず、重臣どもに政《まつりごと》を任せるかもしれぬ。どういうことになるとしても、つまり、これまでのように当家と手を結ぶにしろ、当家と手を切るにしろ、わしらは、いかようにも対処できるようにしておかなければならぬ」

「今川と戦うかもしれないということですね？」

氏政が訊く。

「そうならぬことを願っておる」

氏真の正室は氏康の娘である。いずれ子が生まれれば、その子が今川の家督を継ぐことになる。氏康としては、今川と戦うような事態が起こることをまったく望んではいない。

「今度こそ里見の息の根を止める覚悟で小田原を出てきたが、どうやら、ここに長く留まることはできぬようだな。退くしかあるまい」

氏康が無念そうに言うと、氏政や小太郎もうなずく。

しかし、向かい城まで築いたのに、そう簡単に兵を退くこともできず、尚も氏康は上総に留まらざるを得なかった。

もちろん、その間も風間党に命じて情報収集に努め、周辺諸国、特に今川、武田、織田の動きに目を光らせた。

ところが、九月に入って、思いがけぬ方面から耳を疑う情報が飛び込んできた。

長尾景虎が動員令を発し、春日山《かすがやま》城から出陣したというのだ。北条を滅ぼし、関東を平定すると喧《けん》伝《でん》しているという。

(いよいよ、長尾が上野に攻め込んでくるのか)

いずれ長尾景虎が攻めてくることを想定し、上野にある城を補強し、防備を固めてきた。

とは言え、北条軍が長尾景虎とまともに戦うのは初めてだし、武田信玄ですら苦杯を嘗《な》めさせられたほどの戦上手という噂だから、ここは氏康自身が長尾景虎を迎え撃つべきであった。

そう考えて、氏康は久留里城の包囲を解いて、上野に向かうことを決めた。

この時点では、まだ氏康には余裕があった。

長尾景虎は戦上手かもしれないが、氏康にも、幾多の合戦を勝ち抜いてきたという自負がある。高を括《くく》っているわけではないが、そう簡単に負けることなどあり得ぬ、長尾を上野から追い出してやる、場合によっては越後に攻め込んでやろうぞ、と意気込んだ。

氏康ほどの男でも、まだ長尾景虎の本当の恐ろしさをよくわかっていなかった。

わずか七ヶ月ほど後、氏康も氏政も小田原城に追い詰められ、滅亡の瀬戸際に追い込まれることになるとは想像すらできなかったのである。

二

八月二十六日、長尾景虎は春日山城から出陣した。

いつもの景虎であれば、わずかの小姓だけを引き連れて城から飛び出し、それを兵たちが追いかけ、景虎が指示した場所で集結するというやり方をするが、今回は違う。

すでに城下に八千もの大軍が集結している。

その大軍を率いて、堂々と出陣しようというのだ。

なぜ、こんな儀式張ったやり方をしたのかといえば、この戦に山内憲政《やまのうちのりまさ》を同道させるからであった。

北条氏に逐《お》われ、憲政が上野から越後に逃れてきたのは八年前のことである。その間、景虎の顔を見るたびに、まるで念仏でも唱えるかのように、

「いつ上野に出陣してくれるのか。早くしてもらいたい」

と懇願を繰り返した。

景虎の気を引くために、山内上杉氏の家督と関東管領《かんれい》職を譲りたいという申し出をした。

去年の春、景虎は上洛し、将軍・足利義輝《あしかがよしてる》から山内上杉氏の家督継承と関東管領就任を許された。

それを踏まえ、ついに景虎も腹を括って、関東遠征を決めた。

すぐに関東に出陣できなかったのは、後顧の憂いを断つために、まず越中《えっちゅう》に兵を入れる必要があったからである。

富山《とやま》城を本拠とする神保良春《じんぼよしはる》は、これまでも景虎が信濃に攻め込み、越後を留守にするたびに、越中と越後の国境付近で兵を動かし、場合によっては春日山城を攻めるぞという不穏な動きを見せていた。武田と手を結んでいたのである。

神保良春には、越後全体を奪い取るほどの力はないが、国境を越えて攻め込み、頸城《くびき》郡を荒らし回る程度の力はある。

景虎が越後を留守にして、守りが手薄になっているときであれば、本当に春日山城を脅かされる怖れもある。

景虎は神保良春など歯牙にもかけていないが、だからこそ、そんな男に春日山城を奪われるなど、絶対に許すことはできない。

関東に遠征するとなれば、長期間、越後を留守にすることになる。神保良春にうろうろされたのでは落ち着いて北条氏と戦うことができないから、まず、神保良春を打ち負かしてやろうと考えた。

この年の三月二十六日、景虎は三千の兵を率いて越中に攻め込んだ。国境付近には神保良春が同じく三千の兵で待ち構えていたが、一撃で神保軍を粉砕した。

恐怖した神保良春は兵たちを置き去りにし、わずかの近習を連れて戦場を離脱した。

景虎の凄まじいところは、敗走する神保軍を追い越して富山城に殺到したことである。足軽などに用はない、狙うのは神保良春の首ひとつだけだ、という強い意思の現れであった。

景虎に率いられた騎馬隊の行軍速度が速すぎるために、神保良春が富山城に入った直後、景虎も富山城に乱入した。馬鹿な話だが、門番たちは、神保良春に続いて城に近付いてきた景虎の騎馬隊を味方だと勘違いして門を閉めなかったのである。

城内は大混乱に陥り、神保良春は鎧《よろい》を脱ぐ暇さえなく、裏門から逃げ出した。それを知った景虎は富山城に火を放ち、直ちに良春を追撃した。

神保良春は増山《ますやま》城に逃げ込んだ。付き従う近習は、たった三人だったという。

景虎は味方が追いつくのを待って、増山城を攻撃した。攻撃は昼夜を分かたず、間断なく続けられた。

「降伏しなければ、城を丸焼きにして皆殺しにする」

そういう内容の矢文が城内に放たれ、怖れをなした者たちが夜に紛れて城から逃げ出した。

ついに神保良春は白旗を掲げ、景虎に膝を屈した。

景虎は、わずか五日で越中を制した。

神保良春は景虎の前に引き出された。

景虎は神保良春の首を刎《は》ねるつもりだったが、額を地面にこすりつけて這《は》いつくばり、

「お許し下さいませ」

と哀願する神保良春を見ているうちに気が変わった。

「以後、決して武田に合力せぬと誓うか？」

「誓えば、どうなりまする？」

「命を助けよう」

「他には？」

「何もない。それだけでよい」

「ならば、誓いまする」

「武田に合力せぬと誓うのだな？」

「はい、武田には二度と合力いたしませぬ」

「その言葉を忘れるな」

景虎は神保良春を許し、春日山城に戻った。

「おおっ、戻ってくれたか」

憲政が満面の笑みで景虎を迎えた。

内心、

（そう簡単に越中を制することができるのか）

と、憲政は疑心暗鬼だった。越中で手間取れば、関東遠征がまた先延ばしになる。越中などどうでもいいから、さっさと上野に向かってくれ、というのが憲政の本音だった。

景虎の不在中、憲政は溜息ばかりついていたのである。そこに景虎が戻って来たのだから、憲政が喜ぶのは当然であった。

「支度が調い次第、関東に向かいまする」

そう景虎は約束し、遠征の準備を始めた。

関東で年を越すつもりだったし、引き連れていく兵の数も多くなりそうだから、準備には時間がかかった。

八月になって、ようやく準備が調い、この日の出陣を迎えた。

景虎は行軍の先頭をゆるゆると騎馬で進んでいく。

すぐ後ろには冬之助《ふゆのすけ》がいる。

冬之助は越中には出陣していない。

景虎が、

「おまえは来なくていい」

と言ったからだ。

神保良春など、わし一人で片付けてくる、おまえには他にやってもらいたいことがある、というのである。

景虎が関東に兵を入れるのは初めてだ。上野との国境付近で小競り合い程度の戦をしたことはあるが、本格的に攻め込むのは、これが最初になる。地理にも疎《うと》いし、どういう城があるのかもよく知らない。城の守りが堅いかどうか、その城を守る者が戦上手なのかどうかもまったくわからない。知らないことばかりなのである。

景虎が冬之助に命じたのは、情報収集と上野に攻め込むに当たっての戦略を練ることであった。どういう進路で進み、どういう順で城を落としていくべきか、その下調べをしろというのである。軍配者としての冬之助の力量を認めているからこそ、そんな重要な仕事を任せたのだ。

（ついに上野に戻るのだ）

冬之助も感慨深いものがある。

越後に来て、初めて景虎に会ったのが天文《てんぶん》十七年（一五四八）の年末だから、かれこれ、十二年も前のことになる。家督を相続したばかりの景虎は、わずか十九歳の若者だった。

河越城《かわごえ》を巡る攻防戦で北条氏に敗れ、冬之助の主家・扇谷上杉《おうぎがやつうえすぎ》氏は滅亡した。

冬之助の気持ちとしては、主家に殉じたかったが、死にきることができず、どういう運命のいたずらか越後に根を生やし、今では景虎の信頼の厚い軍配者になっている。

冬之助とすれば、若い頃からの宿敵である北条氏にいよいよ一矢報いるときが来たという思いなのである。

冬之助がちらりと後ろを振り返る。

遠くに憲政の姿が見える。

馬首を並べているのは桃風《とうふう》だ。

(馬鹿な奴らだ。のんきな顔をしおって)

かつて冬之助は桃風のせいで命の危険にさらされたことがある。憎んでも憎み足りない仇敵なのだ。

桃風とて馬鹿ではないから、冬之助の感情を理解している。

憲政と共に越後で暮らすようになってから、冬之助の目に留まらぬように、あたかも憲政の影のように息を潜めて生きてきた。あまりにも地味なので、冬之助も桃風の存在を忘れてしまいそうになったほどだ。

北条氏に上野を奪われて越後に亡命し、山内上杉の家督と関東管領職を景虎に譲ったことで、憲政の政治生命は終わったと言っていい。

とすれば、憲政の軍配者である桃風も死んだも同然のはずである。

が……。

そうではなかった。

死んだ振りをしていただけなのである。

どこで耳にしたのか、冬之助が上野の諸城に関する情報を集めていると知るや、桃風もせっせと同じことを始めた。

景虎が戻ってからは、憲政が景虎に会うときには必ず同座し、物知り顔に上野の情勢を語っているという話も耳にしている。

冬之助は別に腹も立たない。

桃風の言葉に耳を貸すほど景虎は愚かではないと思っているし、もし景虎が桃風を重んじるようなら、それは仕方がないと達観している。

主家である扇谷上杉氏が滅んだとき、冬之助も何かを失った。心にぽっかりと大きな穴が空いたのである。出世したいとか、功名を立てたいとか、財産がほしいとか、そういう世俗的な欲望がきれいさっぱりなくなってしまった。人を羨んだり嫉妬することもなくなったから、桃風の卑俗な行動を知っても、心が波立つことはない。

ひとつだけ腹立たしいことがあるが、それは自分のためではなく景虎のために腹を立てているのである。

関東管領でもなく、山内上杉の当主でもなくなった憲政は過去の人である。政治的にも軍事的にも何の力もない。そうであれば、景虎と共に上野に出張ってくる必要はない。越後に残って戦況を見守ればいいのだ。

にもかかわらず、やたらに張り切って軍勢に同道し、桃風も怪しげな動きを見せている。

それは何を意味するのか？

自分自身が無欲であるために、冬之助は欲深い者たちの魂胆を見抜くことができる。越後で憲政は立派な屋敷をもらって厚遇されているが、それだけでは満足できないのであろう。上野に戻りたいという気持ちは、冬之助もわからないでもない。

しかし、戻るにしても、景虎が上野を北条氏から奪った後で、せいぜい、どこかに小さな城をひとつもらって静かに暮らす……その程度のことを望むのが普通ではないか、と思うのだ。

（国主に返り咲くつもりでいるな）

小さな城どころか、恐らく、憲政は上野一国を景虎からもらうつもりでいるのに違いなかった。

さすがに山内上杉の家督を返してくれとか、関東管領に戻りたいとは言えないだろうが、上野の国主に任じてほしいというくらいのことは言うのではなかろうか。

景虎は都にいる将軍や天皇にも顔が利くし、関白・近衛前嗣《このえさきつぐ》は景虎を慕って、もうすぐ越後に下ってくることになっている。

景虎がその気になれば、憲政を上野の国主に任じてもらうのは、さして難しいことではない。

そう考えると、桃風が熱心に上野の情勢を調べているのも、景虎のためではなく、自分たちのためではないのか、と勘繰りたくもなる。

（御屋形さまは欲がなさすぎるのだ）

無欲な冬之助の目から見ても、景虎は無欲なのである。現に神保良春を打ち破って越中を支配することが可能になったのに、あっさりと神保良春を許してしまった。そんな景虎だから、上野を征した後、憲政に泣きつかれたら、上野を与えてしまうのではないかと心配になるし、景虎の無欲につけ込もうとする憲政と桃風の貪欲さに腹が立つ。

（好きにするがいい。御屋形さまは欲のない御方だが、愚かではないし、欲深い者が大嫌いなのだ）

これまで越後で謙虚な振りをしていた憲政と桃風が本来の貪欲さをむき出しにしたとき、景虎がどんな反応をするだろう……そう考えて、冬之助はにやりと笑う。

三

景虎は三国《みくに》峠を越えて上野に入った。

最初に長尾軍の前に立ちはだかるのは沼田《ぬまた》城である。

沼田城を落としてしまえば、厩橋《まやばし》城まで長尾軍の進軍を妨げるような大きな城はない。厩橋城の西にある箕輪《みのわ》城の長野業正《ながのなりまさ》は景虎に合力したいと申し出ているから、厩橋城を攻めるときには業正も兵を率いて駆けつけるはずであった。

沼田城の守将は沼田康元《やすもと》である。康元は北条綱成《つなしげ》の次男で、まだ二十歳を過ぎたばかりの若武者だが、父親譲りの猛将だ。

春先から、

「越中を攻めた後には上野に行く」

と、景虎は公言していたから、上野にある北条方の城は守りを固め、長尾軍の来襲に備えていた。

とは言え、それほど大きな戦力で守っているわけではない。彼らの役目は、氏康や氏政がやって来るまで長尾軍を食い止めることだから、最前線に位置する沼田城にしても、城兵は一千にも足りないくらいだった。

「なあに、貝のように蓋をして、城に閉じ籠もっていればいいのだ。そうすれば、ひと月やふた月くらいなら持ちこたえることができる。わしらが長く持ちこたえることができれば、小田原の御屋形さまは余裕を持って兵を集めることができる。御屋形さまがやって来る頃には長尾の兵は疲れ切っているだろうから、わしらの勝利は疑いなし」

沼田康元は先行きを楽観していた。こういう性格も父親譲りであったろう。

康元は、長尾軍は沼田城を攻める前に、まず兵力を分散して沼田城周辺の小城や砦《とりで》を攻め、それらを落としてから沼田城に攻め寄せるだろうという見通しを立てた。どんな小さな城でも、攻め落とすには三日くらいはかかる。そんなことを繰り返していれば、すぐにひと月くらい経ってしまう……それが康元の読みだったから、沼田城はひと月やふた月は楽に持ちこたえることができると考えた。

が……。

そうはいかなかった。

景虎は兵力の分散などしなかった。小城や砦などには目もくれず、真っ直ぐ沼田城に向かい、八千の兵で城を囲んだ。

沼田城は周辺にある小城よりは大きいが、河越城ほどに大きくはないし、いかに守りを固めたといっても松山《まつやま》城ほど堅固でもない。城の周囲に空堀を巡らせ、木柵で城を囲っているという程度の守りなのである。

それでも二千くらいの敵が押し寄せてくるのであれば、

(いかようにでもやりようはある)

と、沼田康元は様々な策を練っていた。

しかし、敵は八千である。

見渡す限り、城の周囲に敵が満ちている。あたかも敵の中に城が浮かんでいるかのようであった。

景虎は兵を小出しにして城を攻めるようなやり方をせず、城の四方からいきなり総攻撃を仕掛けた。

一千にも足りぬ兵がすべての敵に対処できるはずがない。

何とか、日が暮れるまで持ちこたえたのは康元の力量であったと言っていい。

持ちこたえはしたものの、兵たちは疲労困憊し、木柵は今にも倒されそうな有様で、もう一度、同じような攻撃をされたらひとたまりもないのは明らかであった。

夜が明けると、長尾方から使者が来た。

使者の口上は、

「城を明け渡して立ち退くのであれば、城兵の命は助ける。しかし、あくまでも戦うというのであれば、城兵を皆殺しにする」

というものであった。

「……」

康元は腕組みし、目を瞑《つむ》って考える。

やがて、目を開けると、

「承知した。城をお渡しする。城内は散らかっているので、皆で急いで掃除をし、きれいにしてから出て行く」

と使者に告げた。

昼近く、城の正門を開け、騎馬の康元が先頭になって城兵が城から出てくる。

康元は馬を止めると、

「沼田康元、長尾弾正少弼《だんじょうしょうひつ》殿に降伏し、この城を明け渡す。どうかお受け取り下され。但《ただ》し、降伏するのは、自分であって小田原におられる御屋形さまではない」

と大きな声で言う。

すると、長尾兵の中から騎馬武者が出てきて、

「よう申した。潔い武者ぶりを誉めてやろう。昨日の戦はなかなか見事であったぞ」

景虎である。背後に控える兵が大きな「毘」の旗を携えている。

「ありがたきお言葉でござる」

康元は景虎に一礼すると、少しも慌てず、城兵を率いてゆっくりと城から遠ざかっていく。

(大したものだ)

離れたところから見守っている冬之助が感嘆する。

沼田康元もよほど肝が据わっているし、景虎も度量が大きい……そのことに感動すら覚える。

城を渡せば城兵の命を助けるなどというのは、ただの口約束に過ぎない。そんな口約束を真に受けて、城から出たところを襲われれば、それこそ皆殺しの憂き目に遭いかねないのである。

にもかかわらず、康元は景虎の約束を信じ、平然と城から出てきた。よほどの度胸がなければできることではない。

一方の景虎にしても、わざわざ城兵を助命する必要などなかった。

昨日の戦いで、すでに城方の敗北は明らかで、もう一度、猛攻を仕掛ければ城は簡単に落ちたであろう。城を落として城兵を処刑するか、捕虜にすれば北条方に大きな打撃を与えることができたであ

ろう。たとえ城を奪っても、城兵を助ければ、彼らはまた長尾に刃向かってくるに違いないのだ。

だが、景虎は、敵に生き延びる機会を与えた。

ある意味、自分の言葉を信じるかどうか試したと言っていい。

康元は信じた。

だから、康元も城兵も助かった。

もし景虎の言葉を疑ったら、皆殺しにされていたであろう。命を懸けた、ぎりぎりの駆け引きだったわけである。

（さすが地黄八幡《じきはちまん》の倅《せがれ》だ）

冬之助は康元に感心し、景虎の度量の大きさにも改めて驚かされた。

四

北条氏にとって、沼田城は越後と上野の国境を守る要と言っていい城である。

その城があっさり落とされた衝撃は大きく、その周辺にいる豪族たちを動揺させた。

その影響は、すぐにはっきりした形で表れた。

沼田城の南にある白井《しろい》城の長尾憲景《のりかげ》、白井城の南にあって、厩橋城と指呼《しこ》の間にある惣社《そうじゃ》城の長尾景総《かげまさ》が景虎の元に出向いて、降伏を申し出た。

「どうか承知してもらいたい」

降伏を仲介したのは、憲政である。

元々、長尾憲景も長尾景総も憲政の家臣だった。憲政が越後に亡命してから、北条氏に仕えるようになったという経緯がある。

「そうおっしゃるのであれば降伏を受け入れましょう」

景虎はうなずいた。

そのやり取りを傍らで見ていた冬之助は、

(甘いことをなさる)

と渋い顔である。

冬之助も政治は苦手だが、こう簡単に二人の降伏を承知すれば、この二人は景虎ではなく、憲政に感謝するであろうし、憲政が景虎に大きな影響力を持っていると思いかねない。

もちろん、憲政も、それが狙いで仲介にしゃしゃり出たのだ。越後に亡命し、ほとんど政治生命を絶たれていた憲政は、景虎の武力を背景に、再び息を吹き返そうとしているわけであった。

実際、景虎の脅威にさらされている上野の豪族たちにしても、景虎のことを何も知らないから、どう接していいかわからない。

その点、憲政は旧主である。景虎よりも、よほど馴染み深いし、対応しやすい。

憲景と景総が何の咎《とが》めも受けず、ごくあっさりと所領も安堵されたのを見て、厩橋城から沼田城の間にある小城や砦の豪族たちは雪崩《なだれ》を打ったように景虎の元に参陣した。

箕輪城の長野業正が、最初、

「厩橋城を攻めるときには合力致します」

と申し出たのは、内心では景虎の実力を信じ切っていなかったせいである。

景虎が沼田城攻めで足止めされて時間を食えば、その間に氏康が大軍を率いて駆けつけ、越後勢を上野から駆逐するかもしれないという懸念を抱いていた。迂闊に景虎に与《くみ》すれば、景虎を追い払った後、氏康に箕輪城を攻められるかもしれなかった。

それを警戒して、厩橋城を攻めるときには、という言い方をしたわけである。

しかし、今や景虎の実力は明らかである。

厩橋城の北は景虎の勢力圏となった。

これを見て、

（あまり悠長なこともしておられぬわ）

大慌てで長野業正も景虎の元に馳せ参じた。

このとき業正は七十という高齢であった。長男の吉業《よしなり》が河越の戦いで戦死したため、三男の業盛《なりもり》が嫡男の地位にあり、すでに日常の政務は業盛が執るようになっていた。

しかし、業盛はまだ十七歳の若さで、外交には不慣れだったから、景虎や憲政との対応を任せるのは不安だったらしく、業正自身が駆けつけたのである。

「よう来てくれたのう、信濃」

憲政が機嫌良く声をかける。

業正は景虎に会いにきたわけだが、上野の豪族たちが景虎に謁見するときは、常に憲政が同席した。しかも、憲政が景虎よりも上座なのである。

山内上杉氏の家督を継ぐにあたり、形だけのこととはいえ、景虎は憲政の養子になるという体裁を取った。

律儀な景虎は、どんなときでも憲政を義父として敬う姿勢を崩さないから、景虎に対して頭を下げる者は、必然的に憲政にも頭を下げることになる。

長野氏は、代々、山内上杉氏に仕える名門だが、剛毅な業正は、相手が主だからといって言いなりになることはなく、政治や軍事を家臣任せにして遊興に耽《ふけ》ってばかりいる憲政にたびたび諫言《かんげん》している。憲政もそんな業正を煙たがったから、憲政が上野にいる間、二人の間は冷え冷えとしていた。

業正にとって、憲政に頭を下げるなど、さぞ不愉快なことであったろうが、景虎に従う以上、憲政を蔑《ないがし》ろにはできなかったから、

「御屋形さまもご無事で何よりでございました」

渋い顔で憲政に挨拶した。

景虎は満足そうにうなずいている。

五

時代には流れというものがあるらしい。

人の力でどうこうできるものではなく、様々な要素が、たまたま、精密に正確に収まるべきところに収まって、人知の及ばぬ恐るべき力が生まれ、それが大きな流れとなって、ひとつの方向に向かっていく。その流れに乗ってしまえば、何もかもが面白いようにうまくいく。自分自身を神であるかのように錯覚しても不思議はない。

まさに今の景虎がそうであった。

「おかしな戦だとは思わぬか」

夜、酒を飲みながら、景虎が言う。

景虎は、昼間、馬で移動するときですら盃を離さないほどの酒豪である。大酒飲みの常として酒ばかりを飲んで、食べ物をあまり口にしないから、肴《さかな》は塩と味噌だけだ。酒を飲みつつ、時折、塩や味噌を指につけて嘗めるという飲み方である。

「おっしゃりたいことは、よくわかります」

冬之助がうなずく。

景虎が感じている奇妙な違和感を、冬之助も同じように感じている。これまでの生涯で経験したことのない感覚であった。

景虎が春日山城から出陣したのは八月の末で、それからひと月ほど経っている。

そのひと月で、景虎が陣頭に立って戦をしたのは一度だけである。沼田城を攻めたときだ。そのときも攻撃したのは半日ほどに過ぎず、翌日には城方が降伏して、城を明け渡した。

それ以来、景虎は戦をしていない。

足踏みしているわけではない。

北条方の城や砦は、次々に降伏し、豪族たちが景虎の元に参陣している。

そもそも、この夜、景虎と冬之助が酒を酌み交わしているのは厩橋城なのである。その広間の縁側で月を愛でながら酒を飲んでいる。

厩橋城と言えば、山内上杉氏が上野を支配していた頃から、上野北部の拠点として知られた城である。この厩橋城と上野南部の平井《ひらい》城が、山内上杉氏にとっても、現在の支配者である北条氏にとっても、上野を治めていく上での南北の二大拠点なのだ。

その厩橋城を、景虎は労せずして手に入れた。

沼田城を落とすや、その周辺を領する豪族たちが雪崩を打ったように景虎に靡《なび》いた。一夜にして厩橋城から北の地域が景虎のものになった。

本来であれば、北条方の数多くの城を攻め潰さなければ容易に近付くことのできない厩橋城に、あたかも無人の荒野を行くが如く、景虎は到達した。

長尾軍はまったくの無傷で、ほとんど疲労もしていない。

さすがに厩橋城は、戦わずして手に入れることはできなかった。この城には北条氏の軍勢が立て籠もっていたからだ。

当然ながら、景虎は自ら陣頭に立って、厩橋城を攻めてやろうと考えた。

ところが、

「いやいや、われらにお任せあれ。御屋形さまを煩《わずら》わせるほどのことはございませぬ」

長野業正を始め、景虎の元に馳せ参じた豪族たちが、景虎に仕えるための手土産にしようとばかりに自分たちで厩橋城を攻めると言い出した。景虎も越後勢も高みの見物をしていればいいという。

「ならば、そうせよ」

景虎が承知すると、彼らは大いに喜び、厩橋城を攻めた。城は簡単に落ちた。城兵の主力は北条軍だったが、地元の兵も数多く入っている。その者たちが内応したのだ。北条軍は城を捨てて逃げた。

越後を出てから、たった半日、沼田城攻めの戦をしただけなのに、今の景虎は上野の北部を手中にしている。景虎に従おうとしない城や砦があれば、配下の者たちが攻撃し、景虎には何もさせようとしない。何もしないで酒ばかり飲んでいるのに、知らないうちに城や砦が落ち、勢力圏が広がってい く。おかしな戦だ、と景虎が首を捻るのも無理はない。

その気になれば、すぐにでも平井城に押し寄せることもできるだろうし、平井城も簡単に落ちるであろう。そうなれば、上野一国が景虎のものになる。

にもかかわらず、景虎が厩橋城に腰を据え、なかなか動こうとしないのは、氏康の動きを注視しているからであった。

六

九月になって景虎の越山《えつざん》を知った氏康は、里見氏の本拠・久留里城の包囲を解き、上野に向かうことにした。

その時点では、氏康にも小太郎にも、それほどの切迫感はなかった。

むしろ、氏康には、

（いい機会だ。ここで長尾を叩いてしまおう）

と強気に構えるほどの余裕があり、成り行き次第で越後に攻め込むことまで想定していた。

が……。

沼田城が落ち、厩橋城以北の豪族たちが一斉に寝返ったことで氏康の余裕は消えた。

のんびり行軍していた氏康が行軍速度を上げて河越城に到着したのは九月二十八日である。うかうかしていると、景虎と戦わないうちに上野を奪われてしまうかもしれないという切迫感のせいである。

氏康が河越城に腰を据え、長尾軍の動きを探り始めたとき、厩橋城が落ちたという報告がもたらされた。氏康には大きな衝撃であった。

すぐさま小太郎を呼ぶと、

「厩橋城が落ちたぞ。どうすればよかろう?」

落ち着かない様子で爪を噛む。

これほど氏康が慌てる様子を見るのは、小太郎にとっても滅多にないことであった。

「今は何もしないことです」

「しかし、すぐに南に下ってくるかもしれぬぞ。とりあえず、松山城まで行くか?」

厩橋城の南、上野と武蔵《むさし》の国境近くに平井城がある。平井城が落とされてしまえば、上野を奪われたも同然である。

平井城の南東に鉢形《はちがた》城があり、そこから更に東に松山城がある。松山城の南に位置しているのが河越城である。

万が一、平井城や鉢形城が落とされ、松山城まで危うくなれば、上野どころか、武蔵北部まで危険な状態になる。

それ故、氏康は河越城から松山城まで兵を進め、長尾軍が厩橋城を出て南下し、平井城や鉢形城を攻めるのを牽制しようと考えた。

だが、小太郎は何もするなと言う。

「なぜなら……」

小太郎が話を続けようとする。

そこで不意に咳き込み始める。

激しい咳である。

懐紙を取り出して口に当てる。

やがて、咳が収まると、口許を拭い、懐紙を畳んで隠すように懐にしまう。

（ん？）

氏康は、その懐紙に赤い染みがあることに気が付く。咳と一緒に血を吐いたのであろう。

（やはり……）

氏康の表情が曇る。

小太郎の肉体に異変が生じていることを、しばらく前から氏康は察知している。

小太郎は何も言わないが、前々から痩《や》せていた体が更に細くなり、今では頬骨が浮いて見えるほど、顔の肉も落ちている。

顔色もよくない。ほとんど血の気が感じられず、透き通るような青白い顔をしている。

無理をさせずに休ませて、のんびり養生させてやりたいと思うが、今の氏康は小太郎を必要としている。小太郎をそばから離すわけにはいかない。

それ故、氏康は、敢《あ》えて小太郎の病には触れないようにしている。

「なぜなら……」

小太郎が改めて口を開く。

「なぜなら、今、長尾と戦えば負けるからでございます。河越城から松山城に移れば、今よりも長尾と近付くことになり、戦いが起こりやすくなります。それは避けなければなりませぬ」

「わしらは勝てぬのか……」

氏康が肩を落とす。

「勝てませぬ。大して難しい話ではないのです」

小太郎の説明は、こうである。

春日山城を出るとき、景虎が率いていた軍勢は八千である。

八千というのも大変な数だ。それだけの動員をしたことからも今回の上野侵攻に懸ける景虎の並々ならぬ決意を読み取ることができる。

沼田城を落としてからというもの、景虎自身は戦をしていないにもかかわらず、続々と上野の豪族たちが降伏し、景虎に従う姿勢を見せている。上野北部の重要拠点である厩橋城を落としたのは景虎ではなく、新たに景虎陣営に加わった北上野の豪族たちなのである。

その結果、上野に攻め込んだときには八千だった景虎の軍勢は、今では一万五千にもなろうとしている。日々、景虎の元に参陣している豪族たちがいることを考えれば、遠からず二万くらいにはなるであろう。

これは景虎だけの力ではない。

憲政が同行していることも大きい。

氏康に逐われて越後に逃れたとき、憲政はすべてを失った。軍事力も失い、政治力も失った。ただ山内上杉氏の当主であり、関東管領でもあるという威光だけが残った。

今や、その威光を景虎が受け継いでいる。

もっとも、氏康も関東管領を称しているし、その権威の裏付けは古河公方《こがくぼう》・足利義氏《よしうじ》である。

関東管領職の重みという点では、景虎と氏康は互角と言っていい。

ところが、その均衡が崩れ、景虎の方に大きく傾く事態が出来《しゅったい》した。

関白・近衛前嗣《このえさきつぐ》が越後に下ってきたのである。

前嗣は現職の関白だ。

関東の田舎侍にとって都というのは、ある意味、夢の世界である。現実には存在するが、決して手の届かない天上の世界なのである。

その天上世界の頂点に天皇がいる。

天皇に次ぐのが関白である。

京都の朝廷には何の現実的な力もないのだが、そんなことは関東の武士たちにはわからない。

漠然とすごい存在だと見上げるだけである。

豪族たちは力をつけると、必ず、官位をほしがる。大名も、そうである。箔を付けるためである。

実際、官位を持たない大名などいない。

景虎も氏康も持っている。

朝廷から与えられた官位である。

氏康は左京大夫《さきょうのだいぶ》であり、景虎は弾正少弼《だんじょうしょうしょうひつ》だ。

それとて大したものだが、正一位《しょういちい》の関白に比べたら「屁《へ》」のようなものだ。官位という物差しで測れば、いかに関白がすごい存在なのかわかろうというものである。

その関白・近衛前嗣が景虎陣営に加わった。

勘のいい者であれば、いずれ前嗣が足利義氏に取って代わるであろうことがわかるはずであった。

上野の豪族たちが競うように景虎陣営に加わろうとするのは、景虎の軍事力を怖れてのことだけではない。景虎の後ろ盾となっている権威のせいでもある。いや、むしろ、軍事力以上に権威の力が大きいのかもしれない。

かつて似たようなことがあった。

十四年前の河越城を巡る攻防戦である。

山内上杉氏と扇谷上杉氏が手を組み、そこに古河公方・足利晴氏《はるうじ》を取り込んだことで、軍事力と政治的な威光が混じり合い、晴氏の檄に応じて関東の武士たちは、こぞって連合軍に加わった。その結果、河越城を包囲する連合軍は八万という途方もない数に膨れ上がった。

起死回生の夜襲を成功させ、氏康は窮地を脱したが、軍事力に政治的な威光が加わると、どれほど恐ろしい事態が発生するか身に沁みて思い知らされた。

今現在、氏康が直面しているのは、そのとき以上の脅威である。

なぜなら、長尾景虎の軍事的な才能は、十四年前に連合軍を指揮した山内憲政とは比べものにならないほど優れているし、近衛前嗣の威光は、足利晴氏の威光が霞んでしまうほどに大きい。

とすれば、十四年前には八万の軍勢が集結したが、今度はどれほどの軍勢に膨れ上がるか想像もできない。

氏康が北上して河越城から松山城に移れば、それを見た景虎が厩橋城から南下するかもしれない。

氏康が久留里から引き連れて来た軍勢は五千ほどに過ぎず、その後、いくらか増えているとはいえ、せいぜい、六千から七千というところである。

一方の景虎は少なくとも一万五千、もしかすると二万という大軍である。

まともにぶつかって勝てる道理がない。

かといって、小細工が通用する相手でもない。

景虎は武田信玄を負かすほどの戦上手だし、景虎のそばには冬之助という優れた軍配者が控えているのだ。

それ故、小太郎は、長尾と戦えば負ける、と氏康に言ったのである。

「ここでじっとしているしかないのか……」

氏康が溜息をつく。

「そうとも言えませぬ」

「どういう意味だ」

「それは……」

景虎の軍勢がこのまま増え続けるようであれば、河越城から退却する必要があるかもしれない、と小太郎は言うのである。

「何と」

「万が一、御本城さまがいるときに城を包囲されるようなことになったら一大事でございまする故」

「……」

氏康は言葉を失った。

無理もない。

敵を牽制するために河越城から松山城に移ろうかと相談したのに、今は動いてはならぬ、それどころか、退却するかもしれないと言われたのだ。

信頼する軍配者がそこまで悲観していることを知って、改めて氏康は事態の深刻さを思い知らされた。それきり二人は黙り込んでしまう。

七

景虎は、すぐには南下しなかった。

小太郎が想像したように、すでに配下の軍勢は二万にもなろうとしていたから、その気になれば、南下して平井城や鉢形城を落とすのは難しくなかったであろう。

だが、思いがけず短期間で軍勢が膨れ上がり、その後も続々と参陣する豪族が増えているという事実が景虎の考えを変えた。

軍勢が八千のままだったら、景虎はとうに南下していたであろう。

当初、景虎は上野一国を氏康から奪い返すことを目標にしていた。憲政も同じ考えだった。

ところが、二万という大軍を擁してみると、

(何も上野だけで終わりにすることはない。もったいないではないか)

という気になってきた。

「いっそ武蔵も奪えばよい」

と、憲政もけしかける。

上野を奪い返すだけであれば二万という数は十分すぎるほどだが、武蔵も奪うのであれば、もっと多くの兵がほしい。

それで景虎は、憲政の勧めもあって、南下するのではなく、下野《しもつけ》に兵を入れることにした。

上野の豪族たちに比べると、直接的な危機感が薄いせいか、下野から景虎陣営に加わる豪族が少ないのである。

下野侵攻は、味方に加わらなければ攻め滅ぼしてしまうぞ、という一種の恫喝《どうかつ》であった。

氏康に対しても、

「平井城や鉢形城ばかりに気を取られていると、下野から古河に向かうぞ」

という陽動作戦になる。景虎がどこから攻め込んでくるのか予想できないとなれば、ますます氏康の行動は制限されてしまう。

もちろん、景虎は、実際には下野で戦をするつもりはない。長尾軍の威容を見せれば、

(何もしなくても、向こうから馳せ参じてくるわ)

と高を括っている。

上野における成功体験が景虎の余裕の裏付けであった。そして、実際に、そうなりつつある。下野の豪族たちが慌てて駆けつけてきたからである。

(すでに二万五千……もうすぐ三万になるかな)

景虎がほくそ笑む。

今までこれほどの大軍を率いたことはない。

腕が鳴るのだ。

すでに上野を奪い返すことは、ただの通過点に過ぎなくなっている。

景虎の思考は、いかにして武蔵を征するか、どこでどうやって北条軍を叩くか、ということに向か

っている。思いを巡らせるほどに胸が高鳴り、気持ちが昂揚《こうよう》する。

それを憲政が煽《あお》る。

軍事の天才とはいえ、まだ三十一歳で、ひたすら正義を追求することを心懸けている景虎を操るのは、老獪《ろうかい》な憲政には、さして難しいことではない。

憲政にすれば、

（北条から上野一国だけを奪ったのでは、景虎はわしに何もくれぬかもしれぬ）

という怖れがある。

どこかに城と領地はくれるであろうが、そんなもので憲政が満足できるはずがない。国を取り戻したいのである。

上野だけでなく、武蔵までも景虎が征すれば、

（それなら上野の仕置きは、わしに任せてくれるであろうよ）

と胸算用できるし、景虎には騎虎《きこ》の勢いがあるから、上野から武蔵に攻め込んで氏康を打ち負かせば、一気に相模《さがみ》に攻め込むことすら不可能ではない。

相模や下総《しもうさ》まで景虎の勢力下に入れれば、関東のことなど何も知らない景虎に代わって、憲政が政を執ることになるやもしれぬ。

景虎に軍事を任せ、自分が政治や外交を取り仕切ればいいではないか……憲政の夢想も際限なく広がっていく。

景虎が下野に入って数日後の夜、冬之助が景虎の宿舎にやって来た。

「御屋形さま、明日の朝、出立いたします」

「うむ、明日か」

すでに打ち合わせ済みなのである。

「本当に一人で行くのか？　五百でも六百でも、いや、一千でも二千でも好きなだけ連れて行ってよいのだぞ」

「ありがたいお言葉ですが、一人の方がよいのです。これが……」

と、冬之助は身にまとっている墨染めの衣を指でつまみ、これがわたしの身を守ってくれましょう、と笑う。

明日の朝、冬之助は下野から武蔵へ、つまり、北条氏の支配下にある敵国に出かけようとしている。兵を率いて行けば北条軍に見咎められ、戦になるであろう。武蔵で北条軍と戦うつもりなら、一千でも二千でも足りない。それなら、一人の方がいいというのだ。いかに治安の悪い戦国の世であっても、墨染めの衣をまとったみすぼらしい僧を襲うような不届き者は滅多にいない。どれほどの悪人でも一片の信仰心を持っているのである。いつか自分が死んだときに極楽往生したいと思うからだ。

「ならば、注意して行くがよい。無事を祈っておるぞ」

「御屋形さまは、どうなさいますか？」

「もうしばらくは下野にいる。これ以上は兵が集まらぬと見極めたら厩橋城に戻るつもりだ」

「戻ったら、すぐに南に向かいますか？」

「兵の数が増えるのは嬉しいが、何もしないでじっとしていると飯を食わせるのも大変だ。そうだな、厩橋城に戻ったら、すぐに平井城を攻めることにしよう。北条殿は河越城にいるらしいから、平井城を守るために河越城から出てくれれば面白いのだが」

「残念ながら、そうはならないでしょう」

「ならぬか？」

「負けるとわかっている戦をするほど愚かだとは思えませぬ」

「平井城を見捨てるか？」

「平井城も鉢形城も見捨てるでしょう。恐らく松山城すらも」

「こっちは楽ができるな」

ははは、と愉快そうに笑いながら、景虎が盃を空ける。すぐさま傍らの小姓が盃に酒を注ぐ。

「だからこそ手強《てごわ》いとも言えます。彼らが守ろうとするのは城ではなく、北条家です。北条家を守るためなら、どんなことでもします。十四年前、河越の戦いのときに、それを思い知らされました」

「汝《なんじ》にとって、あれは辛い思い出であろうな」

「今の北条ならば、領国から兵を掻き集めれば二万くらいにはなります。もちろん、それを率いるのは北条殿でしょう」

「うむ」

「しかし、二万でも、こちらより少ない。決戦すれば、向こうが負けます。その戦いで北条殿が討ち死にすれば、北条家は滅びます。そんな危ない真似をするとは思えませぬ」

「北条殿の軍配者は、汝の友であったな？」

「風摩《ふうま》小太郎青渓《せいけい》です。あれは侮《あなど》れぬ男です」

「優れた軍配者は負け戦をしないということだな」

「はい」

「北条殿は戦には出てこぬか。残念だな。北条殿がおらぬのであれば、わしの出る幕もなさそうだ。つまらぬ」

「贅沢な悩みでございます」

「確かに」

景虎が笑いながら、また盃を飲み干す。

八

翌朝、まだ暗いうちに冬之助は宿舎を出た。

わずかばかりの食料と銭を持っているだけで、武器は何も持っていない。杖を一本持っているのが武器代わりである。着古された墨染めの衣も色褪せている。わずかな荷を背負い、従者も連れず、みすぼらしい身なりの老いた僧が、まさか長尾景虎の軍配者だと気付く者はおるまい。

昼近くまで歩き続け、川の畔《ほとり》で休憩する。

持参した握り飯を食いながら、

（わしも老いたな）

と、冬之助は自嘲気味に口許を歪《ゆが》める。

急いで歩いたわけではなく、普通に歩いただけなのに、もう疲れてしまい、足にも痛みを感じる。

普段、長い距離を進むときは馬に乗るし、自分の足で長旅をするのが久し振りだということもあるが、それだけが理由ではないと自分でわかる。

要は、年齢《とし》なのである。年を取って、肉体に衰えが出ているのだ。

それも当然で、冬之助は五十七歳なのである。平均寿命が短く、四十を過ぎれば老人扱いされる時代に六十近くまで生き長らえているのだから、冬之助自身、驚かざるを得ない。自分の年齢などほとんど意識したこともなく、ただ一途に必死に生きてきただけだが、老いは確実に冬之助の肉体を蝕《むしば》んでいるのであろう。

（無理せず、ゆっくり行くしかあるまい）

立ち上がると、また南に向かって歩き出す。武器代わりにしようと思って持ってきた杖だが、今では杖本来の役目を果たしている。足の裏に肉刺《まめ》ができて痛みを感じるし、膝の具合もよくない。杖がなければ、何かの拍子に転んでしまいそうだ。

冬之助が目指しているのは岩付城《いわつき》である。

そこには太田資正《おおたすけまさ》がいる。

かつて冬之助と共に扇谷上杉氏のために戦い、扇谷上杉氏が滅んでからは、扇谷上杉氏を再興するために獅子奮迅《ししふんじん》の働きをした男である。冬之助と力を合わせて北条氏から松山城を奪い返し、兄・全鑑《ぜんかん》の死で太田の家中が混乱していることを知るや、岩付城に乗り込んで、太田の家督を手に入れた。

松山城と岩付城という有力なふたつの城を支配下に収め、いよいよ本腰を入れて扇谷上杉氏の再興に取り組もうとしたとき、氏康に攻められて敗れた。

資正は死を覚悟したが、主家に対する忠義と戦のうまさに感心し、氏康は北条氏に仕えることを勧めた。資正は承知した。

それから十二年経っている。

その間、資正の名が歴史に現れることはなかった。

それは、資正が、その十二年間、北条氏に忠実に仕え、何の問題も起こさなかったことを意味する。

氏康も資正を信頼し、六年前には美濃守《みののかみ》に任官させてやっている。

今現在、資正は、太田美濃守資正という北条氏の国衆なのである。

冬之助が最後に資正と会ったのは十三年前である。

憲政の命令で信濃に出陣することが決まったとき、資正を訪ねた。

冬之助は死を覚悟していた。

そのときに資正とかわした会話を今でもよく覚えている。


「養玉《ようぎょく》先生、まさか本当に死ぬつもりなのではないでしょうね？」

「わしは死に損なった男だ。河越で御屋形さまと共に死ななければならなかったのに、おめおめと生き残ってしまい、その揚げ句、主家が滅ぶのを目の当《ま》たりにする羽目になった。簡単に命を投げ出すつもりもないが、生きることにしがみつこうとも思っていない」

「生き延びて下さいませ。扇谷上杉を再興するには養玉先生の力が必要です」

「わしではなく、源五郎《げんごろう》殿の力が必要なのだ。後のことを頼みますぞ」

冬之助のために涙を流す資正の手を握って、冬之助は深く頭を下げたのである。

今生の別れになるだろうと思ったが、どういう運命のいたずらか、冬之助は越後に落ち延びて長尾景虎の軍配者となり、資正は氏康に仕えることになった。

その資正の元に、なぜ、冬之助は向かっているのか？

（源五郎殿を味方にしなければならぬ）

そう冬之助は思い定めているのだ。

扇谷上杉氏が滅んだ後、扇谷上杉氏に仕えていた者たちは自らの保身のために他に主家を求めた。山内上杉氏に仕えた者が最も多かった。

しかし、資正は、そうしなかった。

山内上杉氏に仕えてしまえば、もはや扇谷上杉氏を再興することは不可能だと知っていたからだ。

それ故、独力で松山城を奪い、岩付城をも手に入れようとした。己の立身出世のためではなく、扇谷上杉氏再興のためである。

長尾景虎の越山により、ついに扇谷上杉氏を再興する千載一遇の好機が巡ってきた。それを冬之助自身の口から資正に伝え、

「共に戦ってくれ」

と訴えるつもりであった。

危険は百も承知である。

この十二年、資正は北条氏に忠実に仕えてきたのだ。資正が扇谷上杉氏を再興するという情熱を失い、北条氏の国衆として生きることに満足していれば、冬之助の言葉に耳を貸さず、それどころか冬之助を捕らえて氏康に差し出すかもしれなかった。景虎の軍配者を捕らえれば、大きな手柄になる。

だが、冬之助は、

（大丈夫だ。源五郎殿ならば、わしの言葉を聞いてくれるはずだ）

と信じている。

冬之助のために、生き延びて下さいませ、と熱い涙を流した男を信じているのだ。

九

下野を出て三日後、ようやく冬之助は岩付城に着いた。危険を避け、できるだけ人目につかないように注意して旅したせいもあるが、それ以上に、足の痛みと疲れのせいで距離を稼ぐことができなかったのである。

冬之助自身、まさか三日もかかるとは思っていなかったので、持参した食料も途中でなくなった。銭は持っていたものの、ここ数年、ひどい不作が続いているので、銭を出しても、そう簡単に食べ物を売ってもらうことができなかった。空腹と疲労で立っているのも辛いほどだった。

城門の前には、槍を手にした門番が二人立っている。

「伺いますが、この城の主は太田美濃守さまでしょうかな？」

冬之助が訊く。

「うむ、そうだ」

門番がうなずく。

「これを城主さまにお渡し願えますまいか？」

冬之助が懐から紙を取り出す。

そこには「養玉」と墨書されている。

「何だ、これは？」

「古い話ですが、城主さまと親しく語り合ったことがあるのです。河越の戦いの頃ですが」

「汝《なんじ》が殿と？」

門番が疑わしそうな目で冬之助を見る。

埃まみれで、顔色も悪く、杖に頼らなければ、今にも倒れそうな貧乏臭い沙門《しゃもん》が城主の知り合いだと言っても、すぐに信じられないのは当然であろう。

「どうする？」

門番同士が顔を見合わせる。

「知らせるだけは知らせた方がよいかもしれぬ」

「そうだな」

「おい、でたらめだったら承知せんからな」

そう言い残して、一人の門番が城に入っていく。

「よろしく」

冬之助は門から離れ、地べたに坐り込んでしまう。もう膝に力が入らなくなり、立っていることができなかった。

四半刻（三十分）ほどして、

「おい、この紙を持ってきた人は、どこにいる？」

城から誰かが飛び出してきた。

「あ、殿」

門番が驚く。まさか城主の資正が出てくるとは思っていなかったのであろう。

「どこだというのに」

「あそこに……」

地べたに坐り込んでいる冬之助を指差す。前屈みで、うつむいているから顔が見えない。

資正は駆け寄り、

「もし」

と声をかける。

「ん？」

冬之助が顔を上げる。

「おおっ、養玉先生ではありませぬか」

「源五郎殿か。ようやく会えたな」

「お加減が悪そうですが……。病気ですか？」

「そういうわけではないのだが……」

源五郎に笑いかけようとして、冬之助の体がぐらりと傾き、そのまま意識を失ってしまう。


「うっ……うむむっ……」

冬之助が薄く目を開ける。

天井が見える。どこかの部屋に寝かされているようだ。部屋の中は薄暗く、部屋の隅に燭台が置かれている。

体を起こそうとするが、首や背中に筋肉痛が走り、とても無理だ。

「どうか、そのまま横になっていて下さいませ」

気が付かなかったが、燭台が置かれているのと反対側の暗がりに人がいる。

「源五郎殿か？」

「お久し振りでございます、養玉先生」

資正が冬之助ににじり寄る。目が赤い。泣いていたらしい。

「よくぞ、ご無事で……。もうこの世で会うことはできぬと思い定めておりました」

「よほど悪運が強いらしい。何度も死にかけ、もう駄目だと諦めたこともあったが、なぜか、今でも生きている」

「十三年前、山内上杉の軍勢が信濃で武田勢に敗れたとき、養玉先生も討ち死になさったと聞きました。信じられませんでしたが、三千の軍勢のうち、半分ほどしか平井城に戻らなかったと聞き、それほどの激戦ならば、助からなかったのかもしれぬ、と」

「激戦などではない。一方的にやられたのだ。あれほど愚かな戦を見たことがない。言い訳でも弁解でもないが、あのとき、わしは何もしていない。いや、何もさせてもらえなかったと言うべきかな」

「そうでしたか。しかし、生きておられたのであれば、なぜ、平井城に戻らなかったのですか？」

「討ち死にはしなかったが、わしは武田軍に捕らえられたのだ。志賀《しが》城の笠原清繁《かさはらきよしげ》がしぶとく抵抗を続けていたので、わしは見せしめとして城の外で磔《はりつけ》にされることになった……」

冬之助は、ふーっと大きく息を吐くと、武田軍に捕らえられたものの、四郎左《しろうざ》の助けで脱出し、諸国を放浪し、最後には越後に辿り着いて、長尾景虎に軍配者として召し抱えられるに至った事情を、ぽつりぽつりと語った。

資正は、全身を耳にして、体を冬之助の方に傾けて、じっと聞き入る。

「水をもらえぬか」

長い話を終えると、冬之助が言う。

「どうぞ」

資正が水差しで冬之助に水を飲ませてやる。

「この十三年、自分にとってはあっという間だった。こうして思い返してみると、随分いろいろなことがあったのう」

「越後の長尾殿の噂はよく耳にしておりました。信濃で武田と何度となく戦い、互角に渡り合っているとか……。武田の強さは世間に広く知られておりますから、よほどの戦上手なのだと思っておりましたが、養玉先生がそばにおられるのであれば、長尾軍が強いのも道理……。しかし、なぜ、養玉先生のことが耳に入らなかったのか不思議です」

「越後では曾我《そが》の姓を名乗っておらぬのだ。扇谷上杉が滅んだときに曾我も滅んだと思っておるのでな。御屋形さまから宇佐美《うさみ》の姓をいただいた」

「おおっ、それならば聞いたことがあります。越後には宇佐美定行《さだゆき》という優れた軍配者がいるのだと……。それが養玉先生だったのですね」

なるほど、そういうことだったのか、と資正が大きくうなずく。

「御屋形さまは下野にいる。わしも下野から来た」

「長尾殿は上野にいるのではないのですか？」

「今のところ厩橋城を本拠にしているが、厩橋城には上野の豪族たちが続々と集まっていて、上野は手に入ったも同然なのだ。越後を出るときには八千の軍勢だったが、もう二万を超えている」

「何と、二万ですか……」

資正が息を呑む。

「上野の豪族たちに比べると、下野の豪族たちの動きが鈍い。自分たちには関わりのないことだと高みの見物を決め込んでいるのだな。そうではない、汝らにも関わりがあることだ、われらに味方せぬのなら敵と見做《みな》して成敗する……そういう意気込みで御屋形さまは下野に兵を進められた。恐らく、下野の豪族たちも慌てて駆けつけるであろうよ。御屋形さまを怖れていることだけが理由ではない。この遠征には山内上杉の御屋形さまも同行しているし、間もなく、都の関白さまも来られるはずだ」

「関白さまが……」

資正が驚く。勘のいい男だから、冬之助の話を聞いて、今回の長尾景虎の関東遠征が、ただの軍事行動ではなく、極めて政治色の濃い軍事行動なのだと理解する。

「下野の豪族たちが加われば、御屋形さまの軍勢は三万くらいにはなるであろう。下野から厩橋城に戻れば、すぐさま南に向かって平井城や鉢形城を落とすことになる。どちらの城も長く持ちこたえることはできまい」

「そうでしょう」

資正がうなずく。堅固な沼田城がわずか一日で落とされたことを知っているのだ。三万もの軍勢が押し寄せれば、平井城も鉢形城も半日も持ちこたえることはできないであろう。

「その後は、どうなりましょう？」

「越後を出るときには、上野を取り戻せばいいという考えだったが、今は、そうではない」

「武蔵も攻めるのですか？」

「そういうことになろう」

冬之助がうなずく。

「鉢形城を落とした後、松山城に攻めかかる頃には武蔵の豪族たちも御屋形さまの元に馳せ参じるであろう。河越の戦いを覚えておろうが、あのときと同じことが繰り返されるのだ」

「……」

資正が黙ってうなずく。

十四年前、山内上杉氏、扇谷上杉氏、古河公方の三者が手を結び、河越城を包囲した。関東管領・山内憲政と古河公方・足利晴氏の呼びかけに応じて、関東の豪族たちが競い合うように参集した。

関東管領や古河公方には、それだけの権威があったのだ。

今回は、それを上回っている。

関東管領と現職の関白がいるのだ。関白の権威は、古河公方のそれをはるかに凌駕《りょうが》している。

すなわち、長尾景虎には巨大な政治的権威という後ろ盾がある。

しかも、景虎自身が軍事的な天才である。

十四年前は、八万という途方もない軍勢が集まったものの、それを統御することのできる武将がおらず、いたずらに河越城の包囲を続けるだけで、北条氏を打ち負かす機会を失った。

景虎であれば、そんな愚かな真似はしないはずであった。

遠からず、景虎の軍勢は三万になるという。

景虎が南下を始め、北条方の城を落としていけば、勝ち馬に乗ろうとして関東各地から続々と兵が集まるだろうから、十四年前と同じように八万、いや、もしかすると、もっと多くの軍勢に膨れ上がるかもしれない。

長尾景虎は、いつも五千くらいの兵力で、無敵と怖れられる武田信玄と互角の戦いを繰り広げているのである。その景虎が八万を超える軍勢を指揮することになれば、この世で立ち向かえる者はいないであろう。景虎の振り上げた拳で北条氏は叩き潰されてしまうに違いない。戦の素人でも簡単にわかる道理である。

「御屋形さまは北条のやり方を憎んでおられ、北条に刃向かって打ち負かされた者が立ち直るのに力を貸そうと考えておられる。上野や武蔵から北条勢を追い払ったら、かつて、その地を領していた者に返して下さるはずだ」

「まさか、そのようなことを……」

「物欲というものがまったくない御方なのだ。ご自身を毘沙門天《びしゃもんてん》の使いだと信じておられる。毘沙門天に代わって、この世に正しき道を行うために戦うのだ、とな」

「で、では……」

「さよう。扇谷上杉氏の再興もかなうであろう」

「……」

資正の顔が赤くなっている。興奮で血がたぎっているのだ。

「力を貸してくれぬか、源五郎殿？」

「そのために先生は、わざわざ、ここまで来て下さったのですか、わたしを誘うために？」

「使者に手紙を持たせてもよかったが、わし自身が、自分の口で源五郎殿に話さねばならぬと思ったのだ。今の源五郎殿の立場を知っておるからのう」

「お恥ずかしい限りですが、わたしは北条に膝を屈し、今では北条に仕えている身なのです。かれこれ十二年にもなります」

「それを責めるつもりはない。そうなるにあたっては、難しい事情があったのであろうと察する」

「かつて、わたしは主家が滅ぶのを目の当たりにしました。今度は主家を裏切らなければならぬのでしょうか」

資正の表情が苦悶に歪む。

「勘違いしてはならぬ。わしと源五郎殿の主家は扇谷上杉以外にはない。扇谷上杉が滅んでしまったから、わしは長尾に、源五郎殿は北条に仕えている。だが、扇谷上杉が再興できるのであれば、そのために力を尽くすのは当たり前ではないか？」

「どうすればいいのか、すぐには返事ができませぬ。明日まで待っていただけないでしょうか？」

「構わぬよ。いくらでも考えるがいい。その上で、これからも北条に仕えたいというのであれば、わしは何も言うまい。わしを斬って、わしの首を小田原に送ればよい」

「まさか、そのような……」

「そういう覚悟でここに来たということだ」

「……」

資正の顔からはだらだらと汗が流れ落ちている。

無言で冬之助に一礼すると、資正が部屋から出て行く。

後には冬之助一人が残される。ふーっと大きく息を吐くと、横になって天井を見上げる。長い話し合いをしたせいで、どっと疲れを感じる。

「源五郎殿は、どうするであろう……？」

冬之助は資正がどういう人間かよく知っている。

利で動く人間であれば、今の状況を見て、

（長尾に味方した方が得だ）

と考えて、あっさり北条を見限るであろう。

資正は、そういう人間ではない。

己の信念に従って行動する男なのである。

だからこそ、落日の扇谷上杉氏に最後まで忠義を尽くしたのだし、扇谷上杉氏が滅亡した後は、扇谷上杉氏に仕えていた者たちが新たな主人に仕えるようになっても、扇谷上杉氏を再興するために孤軍奮闘したのだ。

その資正の心意気に感動し、冬之助は資正が松山城を奪い返すのを助けた。

松山城を手に入れたのを足がかりに、資正は岩付城をも手に入れようとしたが、信頼していた者たちに裏切られ、氏康に屈した。

（そのとき、わしがそばにいれば……）

そう考えると、冬之助は忸怩《じくじ》たる思いにとらわれる。

憲政と桃風《とうふう》に信濃に追いやられ、武田軍に捕らえられたりしなければ、冬之助は軍配者として資正を支えることができたであろうし、冬之助がいれば、松山城と岩付城を易々と氏康に奪い返されることもなかったはずであった。

不運だったと言うしかない。

それから十二年が経ち、もはや扇谷上杉氏の再興を口にする者など、どこにもいない。それを本気で考えている者がいるとすれば、冬之助と資正の二人だけであろう。

冬之助の目から見れば、資正というのは忠義を絵に描いたような男なのである。それほどの忠義者が北条氏に仕えたのだから、よほどの覚悟があったことは冬之助にも想像できる。

自分が足を運んで説得すれば、資正も北条と手を切って味方になってくれるだろう……そう高を括っていたが、実際に資正と話してみて、それほど簡単ではなさそうだと冬之助にもわかった。

（さて、どうなるか……）

これからも北条に忠義を貫くと決めれば、資正は冬之助を斬るかもしれない。氏康は大喜びするであろう。

（それなら、それでよいわ）

本当なら、十三年前、武田軍に捕らえられたとき、磔《はりつけ》にされて殺されていたはずなのである。

ここで資正に斬られても何の不満もない。

それが人生というものだろうと達観している。

とうの昔に自分の命など捨てているのだ。

ふと、

（あいつ、どうしているだろう）

と思い出したのは、冬之助を救った四郎左のことである。

武田の軍配者・山本勘助《やまもとかんすけ》の名前は、今では世間に鳴り響いているが、もう六十一歳の高齢である。

四つ年下の冬之助が老いを実感するくらいだから、四郎左も老けたに違いない。

(小太郎も、いい年齢《とし》だ)

風摩小太郎は冬之助より二つ年下だから五十五歳である。

三人が足利学校で共に学んだのは、もう四十年も昔のことになる。

「あの頃は、青渓は青臭い小僧だったな。鷗宿《おうじゅく》は臍《へそ》曲がりで嫌な奴だった。それは今も変わらないだろうが」

くくくっ、と冬之助の口から忍び笑いが洩れる。

軍配者として腕を磨き、いつか戦場で相見《あいまみ》えようと誓ったが、今のところ三人揃って同じ戦場に身を置いたことはない。

冬之助が扇谷上杉の軍配者だったとき、北条氏とは何度か戦い、勝ったこともあれば負けたこともある。今のところ小太郎とは互角である。

景虎に仕えるようになってから、武田氏とも何度か戦っているが、やはり、勝ったり負けたりの繰り返しだから、四郎左とも互角である。

今回、冬之助は長尾の軍配者として関東に戻ってきた。今度こそ小太郎とは決着が付くかもしれない。北条氏を倒して越後に戻れば、次は信濃で武田氏との決戦に臨むことになるであろう。

(この二、三年のうちにケリをつけなければ、わしらの寿命が持たぬわ)

とは言え、それも資正次第である。

資正が北条氏に忠義を尽くすと決めれば、明日の朝には冬之助の命はないのだ。

（それもまた一興か……）

まあ、なるようにしかならぬわ、と冬之助は目を瞑る。

十

十月初め、河越城の氏康のもとに驚くべき報告がもたらされた。

岩付城の太田資正が叛旗を翻したというのだ。

「まさか……」

氏康は信じられない気持ちだったが、その報告に続いて、岩付城にいた北条兵が続々と河越城に現れたので、謀反が事実だと認めないわけにはいかなかった。

彼らは資正からの伝言を氏康にもたらした。

それによると、本当であれば、岩付城にいる北条兵は皆殺しにするべきだが、かつて資正が氏康に降伏したとき、氏康が自分に敵対した者たちを助命してくれた恩を返すために、敢えて誰も殺さず、河越城に向かうことを許す、というのであった。

「まずい、まずいぞ、これは」

小太郎、氏政、新之助の前で、珍しく氏康はうろたえた。

無理もない。

この十二年、資正は氏康に誠実に仕えてきた。国衆として北条氏を支えてきたのである。

松山城、河越城、岩付城の守りが堅固だったおかげで、武蔵北部は安定した。

しかも、岩付城は下野と下総にも睨みを利かせられる場所にある。戦略的な要衝なのだ。

遠からず、長尾景虎が南下してくることを氏康は想定しているが、景虎が武蔵に攻め込んできたとき、それら三つの城が連携して景虎を食い止めようというのが、氏康と小太郎の描いた構想であった。

資正が寝返れば、その構想が根本から崩れる。

いや、崩れるだけでは済まない。

岩付城は河越城の東、松山城の南東に位置しているから、景虎が南下したとき、それに呼応して資正が兵を動かせば、河越城と松山城が一気に危険になる。特に松山城は挟み撃ちにされる怖れがある。

「やはり、あの男、裏切りましたな。許せぬ」

氏政が拳で板敷きをどんと叩く。

「やはり、とはどういう意味だ?」

氏康が訊く。

「元々、扇谷上杉に仕えていた男ではありませぬか。父上の恩情で命が助かり、岩付城まで預けられたのに、心の底では裏切る機会を窺《うかが》っていたのに違いありませぬ。のう、新之助?」

氏政が新之助を見る。

「白井城や惣社城が次々と長尾に寝返ったのを見て、いずれ太田も寝返るのではないかと心配しておりました。長尾勢には山内の御屋形さまも同行しているようでございますから」

新之助がうなずく。

「太田殿は山内上杉に仕えていたわけではない。扇谷上杉に仕えていたのだ。扇谷上杉が滅んだから当家に仕えただけのこと。何もおかしなことはない」

　小太郎が口を挟む。

「しかし、その扇谷上杉を滅ぼしたのは北条なのですから、太田が北条を恨むのは当たり前ではありませんか」

　新之助が言い返す。

「それを恨むのは筋違いというものだ。勝った者が生き残り、負けた者が消える。今の世の常ではないか。太田殿を召し抱えたとき、わしと御本城さまが二人でじっくりと人柄を吟味した。その上で、この男になら岩付城を任せることができると判断した。その判断が間違っていたとは思わぬ」

「しかし……」

「待て。この期に及んで太田を召し抱えたことが正しかったかどうか、そんなことを話しても仕方がない。肝心なのは、これからどうするか、ということだぞ」

　氏康が新之助の発言を遮る。

「すぐに岩付城を攻めましょう」

　氏政が言う。

「攻める？　太田を討つというのか」

　氏康が訊く。

「裏切り者を放置することはできませぬ。厳しく対処しなければ、太田を真似る者が現れましょう」

「岩付城は堅固な城だぞ。そう簡単に落とすことができるのか？」

「簡単ではないかもしれませぬが……」

氏政が口籠もる。

「城攻めに手間取っている間に長尾が武蔵に攻め込んで来たら、どうするつもりなのだ?」

「すぐに武蔵に入るのは無理でしょう。平井城があるのですから」

「平井城で長尾を食い止められると思うのか?」

「いずれ落ちるにしても、ひと月やふた月くらいは……」

「持ちこたえられるか?」

「そう思いますが」

「そうか。それが、おまえの見立てなのだな。新之助、おまえはどう思う?」

氏康が新之助に顔を向ける。

「敵がどれくらいの数で攻めて来るかにもよりますが、若殿のおっしゃるように、ひと月くらいは持ちこたえることができると思います」

新之助が答える。

しかし、どこか自信を持てないのか、目に落ち着きがない。

「なるほど、では、小太郎にも訊いてみよう」

「恐らく、一日も持たぬでしょう。そもそも戦にはならぬと存じます」

「え」

氏政と新之助が驚きの声を発する。

「それは、どういう意味なのだ? 戦にもならぬとは……」

氏政が訊く。

「上野の主立った豪族たちは、競い合うように長尾のもとに馳せ参じております。そうしなければ、長尾に攻め潰されると怖れているのでしょう。平井城には北条の者だけが立て籠もっているわけではありませぬ。半分くらいは上野に領地を持つ豪族の家臣たちです。長尾勢が城に押し寄せれば、その中には自分たちの血縁の者がたくさんいることに気が付くでしょう。となれば……」

「内応するというのか？」

「そこまではわかりませぬが、戦う気持ちはなくすのではないでしょうか。今や長尾の軍勢は二万を超えていると言いますし、それほどの大軍が押し寄せてくればやる気も失せるでしょう。長尾勢に身内がいれば、それを伝手《つて》に自分は助かりたいと思うのではないか、と」

「ならば、裏切る怖れがある者たちを城から出して、北条の者だけで城を守ればよいではないか。のう、新之助、そう思わぬか？」

　氏政が新之助に訊く。

「理屈では、それが正しいとは思いますが……」

　新之助の返事は歯切れが悪い。

「どういうことだ？」

「よく考えてみるがいい」

　誰にでも簡単にわかることなのに、なぜ、氏政にはわからないのか、と氏康が溜息をつく。

　飯を食うときに、氏政が汁を何杯も注ぎ足すのを見て、北条家の先行きを氏康が嘆いたという有名な挿話は、こういう氏政の思慮の浅さから生まれたのであろう。

「ふうむ……」

氏政が腕組みする。

まだ、わからないらしい。

「難しいことではない。平井城から豪族どもの兵を追い出して、代わりに北条の兵を入れると言うが、その兵をどこから連れてくるつもりなのだ？」

痺れを切らして、氏康が訊く。

「兵ならば、ここにいるではありませんか」

氏康が久留里から率いてきた軍勢は五千、その後、各地から兵が集まり、七千近くまで増えた。そこから二千ほどを平井城、鉢形城、松山城などに送ったから、今、河越城には五千の兵が残っている。

「どれくらいの兵を送るというのだ？」

「平井城に二千では、どうでしょうか？」

「すると、ここには三千しか残らぬことになるな」

「そうですが、肝心なのは、長尾勢を武蔵に入れぬことなのですから……」

「岩付の太田は、どうするのだ？　攻めるのではないのか」

「もちろん、攻めなければなりませぬ」

「岩付城を攻めるのに三千の兵を連れて行けば、この河越城が空になってしまうぞ」

「いや、それは……」

氏政が首を捻る。自分の計算が何かおかしいと気が付いたらしいが、具体的に何が間違っているのか、まだわからないようである。

「汝は、ふたつの点で間違っている」

「ふたつ、ですか？」

「そうだ。ひとつは、平井城に援軍を送ること、もうひとつは、岩付城を攻めることだ。小太郎、説明してやるがよい」

氏康が小太郎に顔を向ける。

「河越城には五千の兵がおりますが、これを動かすことはできませぬ。いや、動かしてはならぬのです。なぜなら、長尾勢が武蔵に攻め込んできたとき、松山城や岩付城と共に長尾勢を迎え撃つための兵だからでございます」

「しかし、岩付城は……」

「黙って聞くのだ」

氏康がぴしゃりと言う。

「……」

氏政が口を閉ざす。

「平井城で長尾勢を食い止めようとするのであれば、一千や二千の兵を送っても無駄なのです。どうしても兵を送るというのなら、御本城さまが五千の兵を率いて行くしかありませんが、そうなれば、長尾勢と決戦になります」

「われらが負けるというのか？」

「負けます。そこで長尾勢に敗れ、御本城さまの身に何かあれば、北条氏は滅び去ってしまうでしょう。そんな危ない橋を渡ることはできませぬ。それ故、平井城には兵を送らず、あくまでも松山城、河越城、岩付城の三つの城で長尾勢を食い止めなければならぬのです」

「確かに、敵の数は多い。だが、かつて両上杉や古河公方が河越城を囲んだとき、一万にもならぬ軍勢で八万という敵軍を打ち破ったではないか。それを考えれば……」

「相手が違うのだ」

氏康が拳で床をどんと叩く。

「これまで長尾と手合わせしたことがないから、どれくらい強いのかわからぬ。しかし、武田の強さはわかっている。その武田と互角の戦いを続けているとなれば、長尾は武田と同じくらい強いと考えなければならぬ。それほど強い敵がわれらをはるかに上回る軍勢で押し寄せてくるのだ。まともに戦えば負ける。わしは討ち死にするであろうよ」

「……」

氏政が言葉を失う。顔からは血の気が引いている。

まさか、今の状況がそこまで危機的であるとは思っていなかったらしい。

「平井城に援軍は送らぬ、岩付城も攻めぬ……そのお考えはよくわかりました。しかし、太田をこのままにはできぬと存じますが、どうなさるおつもりなのですか？」

新之助が訊く。

「説得するしかあるまい」

氏康が答える。

「当家を裏切って長尾に寝返った者を説得しようというのですか？」

氏政が両目を大きく見開く。

「そうだ。説得するのだ。今のわしらには岩付城を攻める余裕はないし、岩付城が長尾に味方すれば、河越城も松山城も危うくなる。何としてでも翻意させるしかない」

「うまくいくとは思えませぬ」

「そうだとしても、やるしかないのだ。もちろん、ただ説得するだけでは駄目だろう。翻意すれば、今まで以上に厚遇すると説くのだ」

「一度裏切った者を厚遇するのですか？」

「より多くの領地を与えなければなるまい」

「ええっ……」

氏政が驚愕する。

本来、討伐しなければならない反逆者に領地を与えようというのだから、その気前のよさに氏政が驚くのも無理はない。

しかし、裏返して考えれば、そうまでして資正を翻意させなければならないほど氏康が追い込まれているということなのだ。

「噂の類《たぐ》いなので、どこまで本当かどうかわからないのですが……」

小太郎が口を開く。

「ん？」

「美濃守殿とご嫡男の仲は、あまりよろしくないということでございます」

「ほう。いくつだったかな？」

「十九でございます」

「十九か……」

ふむふむと氏康がうなずく。

小太郎の言うように、資正の嫡男・源五郎氏資《うじすけ》は十九歳である。氏康の娘を娶《めと》り、「氏」の一字を偏諱《へんき》として賜っているほどだから、半ば北条一門として遇されていると言っていい。

扇谷上杉氏に仕えていた父の資正は、その扇谷上杉氏を滅ぼした北条氏に仕えるという複雑な事情を抱えているが、嫡男の氏資は、そうではない。物心ついたときには、岩付の太田氏は北条氏に仕えていたから、ごく自然に自分は北条氏に忠義を尽くさなければならぬと思っているし、氏康の娘を娶り、偏諱を賜るほど手厚く遇されているから、氏康に対する忠誠心も強い。

「ならば、美濃守だけでなく、息子の方も説得しなければならぬな」

「しかしながら、岩付を牛耳っているのは美濃守殿ですし、頑固な方ですから、ご嫡男の言葉にも耳を貸すとは思えませぬ」

「そうだとしても、彼の者に対するわしの信頼が揺らいでいないと伝えるのは無駄ではあるまいよ」

「はい」

「さて、岩付への使者だが……」

氏康が新之助に顔を向ける。

「その方《ほう》、行って参れ。美濃守だけでなく、嫡男にも会って話をしてくるのだ」

「は」

新之助が畏《かしこ》まって頭を下げる。

「父上、危ないのではありませぬか？」

氏政が懸念を示す。

「何が危ないのだ？」

「太田は新之助を虜《とりこ》にするかもしれませぬ」

「太田がどうするかはわからぬ。しかし、この役目は、わしの考えをしっかり伝えられる者にしか任せることができぬ。どうだ、新之助、行ってくれるか？」

「お任せ下さいませ」

「これから太田に書状を書く。書き終わったら、すぐに出立してもらう。急いで支度をするのだ」

氏康がうなずくと、新之助が席を立ち、そそくさと部屋から出て行く。

「その方も下がれ。わしは小太郎と話がある」

「はい」

氏政も部屋から出て行く。

後には、氏康と小太郎の二人だけが残る。

「言いたいことがありそうだな」

「新之助には荷が重すぎる気がします」

「心配する気持ちはわかるが、新之助も一人前だ。うまくやり遂げるだろう」

「わたしが行ってはいけませぬか？」

「それができるくらいなら、そう命じている。おまえには、そばにいてもらわなければならぬ。それに、無理をさせたくないのだ。具合が悪いのであろう？」

「大丈夫でございます」

「大丈夫という顔ではないぞ。長生きしてもらわなければ、わしが困るのだ」

「……」

そう言われると、小太郎も何も言えなくなってしまう。

長尾軍がどういう動きをするかわからないから、どんな場合にも臨機応変に対応する必要があるが、そのためには、小太郎は氏康のそばにいなければならない。

体調が悪いのは事実である。

岩付まで旅して、資正を説得して翻意させるには、気力も体力も必要だが、今の小太郎には、気力はあるにしても体力がない。

氏康の言うように、新之助に任せるのがいいと頭ではわかるが、それでも息子が虎口《ここう》に飛び込むような危ない真似をするのを黙って見ていることはできなかった。親心というものであろう。

十一

翌朝、新之助は数人の警護の武士たちと共に河越城を出立した。

帰還したのは三日後である。岩付城で虜にされることはなかったものの、資正を翻意させることはできなかった。資正の決意は固く、岩付城では戦支度が進められていた。

わずかながら収穫があったとすれば、嫡男・氏資は長尾に与《くみ》することを快く思っていないことであった。太田の家中も一枚岩ではなく、いまだに北条に心を寄せる家臣も多く、その混乱が鎮まっていなかった。

しかしながら、岩付では資正が絶対的な権力を保持しており、岩付太田氏が長尾勢に加わるのを止めることはできそうにない、というのが新之助の見立てであった。

話を聞いた氏康と小太郎は相談し、河越城から松山城に移ることにした。

それまでは河越城、岩付城、松山城の三つの城を連動させて長尾勢を食い止めようという計画だったが、岩付城が寝返ったことで、その計画は頓挫した。

松山城と河越城のふたつだけで長尾勢を食い止めるのは容易ではないが、そうしなければならないとすれば、より前線に近い松山城で決戦に臨むのがよかろうと判断したのだ。

天然の要害である松山城は、そう簡単には落ちないであろうし、万が一、攻め落とされても、次は河越城で敵を迎え撃つという二段構えの策を採ることができる。

ところが、氏康が松山城に腰を据え、長尾軍の来襲に備えて戦支度をすすめているときに思いがけない事態が起こり、氏康と小太郎は改めて迎撃計画の練り直しを迫られることになった。

その原因は資正であった。

資正の寝返りは氏康にとって大打撃だったが、まさか、すぐに資正が軍事行動を起こすことまでは予想していなかった。

長尾景虎が武蔵に攻め込んでくるのを待ち、長尾軍に呼応して河越城を攻撃するだろう、というのが氏康と小太郎の読みだったのである。

その読みが外れた。

長尾軍を待つことなく、資正は独自に動き始めたのである。

二千ほどの兵を率いて岩付城を出ると、南進して、江戸《えど》城の東にある豊島郡石浜《としまぐんいしはま》を攻撃した。

そこから江戸城を迂回するように更に南下して、今度は荏原郡品川《えばらぐんしながわ》を攻めた。

そこで一旦兵を退《ひ》くと、今度は河越城と江戸城の間を通って西に進み、入間郡岩崎《いるまぐんいわさき》を攻めた。

報告を聞くたびに氏康の顔色は悪くなり、

「どうするのだ？　どうすればよいのだ」

と、小太郎の前で溜息をつく。

長尾軍が国境付近に迫っているので、松山城の氏康は動くことができないし、河越城や江戸城には、出撃して資正と戦うほどの兵がいない。

氏康には、資正が好き放題に暴れ回るのを止める手立てがない。それを見透かしたように、資正は悠々と北条氏を攻める。

長い間、北条氏に仕えてきたから、資正は北条氏の内部事情に精通している。どこを攻めるのが最も効果的で、より大きな打撃を与えることができるか、よくわかっているのだ。

資正が最初に攻撃した豊島郡石浜は、江戸湾の交易拠点のひとつである。各地から船で物資が運ばれ、ここから陸路で武蔵の各所に運ばれる。石浜が資正に押さえられてしまえば、北条氏の物流が止まる。

特に深刻なのは、上方から運ばれてくる鉄砲がここで荷揚げされていたことで、鉄砲の供給が滞れば、軍事作戦に支障を来《きた》すことになる。

荏原郡品川も物流の拠点であり、米の集積地になっている。品川が資正の手に落ちれば、江戸城や河越城への兵糧米の供給が遮断されてしまう。

石浜と品川への攻撃は、武器も兵糧もこっちが押さえてしまうぞ、という資正の恫喝なのであった。

入間郡岩崎への資正の進軍は、更に露骨な恫喝だ。岩崎は河越城の南の土地で、ここを資正が押さえれば、氏康は北の長尾軍と南の太田軍に挟み撃ちされる怖れが生じる。袋の鼠《ねずみ》になりかねないのだから、報告を聞いた氏康の顔色が変わるのも当然なのだ。

もっとも、これら三ヶ所へ続けざまに攻撃を加えたものの、資正は長居せず、岩崎周辺を荒らし回ると、さっさと兵を退いて岩付に帰った。

理由は、ふたつある。

ひとつは、率いているのが二千ほどに過ぎなかったことで、もうひとつは、これらの攻撃に対して氏康がどう反応するかを見極めるためであった。

「残念ながら、われらには何もできませぬ」

小太郎が無念そうに言う。今の北条氏には資正と事を構えるだけの余裕がないのだ。

「何もしなければ、資正はまた出てくるぞ。石浜なのか、品川なのか、それとも、岩崎なのか……。どこを攻められても、わしらは首根っ子をつかまれたようなもので、身動きが取れなくなるぞ」

「われらにとって最も痛いところを狙い撃ちにしているのです」

「敵に回してはならぬ男だった。まさか裏切るとは……。見通しが甘かったのう」

氏康が肩を落とす。

「裏切りの予兆でもあれば、何らかの対策を講じることもできたでしょうが、そのような予兆は何もありませんでした。あまりにも突然のことでしたので、わたしも驚きました。いったい、何があったのか……」

小太郎が首を捻る。まさか、冬之助が単身岩付城に乗り込んで資正を説得したとは想像もできないのであろう。

「見事なほどの裏切りだったということだな。愚痴ばかりこぼしても仕方がない。これから、どうするかだが……」

「どうしようもありませぬ」

小太郎が首を振る。

「どういう意味だ？」

「石浜や品川を攻められるのも一大事ですが、それよりも、岩崎を奪われて、そこに居座られてしまっては取り返しがつかぬことになります」

「やはり、そうするだろうか……」

「本気で北条氏を滅ぼすつもりならば、次はありったけの兵を率いて岩崎に兵を進めるでしょう」

「石浜と品川は目くらましで、本当の狙いは、わしを挟み撃ちにすることか」

氏康が顔を顰《しか》める。

「恐らく」

「わしらはどうすればいい？」

「松山城にいるのは危のうございます」

「河越城に戻るのか？」

「美濃守が岩崎に陣を敷くことになれば、松山城にいても河越城にいても危ないことに違いはありませぬ」

「すると……」

「今のうちに小田原に戻るしかないと存じます」

「小田原にか」

さすがに氏康が驚く。

氏康が兵を率いて松山城まで出てきたのは、長尾軍と決戦して武蔵を守るためである。小田原に退却してしまえば、武蔵を放棄するようなものだ。

「上野は奪われた。武蔵もくれてやるのか？」

「城を渡すわけではありませぬ。戦わぬだけです」

「残った者たちに籠城を命ずるのか？」

「はい。武蔵にはたくさんの城があります。守りを固めて、城から出ないようにすれば、どれほどの大軍が攻めようとも、そう簡単には落ちませぬ」

「沼田城は一日で落ちたぞ」

「長尾軍がどれほど手強いか、あのときは、よくわかっていなかったからです。今は違います。もっと守りを固めるのです」

「それで勝てるだろうか？」

「勝てるとは思いませぬが、いずれ風向きも変わりましょう。今は長尾軍に追い風が吹いております」

「北条兵が城から出なければ、長尾勢は城の周りを荒らし回るぞ。民が苦しむことになるな」

「北条が滅んで、長尾や山内上杉が関東を支配するようになれば、民はもっと苦しむことになります。肉を切らせて骨を断つ覚悟が必要であると存じます。戦の勝ち負けではなく、いかにして北条氏を生き延びさせることができるか、それだけを考えなければなりませぬ」

「それ以外に策はないか？」

「ございませぬ」

小太郎がきっぱりと言い切る。

「そうか……」

氏康が目を瞑る。

「……」

小太郎は口を閉ざし、氏康が考えをまとめるのを待っている。

（もう四十二年も昔のことになる……）

初めて宗瑞《そうずい》に会ったのは、四十二年前、小太郎が十三歳のときである。香山寺《こうざんじ》で下働きをしていた小太郎の才能を住職の以天宗清《いてんそうせい》が見抜き、宗瑞に推挙したのである。

宗瑞は小太郎を足利学校に送った。孫の氏康を支えてもらうために、小太郎を軍配者にしようと考えたのだ。

宗瑞、氏綱《うじつな》、氏康と北条氏では賢明な主が三代続き、領国は大きく広がり、そこで民が安穏に暮らしている。彼らが征服戦争を続けて領国を拡大したのは己の私利私欲のためではない。北条氏のやり方ならば、民が今よりも幸せに暮らすことができるという信念に基づき、民を不幸にする領主を討ち滅ぼしてきたのだ。

宗瑞の思い描いた最終的な理想形は、北条氏の主が関東管領になって、関東から戦乱をなくすことであった。

氏康は、あと一歩で、その理想形に到達するというところに達している。

（にもかかわらず、わしが後戻りさせようとしているわけか……）

小太郎は胸が痛む。

松山城を出て、氏康が小田原に引き揚げれば、もはや長尾軍の武蔵侵攻を食い止める手立てはない。確かに武蔵にある北条方の多くの城を攻め落とすのは容易ではないかもしれないが、時間さえかければ、いずれは堅固な城も落ちるであろうし、大軍に怖れをなして自ら開城して降伏する者も出てくるであろう。すなわち、小田原に退けというのは、裏返せば、武蔵を放棄せよ、と言っているのと同じことなのだ。

武蔵を征するために宗瑞や氏綱がどれほど苦労を重ねたか、その苦労を引き継いだ氏康が、どれほど血と汗を流してきたか、小太郎はよくわかっている。何十年もかけて、ようやく手に入れたのだ。その武蔵を長尾軍と戦ってもいないのに、むざむざ放棄せよ、と小太郎は進言した。

氏康にとっては、到底、受け入れることのできない進言であろう。

しかし、武蔵を守るために氏康が長尾軍と戦えば、恐らく、氏康は敗れるであろうし、敵の大軍に飲み込まれて戦死するかもしれない。

それは北条氏の滅亡を意味する。

それだけは何としても防がなければならないから、小太郎は小田原に引き揚げることを進言した。

北条氏の存亡を賭して長尾軍と決戦するか、それとも、その危険を避けて小田原に引き揚げるか、今、この瞬間の氏康の決断が北条氏の運命を決すると言っていい。

やがて、氏康が目を開ける。

ふーっと大きく息を吐いてから、

「わかった。小田原に戻ることにしよう」

と言った。

「……」

小太郎は何も言うことができない。

瞬きもせず、じっと氏康を見つめる。

その目から涙が溢れる。

「どうした、なぜ、泣くのだ？」

「申し訳ございませぬ。何の役にも立てず、本当に申し訳ございませぬ」

戦に勝つための策を立て、主を勝利に導くのが軍配者の仕事なのに、自分は何もできない、何の役にも立っていない……そう小太郎が口にする。

「馬鹿なことを言うな。おまえがいてくれたから、わしらはここまで来ることができたのだ。城や土地など失っても構わぬ。失ったものは取り戻せばいいのだ。命さえあれば、何度でもやり直すことができる。そう父上に教わった。まだまだ、おまえには力を貸してもらわなければならぬ。頼むぞ」

「……」

小太郎は肩を落とし、うつむいてしまう。

止めどなく涙が溢れ、その涙がぽたりぽたりと板敷きに滴《したた》り落ちる。

十二

長尾景虎は厩橋城で新年を迎えた。

永禄《えいろく》四年（一五六一）である。

ひと月以上、景虎は戦らしい戦をしていない。

下野方面に出陣はしたものの、戦をするためではなく、下野の豪族たちに出陣を促すための示威《じい》行動だった。それは、うまくいった。下野の豪族たちが続々と景虎の元に参陣し、景虎の軍勢は日毎《ひごと》に膨れ上がった。

しかも、同じ頃、冬之助が単独で岩付に赴き、太田資正を説得して味方にすることに成功した。

景虎自身は戦をしていないが、戦が起こっていないわけではない。景虎が出馬するまでもなく、景虎の傘下に加わった豪族たちが、

「ここは、われらにお任せ下さいませ」

と北条方の城を攻めているのである。

景虎が越後から率いてきた長尾軍本隊は八千ほどに過ぎないが、上野と下野の豪族たちが雪崩を打ったように味方についたため、今や、その数倍の兵力を抱えるまでになっている。たとえ長尾軍が動かなくても、それを遥かに上回る軍勢が北条方の城を包囲するのだから、上野に残っていた北条方の城は次々と落ちた。

（狐狸《こり》の類いに騙《だま》されているのではないか）

と、景虎が首を捻っても不思議はない。

今までこんな奇妙な戦をしたことがない。

自分は何もせず、ただ本陣にじっと控えているだけなのに、次々に敵方の城が落ちる。何もかも面白いようにうまくいくのだ。

勝ち戦が続くと、勝ち馬に乗り遅れてはならぬとばかりに、また新たな豪族たちが味方に加わるから軍勢は更に膨れ上がる。その数は十万にも達しようとしており、どこまで増え続けるか景虎にもわからない。その空前の大軍の頂点に景虎が君臨しており、景虎の指図ひとつで、どうにでも動く。

一月中旬を過ぎた頃、景虎はようやく腰を上げ、厩橋城を出て、二十二日には松山城を包囲した。

松山城は天然の要害であり、守りやすく攻めにくい城である。

しかも、城に立て籠もっているのは北条兵のみだ。

今までは地元の兵と北条兵が半々くらいで守る城ばかりで、そういう城に降伏勧告すると地元の兵が動揺して内部分裂し、城が自落することが多かった。

今度は、そうではない。降伏勧告を無視し、貝のように蓋をして、じっと城に立て籠もった。

それを見て、

（そう簡単には落ちそうにないな）

と、景虎は判断する。

別に焦りはない。

これまでが順調すぎたのだ。初めて歯応えのある敵と出会っただけのことである。

景虎と冬之助は今後の作戦について話し合うことにした。

「北条も、なかなか、がんばるではないか」

景虎は面白がっている。

「ここで、あまり時間をかけるのは、よろしくないと存じます……」

松山城に氏康がいるのなら話は別だが、氏康はすでに小田原に引き揚げている。松山城に手間取るのは、あまり意味がない、と冬之助は言う。

「思い出すのではないのか、十五年前のことを？」

景虎が訊く。

十五年前、山内上杉氏、扇谷上杉氏、古河公方の連合軍は、八万という途方もない大軍で河越城を包囲し、氏康を窮地に追い込んだ。

しかし、半年ほどもだらだらと包囲戦を続けた揚げ句、北条軍の奇襲に遭って大敗を喫した。その敗北で扇谷上杉氏は滅亡した。

冬之助にとっては苦い思い出だ。

「わしが同じ過《あやま》ちをすると思うか？　松山城で足止めされ、北条の奇襲に遭う、と」

「そうは思いませぬ」

冬之助が首を振る。

「わしが不思議に思うのは、十五年前、おまえがその場にいながら、なぜ、あのようにみじめに敗れたのかということだ。戦に勝ち負けはつきものだから、負けたことを恥じる必要はない。だが、負けるにしても負け方というものがある。あれは、ひどい負け方であったろう。違うか？」

「その通りでございます」

「なぜだ？　教えてくれ。あの夜、おまえは何をした？　いや、なぜ、何もしなかったのか、と訊く方がよいかな」

「昔のこととはいえ、あの夜に起こったことを口にすれば、どうしても誰かを責めることになってしまいます。そんなことは口にしたくないのです」

「わしの命令でもか？」

「ご容赦下さいませ」

「上野を征し、いよいよ、わしらは武蔵に入った。わしは武蔵を手に入れ、相模にも攻め込むつもりだ。小田原も落とすつもりでいる。だが、武蔵や相模のことを何も知らぬし、大がかりに北条と戦うのも初めてだ。だからこそ、おまえの力を借りなければならぬし、おまえを心から信頼しなければならぬ。そのためには、十五年前のあの夜、河越で何があったのか、わしは知らなければならぬのだ。おまえを悪く言う者もいる。主を見捨てて自分だけ逃げた卑怯者だと罵《ののし》る者もいる。わしは信じぬが、それをおまえの言葉で明らかにしてもらわなければならぬ。誰かを責めることになっても構わぬ。但《ただ》し、それが真実であれば、ということだぞ。わしの言いたいことがわかるか？」

「よくわかります」

「ならば、話せ」

景虎は盃を手にして、酒を一気に飲み干すと、腕組みして目を瞑る。

「あの夜……」

冬之助は記憶を辿り、あの夜、何があったのか、できるだけ正確に景虎に説明しようとする。

北条軍が夜襲を仕掛けてくるに違いないと見抜き、柏原《かしわばら》まで馬を走らせたこと。

宴の最中に自分の考えを述べたものの、憲政はまともに相手にせず、桃風を怒らせてしまったこと。

主の朝定《ともさだ》だけが冬之助の言葉を信じ、憲政を説得しようとしてくれたこと。

桃風に憎まれ、暴行された揚げ句、縛られて小屋に放り込まれたこと。

朝定は一人で陣地に戻り、北条軍の奇襲を受けて戦死したこと。

朝になって冬之助が小屋から逃れ出たときには、すでに勝敗は決していたこと……。

説明を続けるうちに、感情が昂《たか》ぶってきて、冬之助の目から滂沱《ぼうだ》と涙が溢れる。

「本当はあの場で死ななければならなかったのに、こうして今でもおめおめと生きているわけでございます」

冬之助が口をつぐむ。

「ふうむ……」

景虎が目を開ける。

「あの戦には加わっていなかったのか？」

「はい」

「信じられぬことだ。愚かな者が軍配を握ると、必勝の戦が簡単に必敗の戦に転じてしまうのだな。わしも肝に銘じておかなければならぬ」

「御屋形さまは、そのような愚かなことはなさいますまい」

「桃風は虫が好かぬ。おまえの話を聞いたからではないぞ。前々から虫が好かぬのだ」

景虎が顔を顰める。

「山内の御屋形さまに上野を預けるおつもりですか？」

「いずれ、そうするかもしれぬが、すぐにではない。上野だけでなく武蔵や相模も奪い、北条を倒してからの話だな。すぐに預けたりすれば、たちまち北条に奪い返されるだろう。十五年前と同じことが起こってしまうわ」

「それを聞いて安心しました」

「さて、今後のことだが……」

景虎が合図すると、小姓が大きな絵図面を板敷きに広げる。武蔵から相模まで描かれた絵図面で、北条方の主要な城も記されている。

「松山城を落としたら、すぐに河越城を攻める。南に下りながら、蕨《わらび》城や深大寺《じんだいじ》城を攻め、江戸城を囲む。江戸城はそう簡単には落ちまいから、包囲を続けながら、葛西《かさい》城や小沢《おざわ》城を攻める。江戸城が落ちれば武蔵を奪ったようなものだから、いよいよ、相模に入る。鎌倉《かまくら》を手に入れるには玉縄《たまなわ》城を落とさねばなるまい。そこまで進めば、あとは、一路、小田原を目指すだけになる」

絵図面に記された城を指差しながら、景虎が説明する。話し終えると、どうだ、という顔で冬之助を見る。

誰もが思いつかないような、ある意味で兵法の常識から外れた奇想天外な戦を好む景虎にしては、至極、穏当で真っ正直な策であろう。

古来、大軍に策なし、と言われるように、敵を凌駕するほどの大軍を擁しているときは、妙な小細工などせずに力攻めするのがよいとされる。

冬之助は、絵図面をしばらく黙って見つめていたが、やがて、顔を上げると、

「そのお考えは、よろしくないと存じます」

と言う。

「何だと？」

景虎がじろりと冬之助を睨む。

「わしの策が気に入らぬというのか」

「気に入りませぬ」

「どうせよと言いたいのだ？」

「武蔵にある城など無視して、ここから真っ直ぐ小田原に向かうべきかと存じます」

「小田原に行くだと？　河越城も江戸城も玉縄城も無視するのか」

「はい」

冬之助がうなずく。

「御屋形さまが率いているのが長尾勢だけであれば、今の御屋形さまの策が最善かと思われます。しかしながら、十万になろうとする軍勢のうち、長尾勢はわずかに八千、これで城攻めすれば、恐らく、江戸城に着いたあたりで足止めとなり、相模に入ることはできぬこととなりましょう」

「よくわからぬ。もう少しわかりやすく説明せよ」

景虎が小首を傾《かし》げる。

「はい……」

冬之助が説明を始める。

つまり、いかに大軍とはいえ、所詮は烏合《うごう》の衆に過ぎないということなのである。私利私欲で集まってきた者たちだから、まったく当てにならない。

勝ち馬に乗ろうとしているだけだから、風向きが変われば、すぐに逃げ出すだろうし、時間が経てば経つほど、その危険性は大きくなる。

しかも、大軍であるが故の弱点もある。

去年、武蔵や相模は凶作で、各地で飢饉が起こっている。思うように食糧が手に入らないのである。その状況下で、日々、十万の兵を食わせるのは並大抵の苦労ではない。

それ故、いくらかでも皆が結束し、食糧に余裕があるうちに北条氏の本拠地を攻めるべきだというのが冬之助の考えなのだ。

「小田原を落とし、北条父子を捕らえるか殺してしまえば、北条は滅びます。そうなれば、各地の城に立て籠もっている者たちも降伏するでしょう」

だから、城をひとつずつ落としながら小田原に迫るというやり方は時間の無駄だと冬之助は言う。

「河越城や江戸城、玉縄城を放置して小田原に向かったら、背後から攻められるかもしれぬぞ」

「そのときは……」

冬之助がにやりと笑う。

「御屋形さまが得意とする野戦になります。城の外で敵と決戦するのなら、勝敗は一日で決するでしょう。それは、こちらの思う壺ではありませぬか」

「なるほど……」

景虎はうなずくと、腕組みして思案を始める。

（言い過ぎてしまったか……）

景虎の策を真っ向から否定したわけだから、景虎が腹を立てても不思議はないのだ。

（どうするかは、御屋形さまがお決めになればよい。わしは言うべきことを言ったに過ぎぬ）

冬之助は口を閉ざし、景虎が決断するのをじっと待つ。

やがて、景虎は、

「よかろう。おまえの言う通りにしよう」

勢いよく自分の膝を叩く。

「は」

冬之助が平伏する。頭を垂れながら、頬が火照《ほて》るのを感じる。己の力量を認めてくれる主に仕えることがこれほど嬉しく、やり甲斐のあることだと初めて知った気がする。胸が熱くなって、涙がこぼれそうになる。

（この戦は勝つ。いや、勝たなければならぬ。小田原を落とし、北条を滅ぼすのだ）

そう心に誓う。

十三

「どうしたのでしょう、遅いですな」

氏政が小首を傾げる。

「うむ」

生返事をして、氏康は板敷きに広げた大きな絵図面を見つめている。

武蔵と相模を描いた絵図面で、北条方の主要な城も記入されている。長尾景虎も似たような絵図面を使っているが、それは足利学校で学んだ軍配者は同じようなやり方で絵図面を拵《こしら》えるからで、景虎の絵図面は冬之助が、氏康の絵図面は小太郎が拵えたのである。

「風摩さまがいらっしゃいました」

小姓が声をかける。

「来たか」

氏康は疲労の滲《にじ》む細面の顔を上げる。

小太郎が部屋に入ってくる。一人ではない。息子の新之助に肩を借りて支えられている。もはや、一人では歩くのも困難なほど弱っているのだ。

「おまえ……」

小太郎の顔を見て、氏康が絶句する。血の気が引いて真っ青だ。ひどく具合が悪そうだ。

「病を患うおまえに無理ばかりさせるのう。すまぬ」

小太郎の体調がすぐれないことは氏康も承知している。本当ならば、屋敷で静かに養生しなければならないのだが、北条家が未曾有の危機に瀕《ひん》している今、小太郎の知恵が氏康の頼りであった。小太郎にも氏康の気持ちがわかるからこそ無理をして登城したのである。

「お気遣いは無用でございます。このようなときのために軍配者はいるのですから」

板敷きに腰を下ろすと、肩で大きく息をしながら、小太郎が絞り出すように言う。

小太郎の隣に新之助も坐る。注意していなければ、小太郎が倒れてしまうかもしれないからだ。

「長尾景虎が松山城を出たぞ」

氏康が言う。

年明けに長尾軍に包囲された松山城は、ひと月ほどで落ちた。城攻めで大いに活躍したのは太田資正である。

「河越城を素通りし、深大寺城も小沢城も無視して、今は当麻《たいま》に陣を敷いているそうだ」

絵図面を指差しながら、氏康が説明する。

「その数は？」

「十万らしい。十一万という者もいる」

「ふうむ……」

落ち窪んだ目で小太郎が絵図面を見つめる。

「大袈裟すぎるのではないでしょうか。十万などと、とても信じられませぬ」

氏政が首を振る。

「信じられぬことは、往々にして起こるのだ。十五年前、山内上杉、扇谷上杉、古河公方の軍勢が河越城を囲んだとき、その数が八万と聞いて、わしは耳を疑った。しかし、本当だった。だから、長尾景虎の元に十万の軍勢がいると聞いても、わしは驚かぬ」

氏康が言うと、氏政が、難しい顔で、はい、とうなずく。

「数では、とても太刀打ちできませぬな。せめて、武田や今川が援軍を送ってくれると助かるのですが……」

新之助が溜息をつく。

「他家を当てにしても仕方がない。自分たちで何とかするしかないのだ」

小太郎が言う。

「治部大輔殿が生きておられれば……」

氏政が無念そうに言う。

こういう事態になってみると、去年の五月、今川義元が織田信長によって桶狭間で討ち取られたことが大きな痛手であった。今川家では混乱が続いているため、北条に援軍を送る余裕などないのである。頼みは武田だが、甲府《こうふ》からやって来た援軍は三百に過ぎなかった。たとえ援軍が三千だったとしても焼け石に水だったろうが、それにしても武田からの援軍が三百と知って、氏康は言葉を失った。

もっとも、その代わり、信玄は側面からの強力な支援を約束した。

ひとつは、越中の一向《いっこう》衆徒《しゅうと》を扇動して越後を南から脅かすことであり、もうひとつは、信玄自身が軍勢を率いて北上し、越後への侵攻を企てることである。越後が脅かされれば、景虎も急いで帰国しなければならないだろうという読みであった。

何の援助も期待できない今川家に比べれば、信玄の申し出はありがたかったが、直接的に十万の長尾軍の脅威にさらされている氏康とすれば、どうしても物足りなさを感じてしまう。

「長尾軍は当麻に布陣しているという。わしらは、どうすればよい？　おまえの策を聞かせてくれ」

氏康が小太郎に促す。

「わたしの考えは、とうに決まっております。しかし、それが正しいのかどうか、本当にそれでいいのかどうか……いくら考えてもわからないのです」

「構わぬ。申せ」

「では……」

小太郎がごくりと生唾を飲み込み、大きく深呼吸する。

「長尾には勝てませぬ」

「勝てぬか……」

氏康が小さな溜息をつく。

「向こうは十万、こちらは必死に掻き集めても二万そこそこ……。まともにぶつかっては勝てそうにないのは確かだが、戦は数だけで決まるのではない。おまえも承知しているではないか」

「恐らく、御本城さまの頭には、河越の夜襲で十倍もの敵を打ち破ったことが残っているのだと思います。他の者たちも、そうかもしれません。だからこそ、強気な考えを口にする者が多いのでしょう。しかし、河越の勝利を思い出すべきではありません。忘れるべきなのです。あのときは、相手の大将が愚かで傲慢《ごうまん》で、しかも、戦が下手だったから勝つことができたのです。今度は違います」

「長尾景虎は違うというのか？　血の気が多く、気が短く、気位が高いというぞ。山内殿（憲政）とよく似ている気がするが」

氏康が小首を傾げる。

「いろいろ欠点はあるのでしょう。だからこそ、たびたび謀反が起こるのでしょうし、国主の座を捨てて高野山《こうやさん》に登ろうともするのでしょう。しかし、戦の強さは疑いようがありませぬ。まだ三十そこその若さだというのに数えきれぬほどの戦を経験し、負け戦がほとんどございませぬ。わたしの知る限り、長尾殿が敗れた相手は武田殿のみ。長尾殿と武田殿は勝ったり負けたりを繰り返しているように見えますが、よくよく調べてみると、武田殿は決戦を避けているような気がします。長尾殿と直接戦うことを避け、長尾殿が越後に引き揚げるのを待って、守りの手薄な北信濃の敵城を攻めるようなやり方ばかりしているのです」

「長尾景虎は戦が強いから、まともに戦うことを避けているというのか？」

「はい。武田殿も稀代の名将。にもかかわらず、そこまで執拗に決戦を避けようとするほど、長尾殿は強いのです。昨年の春には、わずか数日で富山城の神保殿を降伏させました。八月に関東に入ってからも、向かうところ敵なしと言っていい強さです。これは本物です。武田殿であれば、こちらが十万、長尾殿が二万でも決戦を避けようとするのではないでしょうか。ましてや、今はこちらが二万、向こうが十万なのですから、戦いようなどありませぬ」

「なるほど、それがおまえの考えか。武田を真似て、長尾とは戦わぬというのだな？　そうなると、籠城か……」

「北条が生き延びる道は、それしかありませぬ」

「ふうむ、籠城なあ……」

氏康が首を捻る。理屈では納得できても、気持ちとしては悔しいのであろう。

小太郎が、ごほっ、ごほっ、と咳き込み、慌てて両手で口を押さえる。掌《てのひら》に血がこびりついている。新之助が差し出した手拭いで血を拭う。

「小太郎……」

氏康の表情が歪む。もう長くはないのだな、と悟ったような顔である。

「気になさいますな。大したことはありませぬ。籠城するからには、中途半端なやり方ではいけませぬ。長尾殿の率いる十万は、言うなれば寄せ集めで、北条を憎む者ばかりです。われらが城に籠もれば、彼の者たちは町や村を焼き、畑を踏み荒らし、百姓をさらうでしょう。男たちは殺され、女は慰み者にされるでしょう。生きて捕らえられた者たちは奴隷として連れ去られることになります。小田原が地獄絵図になるのです」

「何もかも奪われ、焼き尽くされるのだな。長尾がやりたい放題するのを、わしらは指をくわえて見ていることしかできぬのか」

「腹立ち紛れに城から出れば、それこそ相手の思う壺。覚悟を決めて城に籠もらなければなりませぬ。できるだけ多くの者たちを城に入れ、城に入りきらぬ者たちは山へ逃がしましょう。家を焼かれても、財物を奪われても、命さえあれば、また手に入れることができます。家など、また建てればいいだけのことです。たったひとつしかない命を、一人でも多くの命を救うことだけを考えるべきです。傍目《はため》には臆病な振る舞いに見えるかもしれません。北条は負けたと笑われるかもしれません。しかし、北条が生き延びることが、最後には長尾に勝つことになると信じております。亡くなった早雲庵《そううんあん》さまは、民が幸せになれる国を作りたいとおっしゃって、伊豆《いず》と相模を支配なさいました。北条の仕置きを他国にも広めることが、より多くの民を救うことになるのだとお考えになって、武蔵や上総にまで出陣なさいました。ここで意地を張って、北条が滅びるようなことになれば、伊豆、相模、武蔵、上総、それに上野の民は昔のように牛や馬よりもひどい暮らしを強いられることになるのです。北条家さえ残っていれば……」

「もう言うな」

氏康が片手を挙げて、小太郎の発言を制する。

「御本城さま……」

「おまえの言うことは正しい。妙な意地を張って、北条家を滅ぼすことはできぬ。意気地なし、弱虫、腰抜け、卑怯者……そう罵られても構わぬ。わしが耐えることで、民の暮らしと命を守ることができるのであれば、そうしよう」

「ありがたきお言葉でございます。皆には、わたしから説明いたします」

「それは、いかん」

氏康が首を振る。

「今は誰もが殺気立って、威勢のいいことばかりを口にしている。籠城を口にした者もいたが、それも敵と戦って、どうにもならぬと判断したら籠城すべしという考えで、真っ当な策に聞こえたが、周りの者たちからは口汚く罵られた。最初から負けることを考えてどうするのだ、籠城などを考えていたら兵が弱腰になってしまう、となる。そういう者たちの目から見れば、おまえの考えは、もっと弱腰に見えるだろう。何しろ、最初から戦わぬというのだからな。しかも、城に逃げ込むことのできぬ者は山へ逃がしてしまい、あとは敵の好き放題にさせろという。血の気の多い者ならば、おまえを殺そうとするかもしれぬ。おまえを死なせるわけにはいかぬから、わしの口から籠城を皆に告げる。まさか、わしを殺そうとはするまいからな」

「こんな大変なときに、わたしのためにお心を煩わせて申し訳なく存じまする」

「いや、そうではない。わしも籠城しかないのではないかと考えていた。しかし、敵と一戦も交えずに籠城するのでは武門の名を汚すことになるのではないか、世間から笑われるのではないか、家臣たちからも蔑まれるのではないか……そんな心配をしていた。見栄を張ることばかり考えて、本当に大切なものが何なのか、それを忘れていた。北条の領地に暮らす者たちが平穏に幸せに暮らすことだけが大切なのだ。その暮らしを守るためには北条が滅びることはできぬ。たとえ家名が恥辱にまみれようと、そんなことはどうでもいい。おまえが思い出させてくれた。礼を申すぞ」

「とんでもないことでございます」

「おじいさまがおまえを軍配者としてわしのそばに残していってくれたのは、この日のためだったのかもしれぬな。おじいさまが生きておられれば、きっと、おまえと同じことを言ったに違いない。いや、もっと厳しく、わしを叱ったかもしれぬな」

ふふふっ、と氏康が笑う。

「いいえ、御本城さま、それは違います」

「何が違うのだ？」

「早雲庵さまは、御本城さまの心の中に生きておられます。早雲庵さまが目指したものを、御本城さまは立派に受け継いでおられます。わたしの目には、御本城さまと早雲庵さまのお姿が重なって見えまする」

「それは嬉しい言葉だ。おじいさまも、わしらと同じように考えるということだな？」

「はい。そう思います」

「ならば、もう迷うまい。どのように世間に嘲《あざけ》られようと、自分たちの信じる道を進むだけのこと。世間の者たちは北条が負けたというであろうが、何年か経てば、本当に勝利したのが誰か、きっと明らかになるはずだ」

氏康は、ふと氏政と新之助を見て、怪訝な顔になる。二人が泣いていたからだ。

「おまえたち、なぜ、泣いておる？」

「父上と小太郎の、いや、青渓先生の強い絆に心が震えたからでございます。北条家と北条家の領地を守るために、お二人がどれほど悩み苦しみ、必死に生き延びる術を考え抜いたか……。それに比べて、わが身の何と浅はかなことかと恥ずかしくなります」

袖で涙を拭いながら、氏政が答える。

「それでよいのだ。今はまだわしがいる。小太郎もいる。しかし、いずれ、わしらはいなくなる。そのときのために学ぶがよい。わしがおじいさまや父上から多くのことを学んだように、おまえも学ぶがよい。そうすれば、おまえは国を保っていくことができる。そばで新之助も支えてくれよう」

「はい」

氏政がうなずく。

十四

三月初め、長尾軍は相模中郡に侵攻し、当麻に陣を敷いた。ここで北条氏の出方を窺うことにしたのだ。

このとき景虎が率いていた兵力は九万六千だという。敵は十万という氏康の見立ては正確だったわけである。

関東でこれほどの軍勢が集まったのは河越の戦いのときに両上杉氏と古河公方が八万の軍勢を集めて以来であり、しかも、そのときより数が多い。

当麻は玉縄城の北西に位置する。

玉縄城は鎌倉を守るという役目を担った城である。

つまり、玉縄城を落とせば鎌倉が手に入る。

新たに景虎の陣営に加わった者の多くは、

「玉縄城など一気に攻め潰して鎌倉に入り、若宮に参詣なさるべきです」

と勧める。

関東管領に就任すると鶴岡八幡宮《つるがおかはちまんぐう》の若宮に拝賀するのが慣例だからである。

景虎の場合、山内上杉氏の家督を継ぐための儀式も行う必要がある。

伝統や格式に人並み以上にこだわる景虎とすれば、ふたつの重要な儀式は何としても鎌倉で行わなければならないのだ。

「うむうむ」

景虎は機嫌よさそうに耳を傾け、

「もちろん、そのことは考えている。しかし、わしが鎌倉に入れば、さすがに北条も黙ってはいないだろう。戦など少しも怖れていないが、戦になれば、静かに拝賀もできまい。わしは神聖な儀式を静かに行いたいのだ。それ故、まず小田原を攻め落とすつもりでいる」

と答える。

「それもそうですな。御屋形さまは軍神の如き戦上手でおられる。軍神がこれだけの兵を率いて押し寄せれば、氏康は膝を屈して和を請《こ》うでしょう」

「そうかもしれぬ」

ご機嫌取りのお世辞にもにこやかにうなずく。

氏康と干戈を交えてもいないのに、すでに景虎の周辺には戦に勝ったかのような楽観的な雰囲気が漂っている。

これを冬之助は危惧した。

二人きりになると、

「どうやら北条は籠城するつもりのようです」

「ふんっ、臆病な奴らだ」

「最初から、まったく戦うつもりがなく、着々と籠城準備をしているという知らせが届いております。よほど守りを堅くしていると考えなければなりませぬ」

「わかっておる。そう心配ばかりするな。われらが押し寄せれば、北条勢は肝を潰すだろう。誰かが言っていたが、小田原殿は和睦を願うのではないかな。戦っても勝てる見込みがないのだから」

「向こうは、もはや勝つことは考えておりますまい。負けぬことだけを考えているのではないでしょうか」

「戦わなければ、勝つことも負けることもないからのう」

「お怒りを受けるのを覚悟で正直に申し上げてもよろしいでしょうか？」

「構わぬ。言え」

「野戦であれば、間違いなく御屋形さまが勝つでしょう。兵の数が北条より少なくとも勝てるでしょうが、今、十万近い兵が御屋形さまの元におります。野戦で負けることはあり得ませぬ」

「うむ。それで？」

「しかしながら、御屋形さまは、あまり城攻めが得意ではありませぬ」

「……」

景虎がピクッと反応する。

「もちろん、守りの手薄な小さな城であれば、兵の数にモノを言わせて攻め潰すこともできましょうが、十分な備えをして待ち構えている守りの堅い城を落とすのは容易なことではございませぬ……」

そういう城を攻めるのに、人海戦術はあまり意味がない。力攻めをすれば、いたずらに死傷者が増えるだけであろう。

結局、最後には火力がモノを言う。

鉄砲と大砲だ。

大砲といっても、この時代の大砲は初歩的な段階の大砲で、丸い鉄の塊《かたまり》を飛ばすだけである。爆発力がないから、火災を発生させることもできない。

それでも重い鉄の塊が空から落ちてくれば敵に心理的な恐怖を与えることができるし、城壁や建物に多少の損害を与えることもできる。

しかし、その程度の威力しかない。

大砲よりも実戦的なのは鉄砲である。

射程距離は短いものの、弓矢よりは正確に敵を狙うことができるし、殺傷力も強い。

長尾軍にも鉄砲はあるが、数は少ない。

恐らく、北条氏よりも、ずっと少ないであろう。

景虎が鉄砲の威力を軽視しているためで、この時期、最も多くの鉄砲を所有しているのは武田信玄である。

氏康は信玄からの援軍がわずか三百と聞いて嘆いたが、実は、その三百人には鉄砲足軽が百人含まれている。鉄砲足軽一人は、槍を抱えた足軽五人分くらいの働きをすると言われるから、この援軍は、信玄とすれば、氏康に対するかなり思い切った厚意の表れなのである。

河越の戦いのとき、両上杉軍と古河公方軍が八万もの大軍を擁しながら河越城を落とすことができなかったのは、攻め手がだらしなかったのも事実だが、火力が不足していて、守りの堅い河越城を攻めあぐねたのも事実なのである。

長尾軍には火力が決定的に不足している。小田原城を攻め落とすだけの火力を持っていないのだ。景虎だけが悪いのではない。

冬之助も油断した。

北条氏ほどの大名が本国に攻め込まれ、本拠の小田原城を攻められるというのに、まさか一戦もせずに籠城を選択するとは予想していなかった。

総力を挙げて小田原防衛のために決戦を挑んでくるだろうと考えていたから、城攻めではなく、野戦の策ばかりを検討していた。

「確かに、わしは城攻めが好きではない。しかし、苦手だとも思っていない。せっかく、ここまで来たのだ。小田原城を攻めずに帰るわけにはいくまいよ」

「……」

景虎は余裕たっぷりに笑みを浮かべる。

その顔を見て、

(何を言っても無駄だ)

と、冬之助は諦める。

無理もない、と思う。

山内上杉の家督を継ぎ、関東管領になっただけでもすごいことなのに、短期間に十万もの兵が群がり集まってきた。己の力を過信するなと言うのが無理であろう。

ここで北条氏を倒せば、景虎の勢力圏は日本海から太平洋にまで達する。その勢いを駆って進めば、宿敵・武田を打ち破ることも可能であろうし、天下人になることすら夢ではない。

景虎自身には政治的な野心も領土的な野心もないから、天下人になろうとはしないであろうが、その力を利用したいと思う者は多いはずだ。

足利義輝が、汝を副将軍にしてやる、都に来てわしを助けてくれと頼めば、一も二もなく承知するであろう。

今の景虎は、それほどの高みに舞い上がっている。そんなときに後ろ向きなことを言っても聞く耳を持たないのは当然だ、と冬之助にもわかる。

話し合いが不調に終わると、冬之助は景虎の許しを得て、小田原に向けて先行することにした。何が何でも小田原城を攻めるというのなら、まずは自分の目で実際に小田原城を見なければならぬと考えたからである。

敵地を縦断して行くわけだから、冬之助も危険を覚悟している。

下野から岩付城に向かったときは、修行僧に化けて、敢えて一人で旅したが、今度は、そうではない。景虎から一千の兵を預かった。これだけの兵を率いるとなれば、ただの偵察ではない。いわゆる武力偵察であり、敵軍と遭遇すれば一戦も辞さずという覚悟の偵察である。

だが、それは杞憂であった。

当麻から小田原まで、沿道には数多くの北条方の城が存在するし、冬之助たちが小田原に向かっていることに気が付かないはずもないのに、城から出て迎撃しようとする動きは皆無だったのである。

（わしらとは戦わぬと腹を括っているわけか）

恐らく、何があろうと城から出てはならぬ、じっと籠城を続けよ、という命令が氏康から出されているのに違いなかった。その命令を律儀に守っているから、どの城からも北条兵が出て来ないのであろう。

何の邪魔立てもされなかったので、冬之助は当麻を出た翌日には小田原に着いた。

驚いたことに、小田原城にすら、容易に近付くことができた。北条兵が見当たらないだけではない。町にも人の姿がないのである。当麻から小田原に来る途中も、どの村にも人影がなかったことを冬之助は思い起こす。籠城策を決めた氏康は、領民たちも避難させたのであろう。

（大したものだ）

ここまで徹底して決戦を避けようとする姿勢に、ある種の清々しさを感じる。

と同時に、

（小田原殿だけの考えではないな）

この籠城策を氏康に献じたのは風摩小太郎青渓に違いないと思う。

自分が北条方にいたらどうしただろうか、やはり、籠城するだろうか、それとも、劣勢であることを承知で決戦に臨むだろうか、と反問する。

長く考える間もなく、

「わしなら外で戦うぞ、青渓」

冬之助が声に出す。

どれほど劣勢であろうと野戦で勝機を見出そうとするのが冬之助のやり方であり、主の長尾景虎もそういう型の武将である。

その点、冬之助と景虎はよく似ている。

徹底した籠城策を立案した小太郎と、その籠城策を採用した氏康も、やはり、似ているであろう。

そう考えれば、この戦いは、長尾景虎と北条氏康の戦いである以上に、曾我冬之助と風摩小太郎の戦いであると言っても間違いではない。

冬之助は数人の兵だけを連れて、小田原城の偵察に出かける。大胆すぎる行動だが、北条兵に待ち伏せされる危険はないだろうと見切っている。

徹底した籠城策を取り、一人の兵も城から出さないように命じている氏康が、一千の敵軍が小田原城の前に現れたからといって小細工を弄《ろう》するはずもないと考えたからだ。

実際、何の邪魔立てをされることもなく、冬之助は小田原城の外堀近くまで進むことができた。

そこで驚愕した。

(何と、これは……)

幅が広く、かなりの深さがありそうな水堀が左右にどこまでも続いている。

冬之助は水堀に沿って馬を走らせるが、どこまで進んでも終わりがない。ついには海に出た。

水堀の向こう側には土塁が積み上げられているので、中の様子がわからない。

小高い丘に上って、大きな木によじ登る。木の枝に跨《また》がると、懐から遠眼鏡《とおめがね》を取り出して城内の様子を窺う。

「……」

冬之助が言葉を失う。

水堀は城の外にあるだけではない。

城内にも二重三重に水堀が巡らされている。

たとえ最も外側の水堀を突破して城内に侵入しても、城内にある橋を落とされてしまえば、攻め手はそこで立ち往生するしかないということだ。

しかも、敵の侵入を想定して、馬が通ることのできそうな道には大きな障害物がいくつも置かれている。馬の通行を邪魔するだけではなく、その障害物を盾にして鉄砲を撃ったり、矢を射たりすることができるように工夫されている。

北条氏の所有する鉄砲の数が長尾軍のそれを上回っていることを、改めて冬之助は思い出す。

攻め手が立ち往生しているところを鉄砲で狙い撃ちされたら、甚大な被害が出ることは容易に想像できる。

何よりも冬之助を驚かせたのは、小田原城の巨大さとその堅固さである。

実際に小田原城を目の当たりにして、冬之助は城攻めをするという発想が根本的に間違っていたことを悟った。遥か遠くに小田原城の本丸や二の丸、三の丸、様々な曲輪《くるわ》が見えており、常識的に考えれば、それらの集合体が小田原城であろう。

ところが、果てしもなく広がる水堀は、城そのものだけではなく、城の周辺にある町も囲んでいるのである。

それは、小田原城を攻めるということは、小田原という町を攻めることと同じだということである。町そのものが要塞化されているのだ。

冬之助が驚いたのは当然で、当時の小田原城は日本最大級の規模だった。初代・宗瑞以来、氏綱、氏康と連綿と絶え間なく規模を広げ、防備を固めてきたことが今になって生きたわけである。

余談だが、このときから三十年ほど後、豊臣秀吉《とよとみひでよし》は小田原城を間近に見て衝撃を受け、上方に帰ってから大坂城の惣構《そうがまえ》の堀を構築することを決めたという。その惣構が大坂冬の陣で徳川《とくがわ》軍を苦しめたのはよく知られている。

（無理だ。こんな城を攻めたのでは、たとえ十万の兵がいたとしても勝てるはずがない）

勝てるどころか、城攻めに手こずっているうちに城方から反撃を食らい、自分たちが敗北することまで考えられる。小田原城を攻めるのは危険が大きすぎる……それが冬之助の出した結論である。

自分の考えが決まると、直ちに冬之助は景虎の元に取って返した。

十五

「なるほど……」

景虎が大きくうなずく。

小田原城がいかに巨大で、しかも、堅牢なのか、冬之助が事細かに説明したところである。

しかし、景虎の表情には、さしたる驚きもない。

かえって冬之助の方が、

（御屋形さまは、どうなされたのであろう）

と怪訝な顔になったほどだ。

「何か策を思いつかれたのでしょうか？」

「策？　いや、別にないようだ」

「では……」

「おまえの言いたいことはよくわかった。おまえほどの軍配者が、小田原城を攻め落とすことはできぬと言うのだから、それが正しいのであろうよ」

「ならば……」

「まあ、待て」

景虎が片手を挙げて、冬之助の発言を制する。

「たとえ小田原城を攻め落とすことが難しく、無理攻めすれば手痛いしっぺ返しを食うことになるとしても、それでも、やはり、一度は攻めなければならぬのだ。ここまで来て、城の守りが堅そうだから攻めるのを止めると言えば、わしを笑う者もいるだろう。そんなことは我慢できぬ。わしは小田原殿に鉄槌《てっつい》を下す。今まで犯してきた悪事の報いを受けさせるのだ。小田原城がおまえの言うように堅牢ならば、じっと閉じ籠もっていれば、小田原殿は安泰だろう。それでも構わぬ。小田原殿はわしを怖れて城から一歩も出ることができなかった、何という臆病者よ、と世間の者たちは小田原殿を嘲笑《あざわら》うであろう。それでよい。城を落とすことができなくても、わしは小田原殿に勝つのだ。そうして、わしは鎌倉で山内上杉の家督を継ぎ、関東管領に就《つ》く」

「そこまでお考えならば、これ以上、何も申しませぬ」

景虎が短気で血の気が多いことは、冬之助も承知している。小田原城を攻めあぐねて腹を立て、執拗に総攻撃を続けるような事態になれば、城を落とすどころか、城方に反撃されて負けることもあり得ると危惧していた。

しかし、意外にも景虎は冷静で、一度は小田原城を攻めるものの、無理攻めはせず、すぐに鎌倉に取って返すという考えを持っていることがわかった。

それならば、冬之助がとやかく言うことはない。景虎の言うように、一度は小田原城を攻めることは、軍事的にはあまり意味がないとしても、政治的には大きな意味を持つはずであった。北条氏康を屈服させた武将として、景虎の名前が天下に知れ渡ることになるはずである。

十六

「やはり、長尾景虎はやって来たのう」

「はい」

氏康の言葉に小太郎がうなずく。

小太郎のそばには息子の新之助が付き添っている。もはや一人では氏康の前に伺候《しこう》できぬほど弱っているからである。

三月下旬、長尾景虎率いる九万六千の大軍が小田原近郊に現れ、小田原城を包囲した。

景虎は酒匂川《さかわ》の畔に本陣を置いた。

「配下の者たちが何度も偵察に来て、どれほど小田原城が守りを固めているかよくわかったはずなのに、それでも攻めるつもりらしい」

ふんっ、と氏康が鼻で嗤《わら》う。

「十万の軍勢があれば、どんな城でも容易に落とすことができるという自信があるのでしょう」

小太郎がうなずく。

「本当に大丈夫なのかのう。確かに城の守りは堅い。それでも敵は十万だ。どこか一ヶ所でも突破されて城に入り込まれたら終わりだぞ」

氏政が懸念を口にする。

「おっしゃりたいことはわかりますが、わたしが思うに、弾正少弼殿は城攻めは得意ではありません。野戦になれば、武田殿ですら苦戦するほどの強さを見せますが、城攻めでは、これといって目立った成果を上げたことはないはずです。一度か二度は総攻撃を仕掛けてくるでしょう。城攻めに苦戦し、兵を退くような動きを見せるかもしれませんが、それは、われらを城から誘《おび》き出すための罠です」

「何が何でも野戦に持ち込もうという腹か？」

「はい。それ故、われらは絶対に城から出てはならないのです。敵は大軍であるが故に、日々の食糧の調達に苦労しているはずです。どうせ長く滞陣することはできぬのです」

「それはわかるが……」

氏政が氏康に顔を向ける。

「しかし、一度くらい弾正少弼殿と手合わせしないと、父上の名に傷がつくのではないでしょうか」

「名だと？」

氏康が驚いたように氏政を見つめる。

「おまえは、そんなものが大事だと思うのか？」

「武士にとって己の名より大切なものはないと存じます」

「なるほど、一介の武士であれば、そうであろうよ。しかし、北条家の当主にとっては名より大事なものがあるのだ。領民の暮らしを守っていくこと、それこそが最も大事なことで、他はどうでもよいのだ。それがおじいさまや父上の教えだ。おまえも胸に刻むがよい。わしは名より実を取る」

何の迷いもなく氏康が言い切る。

その翌日、景虎は小田原城への攻撃を開始した。

九万六千の軍勢が一斉に襲いかかったのである。

景虎は自ら軍勢の先頭になって馬を走らせる。

兜《かぶと》を被《かぶ》らず、頭を白の五条袈裟《ごじょうけさ》で包んだ裹頭《かとう》姿で、騎乗しているのは黒光りする漆黒の駿馬だ。

これだけでも目立つのに、鎧も派手で、金箔を貼った札を紅の糸で綴り合わせた大袖がついている。日の光を浴びると、きらきらと光るので遠くからでもよく見える。鎧の上には、萌黄《もえぎ》色の緞子《どんす》に「笹に飛雀《とびすずめ》」を縫い取りした具足羽織を着ている。

敵からも味方からも、景虎がどこにいるか一目瞭然という格好なのである。

そんな派手な姿で陣頭に立ち、休みなく馬を走らせながら兵を叱咤する。

総大将が倒れれば戦況が一気に逆転するというのは、この時代の戦の常識で、例えば、桶狭間の戦いでは、絶体絶命だった織田信長が今川義元を討ち取ることで勝利を手にしている。

それ故、普通、総大将が最前線に出ることはあり得ない。最後尾の安全な場所に本陣を置くのが常識なのである。

その常識は景虎には通用しない。

誰よりも小田原城に近い場所で、誰よりも目立つ格好で、平気な顔で馬を走らせる。

当然ながら、北条兵は弓矢や鉄砲で執拗に景虎を狙う。景虎を倒せば勝てるのだ。

ところが、まったく当たらない。

かすりもしないのである。

常々、

「わしは毘沙門天の庇護を受けている」

と公言しているし、景虎の武威を怖れる者たちは、

「弾正少弼殿は毘沙門天の化身であろう」

と畏服《いふく》しているが、この日の北条兵たちも、

「なぜ、こんなに近くにいるのに当たらないのだ？」

「矢が降り注ぎ、銃弾を浴び続けているのに、まるで矢や銃弾が弾正少弼殿を避けているようだ」

「まさしく毘沙門天の化身なのではあるまいか」

と動揺した。

北条兵が萎縮するのと対照的に、長尾兵は景虎の指揮に鼓舞され、小田原城に殺到する。

ついには外堀を越えて、小田原四門のひとつ、蓮池《はすいけ》門に殺到した。

四門のうちでも最も重要な門なので、ここには重臣筆頭・松田憲秀《まつだのりひで》と長老・大道寺周勝《だいどうじかねかつ》が守りを固めていた。

二人は門を固く閉ざし、ひたすら弓矢と鉄砲で敵の攻撃を防いだ。

門の外には敵兵が密集しているから、狙いなど定めずに矢を射たり鉄砲を撃てば、誰かに当たるという状況である。

にもかかわらず、精神的には明らかに北条兵が押されている。目を瞑って撃っても誰かに当たるほどなのに、景虎には当たらないからである。景虎に対する怖れが北条兵の気力を萎《な》えさせたのだ。

だが、怖れを感じているのは北条兵だけではなかった。

景虎が率いる九万六千の軍勢も景虎を怖れ始めている。

なるほど景虎は不死身かもしれないが、他の者はそうではない。

蓮池門の前で立ち往生して身動きが取れなくなった兵たちは、次々に北条兵の餌食《えじき》になっている。

「このままでは御屋形さま以外の者は皆殺しにされてしまうのではないか」

と心配になってきた。

暗くなってきたので、ようやく景虎は兵を退くことを命じた。結局、猛烈な攻撃を仕掛けたにもかかわらず、景虎の兵はただの一人も小田原城に足を踏み入れることができなかった。

夜が明けると、蓮池門の前には前日の戦いで死んだ者たちの死骸が山のように積み重なっている。

その死骸の山を、長尾方も北条方も不安そうな目で見つめる。

長尾方とすれば、またもや無謀な総攻撃を命じられ、自分も死ぬのではないかと怖れ、北条方は、死骸の山が大きくなっていけば、それを足がかりにして門を乗り越えられてしまうのではないかという怖れである。双方共に普通ではあり得ないような怖れを感じていたわけである。

朝日に照らされる死骸の山を、冬之助は呆然と見つめる。

（何ということだ……）

正確な数はわからないものの、少なくとも一千、もしかすると、二千くらいの兵が蓮池門の前で死骸になったのではなかろうか。

大変な数である。

九万六千のうちの一千や二千だと思うから大したことがないような気がするが、たった一日の戦いでこれだけの戦死者が出るというのは異常事態である。

昨日と同じように単純な突撃を繰り返せば、今日も同じくらいの死者が出るであろうし、こんなことを五日も続けたら、全軍に動揺が走り、収拾が付かなくなる、と冬之助は危惧する。

(御屋形さまは、どうなさるのか?)

昨日から景虎とは話をしていないので、景虎の考えがまったくわからない。

それもまた普通ではあり得ないことで、総大将と軍配者は本陣にいて、戦況に応じて柔軟に対応策を相談するものだが、何しろ、景虎が最前線に出てしまうので、冬之助は景虎と意思疎通ができない。

戦の後は、

「今日は疲れた。わしは寝る」

と、大酒を飲んで、さっさと寝てしまった。

冬之助は、やきもきしながら一晩過ごした。

今日も総攻撃するという考えなら、何としてでも止めようと思っている。

やがて、景虎が現れる。

「お」

思わず、冬之助の口から声が洩れる。

景虎の出で立ちが昨日とは違うのである。

地味な軽装である。戦をしようという姿ではない。

「冬之助」

「は」

「鎌倉に行くぞ。城攻めは終わりにする」

「よきお考えでございます」

冬之助が頭を垂れる。

「わしは先に行く。おまえは後からゆっくり来ればいい。万が一、小田原殿が城を出て追ってきたら、すぐに知らせろ。戻ってくる」

景虎が白い歯を見せて笑う。

（御屋形さまは、まさしく戦の神であられる）

背後から朝日を浴びて微笑む景虎の姿を見つめながら、冬之助は心から感動する。

十七

閏《うるう》三月三日、景虎は鎌倉に入り、鶴岡八幡宮で拝賀の儀式を行う準備を命じた。

いよいよ山内上杉氏の家督を継ぎ、関東管領に就任するわけである。

山内上杉氏の家督を継ぐに当たって、景虎は憲政の一字をもらい受け、「政虎《まさとら》」と改名した。以後、上杉姓を称し、公文書の類いには「上杉政虎」と署名するようになる。

拝賀の儀式と同時に、景虎は古河公方家の家督相続に介入した。

先代・足利晴氏は、氏康の圧力に屈し、氏康の甥に当たる義氏に公方職を譲ったが、景虎はこれを認めず、氏康によって嫡男の座を逐われた藤氏《ふじうじ》を擁立した。軍事だけでなく、政治面でも北条氏と対立する姿勢を鮮明にし、北条氏による関東支配の秩序を改めようと試みたわけである。

拝賀の儀式は盛大に挙行された。

景虎の人生で最も晴れがましく、嬉しい瞬間であったろう。

ただ、その日、景虎の性格分析をする上で必ず持ち出される有名な事件を起こす。

総門に馬を止め、景虎が参詣から戻るのを騎馬のまま待っていた成田長泰《なりたながやす》を馬から引きずりおろし、地面に膝をつかせて烏帽子を叩き落としたのである。

周りの者が止めなければ長泰を手討ちにしかねないほど景虎は激怒し、長泰を口汚く罵った。

長泰は呆然として、死人のような顔色で言葉を失った。

古来、武蔵には七党・四家と呼ばれる有力な同族集団がいて、互いに協力し合いながら土地と民を支配していた。

四家は成田、別府、奈良、玉井で、成田家は四家の筆頭である。先祖を遡《さかのぼ》っていけば藤原鎌足《ふじわらかまたり》に行き着くというから名門中の名門と言っていい。

平安時代、成田家に助高《すけたか》という傑物が現れる。

助高は源頼義《みなもとのよりよし》の外戚の叔父で、国司として武蔵の幡羅《はたら》郡に住み、「幡羅の大殿」と敬われていた。

源頼義は頼朝《よりとも》の先祖であり、鎮守府将軍・伊予守《いよのかみ》として前九年の役・後三年の役を戦い、源氏の武名を大いに高めた。頼義の子が有名な八幡太郎義家《はちまんたろうよしいえ》である。

前九年の役が勃発し、その平定を朝廷から命じられた頼義は兵を率いて奥州に向かった。

その途中、幡羅郡の近くを通りかかった。

先触れから知らせを聞いた助高は頼義を出迎えようと、馬を急がせた。

たまたま二人は路上で出会《でくわ》した。

助高が慌てて馬から下りると、頼義も身軽に馬から下り、

「お久し振りでございますのう。お元気そうで何よりでござる」

にこやかに助高の手を握った。

本来であれば、助高が下馬し、地面に膝をついて頭を垂れ、頼義は馬上で歓迎の挨拶を受けるべきであったろう。

しかし、頼義は、縁戚でもあり、年長でもある助高に敬意を表して自分も馬を下りたわけである。

成田家にとっては大変な名誉である。

この挿話が長く語り継がれ、成田家では、軍を率いる大将に会うときは馬上で出迎え、同時に下馬するのが慣例となった。

その後、成田家は山内上杉氏の重臣として重きを成すようになったが、山内上杉氏の当主も、その慣例を尊重してきた。

長泰とすれば、山内上杉氏の家督を継いだ景虎も、その慣例を尊重してくれるだろうと考え、騎馬のまま景虎を待っていたわけである。

景虎は、その慣例を知っていたが、

「おまえの先祖の助高は伊予守殿の外戚の叔父でもあったし、伊予守殿に様々な便宜を図った功労者である。それ故、伊予守殿も礼を尽くして報いたのであろう。それに引き換え、おまえは何をしたというのか？　何の功もないくせに先祖の猿真似をしているだけではないか」

と、長泰を面罵《めんば》した。

長泰は、このとき六十七歳である。長きにわたって山内上杉氏に尽くし、長老として敬われてきた。隠居の身で、わざわざ出陣する必要もなかったのに、最後のご奉公というつもりで老骨に鞭打《むちう》って景虎の軍勢に加わった。

にもかかわらず、衆人の前で暴行され、口汚く罵られた。武士として、これほどの屈辱はないであろう。あまりの衝撃で自分の足ではまともに歩くこともできなくなり、家臣に支えられて、ようやく宿舎に帰った。

「わしは腹を切る。このまま何もしないのでは、ご先祖さまに顔向けできぬ。あの世に逝って、お詫びするつもりだ」

涙を流しながら、皆に告げた。

「父上が悪いわけではありませぬ。礼儀知らずの長尾が悪いのです。小田原城を攻めたときも、兵の命など少しも大切にせず、まるで畜生でも殺すかのように平気で上野や武蔵の兵を死なせました。そんな人でなしだから、当家の伝統も重んじないのでしょう。人でなしのために父上が死ぬことはありませぬ」

息子の氏長《うじなが》が泣いて諫《いさ》めると、その場にいた家臣や、成田家と共に兵を出した別府、玉井、奈良の者たちも、

「あのような者に仕えても先行き心配ばかりが多うござる。山内上杉の家督を継いだといっても、そもそも、山内上杉とは縁もゆかりもない越後の山猿に過ぎませぬ。この際、長尾とは手を切り、小田原殿と手を結ぶべきかと存ずる」

「さよう、十万近い大軍で攻めても小田原城はびくともしなかった。玉縄城、江戸城、河越城なども しっかり守りを固めている。いずれ小田原殿が盛り返すでありましょう」

「うむ、そうしよう」

話がまとまると、成田を始め、成田と共に兵を出した豪族たちは、その夜のうちに鎌倉を引き払い、領地に帰ってしまった。その数は一千を超えたという。

九万数千の軍勢から、わずか一千そこその兵が減ったとしても軍事的には大きな意味はない。

しかし、政治的な意味は、はかりしれないほど大きかった。

実際、翌朝になって成田一族の離反が知れ渡ると、全軍に動揺が走った。

小田原城攻めで多数の戦死者を出したことで、景虎の指揮に不安を抱いた者が多かったせいもあり、

「成田ほどの者でも危うく手討ちにされるところであった。あんな大将に従っていたのでは、命がいくつあっても足りぬ。北条の御屋形さまは、当代も先代もあのような無体なことをしたことがない」

やはり、頼りになるのは北条氏ではないかと考える者が増え、その日から離反者が急増し、あっという間に景虎の軍勢は二万ほどになってしまった、と古書に記されている。

さすがに十万が二万になったというのは大袈裟であろうが、半分くらいに減ったのは確かで、日を追う毎に減っているのも事実である。

しかも、拝賀の儀式の後、景虎は体調を崩した。

命に関わるほど重くはないものの、戦に出られる状態ではない。

そんなこともあって、景虎は上野に退却を決めた。

一時は小田原城を攻め落とし、北条氏を滅ぼそうかという勢いだったのに、小田原攻めからひと月

も経たないうちに兵力は半減し、相模や武蔵にろくに楔《くさび》を打ち込むこともできないまま上野に去ったわけである。

去年の八月に越山して関東に入ってから、何をやってもうまくいき、いや、それどころか自分が何もしなくても周りが勝手に景虎のために何事かをなし、景虎の前途にごく自然に道が開けるような状態だった。その勢いに怖れをなし、氏康は一度も景虎と戦うことなく籠城を決めた。戦に強い上に、時流に乗っている者とまともに戦っても勝てるはずがないと諦めたのである。

景虎自身、

(皆が言うように、わしは毘沙門天の化身ではないか)

と思うことがあったであろう。

物事を楽観視しない冬之助ですら、

(その気になれば、御屋形さまは天下人になれるかもしれぬ)

と想像したほどである。

が……。

景虎は時流から転がり落ちた。

もはや何の追い風もない。

いったい、いつ風向きが変わったのだと問われれば、成田長泰を面罵したときだ、と明確に答えることができよう。

そのときを境に景虎の運命は変わる。もはや毘沙門天の化身ではなくなり、生身の人間に戻ったのである。

十八

「長尾は上野に引き揚げた。そろそろ、わしらも腰を上げなければなるまい。それでよいか？」

氏康が小太郎に顔を向ける。

「はい」

小太郎が小さな声でうなずく。

以前にもまして具合が悪そうだ。

「相模には長尾に味方する者はおりませぬ。武蔵に残る長尾のめぼしい拠点は松山城と岩付城くらいのもの、下総には里見に奪われた葛西城、あとは大したことはありませぬな」

氏政が言う。

「上野にいる長尾を怖れて、今も長尾方についてはいるものの、わしが武蔵に兵を出せば、すぐに味方になりたいという者がたくさんいるらしい」

「成田からの知らせですか？」

氏康の言葉に氏政が笑う。

成田長泰が鶴岡八幡宮で景虎から面罵され、一族郎党を率いて忍城《おし》に戻ったことは、風間党の報告で氏康も聞いている。

実際、それから間もなく成田長泰からの使者が小田原にやって来て、詳しい経緯を説明され、今後は北条氏に仕えたいという申し出がなされた。

氏康は、これを許した。

長泰は大いに喜び、景虎に味方している豪族たちの切り崩しを始め、更に景虎の動静もこまめに知らせてくるようになった。長尾方から北条に鞍替えしようとする豪族が増えているのは長泰の働きが大きいのである。

それから間もなく、氏康と氏政は兵を率いて小田原から出陣した。出陣の目的は景虎との決戦ではなく、葛西城を里見氏から奪い返すことであった。

兵力が激減したとはいえ、依然として景虎の手許には二万以上の軍勢が残っているし、無類の戦上手だとわかっているから、できれば景虎との決戦を避けたいというのが氏康の本音なのである。氏康が頼りとする風摩小太郎は病状が重く、小田原に残さざるを得なかったから、尚更、決戦は避けたいのだ。

江戸城に入った氏康は景虎の動向に注意を払いながら、長尾に味方する豪族たちの討伐を開始した。大きな兵力を持つ者ではなく、せいぜい、二百とか三百の兵しか動かすことのできない豪族たちの砦を虱潰《しらみつぶ》しに攻めたのである。

氏康自身は兵力を分散せず、常に五千以上の大軍で砦を攻めたから、一日にひとつかふたつの砦を簡単に落とすことができた。

そのうち、氏康を怖れて降伏する者が続出し、数日のうちに葛西城への道が開けた。

依然として景虎に動きはない。

この頃になると、氏康だけでなく、河越城や玉縄城などの北条軍、すなわち、長尾軍との決戦を避けて籠城していた北条軍も活発に動き出している。

この結果、武蔵における掃討作戦は短期間で成功し、岩付城と松山城以外に長尾方の拠点はなくなった。

十九

拝賀の儀式の後で体調を崩し、麾下《きか》の豪族たちが次々と離反したこともあって、景虎は上野に兵を退いた。

脇息《きょうそく》に寄りかかり、盃を傾ける景虎を見遣りながら、冬之助は景虎の胸中の苦悶を察する。

（悩んでおられるな……）

しかし、その時点では、北条氏の討伐を諦めたわけではなかった。

まったく逆である。

景虎の勢いが衰えたと考えて、氏康が小田原から出てきたら、上野から武蔵に改めて攻め込んで氏康に決戦を挑む腹だったのである。氏康を誘き出す罠を仕掛けたと言っていい。籠城している敵を攻めるのは苦手でも、野戦になれば勝てるという絶対的な自信があるのだ。

そこで誤算が生じた。

武田軍の動きである。

景虎が関東にいる間に信玄は着々と北信濃で支配地を広げ、今や北信濃全域を制圧するのは時間の問題という状況である。

そうなれば、今度は越後が危うくなる。

北信濃から武田軍が越後に雪崩《なだ》れ込めば、わずか一日で春日山城に到達する。景虎が不在では、武田軍を撃退することは不可能である。

越後からは連日のように武田軍の動静が伝えられ、景虎の帰国を懇願する使者がやって来る。

それで景虎は悩んでいる。

氏康との決戦を望んで武蔵に侵攻すれば、越後に戻ることはできなくなる。その間に越後が武田軍に攻められるかもしれない。

かと言って、このまま越後に帰国すれば、武蔵にいる長尾方の豪族たちを見捨てることになる。彼らだけでは、とても氏康にはかなわないのだ。

武蔵を掃討すれば、氏康は上野を攻めるであろう。

山内憲政が氏康と互角に渡り合えるはずがない。

武蔵に攻め込むか、越後に帰国するか、どちらかを選べば、どちらかを見捨てることになる。

景虎は動くに動けない状況に置かれている。

「おまえは飲まぬのか？」

景虎が冬之助に顔を向ける。

景虎の目が赤い。

酒の飲み過ぎで血走っているのだ。

いや、それだけではない。

泣いていたせいもあるだろう。感情が豊かすぎるから、誰かを裏切るとか、誰かを見捨てるとか、自分がそんな不義理なことをすると考えるだけで泣けてしまうらしい。

「ご相伴させていただきましょう」

軽く一礼すると小姓が冬之助のもとに盃を持ってくる。

「わしが注いでやろう」

小姓の手から瓢箪を受け取り、景虎が冬之助の盃に酒を注ぐ。

「畏れ入ります」

「最初の一杯だけだ。あとは勝手に飲むがいい」

溜息をつきながら、景虎は自分の盃にも酒を注ぐ。

「どう転んでも、わしは恨まれてしまうな。武蔵を攻めるか、それとも越後に帰るか……」

「越後に帰るべきであろうと存じます」

冬之助がはっきりと言う。

「それが、おまえの考えか？」

「越後は御屋形さまの故郷でございます。ご家族やお身内がたくさんおられます。代々、長尾家に仕えてきた者たちもおります。まず、彼らのことを第一に考えなければならぬのではないでしょうか」

「武蔵や上野の者たちは放っておいてよいのか？」

「武蔵は、岩付城と松山城以外は、もう北条に取り返されてしまいました」

「だからこそ、武蔵に攻め込んで小田原殿と決戦すべきではないのか？」

「向こうは決戦を避けるでしょう。御屋形さまが武蔵に行けば、また籠城するに違いありませぬ。北条と武田は盟約を結んで繋がっているのです。北信濃における武田の動きは小田原殿も承知しているでしょう。決戦を避け、時間をかければ、いずれ御屋形さまが越後に帰らざるを得ないと見越しているはずです。武蔵で無駄に時間を費やすくらいならば、越後に戻るべきかと存じます。帰国して、すぐさま北信濃に兵を出して武田を叩けば、年内にまた上野に戻ることも不可能ではありませぬ」

「ふうむ、帰国して北信濃に兵を出すか……。しかし、小田原殿と同じように、武田が決戦を避けたら、どうなるのだ？」

「そうなれば、武田に奪われた北信濃を取り返すことができましょう。元々、北信濃の豪族たちは長きにわたって武田に抵抗してきた者たちばかりです。武田が決戦を避けて籠城したりすれば、武田に苦しめられていた北信濃の豪族たちが一斉に立ち上がって武田を追い払おうとするでしょう。それ故、武田はわれらと決戦せざるを得ないはずです」

「なるほど、そういうことか。武蔵に行けば肩透かしを食う怖れがあるが、北信濃に行けば、武田と戦うことができるということだな？」

「そう思います」

冬之助がうなずく。

「わかった。そうしよう。わしは越後に帰るぞ。そうと決まれば長居は無用。直ちに帰国の支度を命じよう」

景虎は盃を置いて立ち上がると、足音高く部屋を出て行く。行動力の塊のような男なのである。

六月二十八日、景虎は越後に帰国した。十ヶ月にも及ぶ、長い関東遠征であった。

普通ならば、しばらく兵馬を休めようと考えるのだろうが、景虎に常識は通用しない。帰国してふた月も経たないうちに信濃に出陣した。

二十

八月十四日、長尾軍が川中島に現れたという知らせが躑躅《つつじ》ヶ崎《さき》館の信玄に報じられた。

予期していた信玄は、いつでも出陣できる態勢を整えていた。

にもかかわらず、すぐに出陣しなかったのは、長尾軍の兵力に驚いたからである。一万八千だというのだ。これまでに景虎は武田軍と三度戦っているが、最も兵力が大きかったときでも、六千くらいのものだった。今回は、その三倍である。よほどの覚悟を決めて出陣してきたに違いなかった。

当初、信玄は一万三千の兵力で出陣するつもりでいた。海津《かいづ》城に二千の兵がいるから、合流すれば一万五千になる。長尾軍の兵力を、せいぜい一万くらいであろうと見積もっていたので、十分優位に立てると考えていた。

しかし、相手が一万八千では劣勢である。戦上手の景虎を相手にして兵力が劣っていたのでは勝負にならない。

信玄は出陣を遅らせて、更に兵を集めることにしたのである。

二十一

これまでの景虎であれば、善光寺《ぜんこうじ》に本陣を置き、その周辺に兵を配置するはずだが、今回は善光寺に五千の兵を残すと、一万三千の本隊を率いて更に南下した。犀《さい》川を渡って八幡原《はちまんばら》を縦断し、千曲《ちくま》川の畔にある妻女山《さいじょさん》に布陣した。

妻女山の頂上からは八幡原を一望できるだけでなく、遠く北信濃の山々まで見通すことができる。妻女山の東一里弱（約三キロ）の場所に武田方の海津城があり、目のいい者が遠眼鏡を使えば、城の中にいる武田兵の顔形まで識別できるほどの近さだ。

長尾軍は妻女山の頂上付近の樹木を払い、岩を掘り起こし、地面を削って平らにした。突貫工事で急拵《きゅうごしら》えされた平地に景虎の本陣が置かれた。この平地は、後に陣馬平《じんばだいら》と呼ばれることになる。

景虎は自分の考えを誰にも説明しないから、長尾軍の将兵は、なぜ、景虎が妻女山に布陣したのかわからなかった。

「海津城を落とすために決まっているではないか」

と推測する者が多い。

もっともな考えである。

この二年ほどの間に北信濃における武田支配が急速に進んだのは海津城の存在が大きい。海津城に武田軍が常駐し、北信濃の豪族たちの動向に目を光らせ、未然に反乱の芽を摘《つ》むようになってから、武田支配に抵抗する豪族たちの勢いが目に見えて衰えた。その目障りな海津城を緒戦で血祭りに上げることができれば、長尾軍の士気も大いに揚がるであろう。

しかし、景虎は一向に動こうとしない。

そもそも海津城を攻めるのであれば、妻女山に登るのではなく、善光寺から一直線に海津城を目指すのが当然である。いずれ信玄が大軍を率いて駆けつけるのはわかっているのだから、その前に海津城を攻めるべきであろう。そうせずに妻女山に登ったということは、海津城を攻めるのが目的ではない、ということになる。

「いつも逃げ回っている信玄と今度こそ決着を付けるために、敢えて海津城に手を出さず、武田本隊の到着を待っているのではないか」

という者もいる。

まさか海津城を見捨てることはできないだろうから、必ずや信玄は八幡原に現れるであろう。それを景虎は待っている、というわけであった。

説得力のある説明だが、そうだとすれば、やはり、誰にも説明できない疑問が残る。

なぜ、妻女山に布陣したのか、ということである。

信玄の到着を待つのであれば、善光寺でもいいはずである。

いや、兵法の常識からすれば、そうしなければならないのだ。なぜなら、妻女山は千曲川の南岸にある。武田軍が八幡原に布陣すれば、長尾軍は退路を断たれてしまう。

信玄が長尾軍を上回る兵力を率いてくれば、長尾軍も迂闊には動くことができなくなるし、万が一、武田軍に妻女山を包囲されてしまえば、やがて兵糧が尽きて自壊することになる。

なぜ、みすみす自軍を危険な場所に導いたのか、結局、誰にもわからなかった。

いや、そうではない。

一人だけ見抜いている者がいる。

冬之助だ。


「御屋形さま」

冬之助が景虎に声をかける。

陣馬平には饅頭《まんじゅう》形に小高く盛り土された場所があって、その上は畳一枚分ほど平らになっている。陣馬平そのものが見晴らしのいい場所だが、この盛り土の上に立つと、更に視界が広くなり、八幡原だけでなく、川中島全域を見渡すことができる。陣馬平に本陣を構えてから、景虎は暇があると、この盛り土に登っている。上がってこい、と手招きされて、冬之助も盛り土に登る。

「よい眺めだと思わぬか」

「はい。実に見事な眺めでございます」

「のどかよなあ。しかし、あと何日かすれば、この平穏な風景が血で染まることになる」

「では、いよいよ？」

「信玄が甲府を出た。しかし、信玄は臆病な男だな。今になっても兵を集め続けているらしい。ふふっ、戦は兵の数だけで決まるわけではないのにのう」

「どのくらいの数でやって来るのでしょうか？」

「一万八千と聞いた」

「ほう、それはかなりの数でございますな。向こうも総出でやって来たということなのでしょうか」

「わしより兵が少ないのでは心配なのであろうよ」

「海津城の二千と合わせて、ざっと二万。武田が二万、こちらが一万八千、この狭い土地で、それほどの大軍がぶつかるとは……。すごい戦になりそうでございますな」

「なぜ、妻女山に登ったのかと皆が心配しているようだな」

「ずっと黙っているおつもりですか？」

「甲府に放っている忍びのおかげで信玄の動きがわかるように、わしの近くにも信玄の忍びが潜んでいるであろう。誰かに話せば、それが次から次へと伝わって、最後には信玄の耳に入る。それは避けたい。それに……」

景虎が冬之助を見て、にやりと笑う。

「何も話さなくても、わしの考えを承知している者もいる。そうだな、冬之助？」

「自分なりにいろいろ考えてはおりますが、それが当たっているかどうか……」

「ならば、訊ねよう。やがて、信玄が川中島に現れるだろうが、どこに布陣すると思う？」

「相手が信玄でなければ、敵の布陣する場所はひとつしかありませぬ」

「あそこか」

景虎が顎《あご》をしゃくる。八幡原の南、千曲川の北岸付近である。千曲川を挟んで、妻女山の長尾軍と対峙することになる。

「あそこに布陣すれば、われらは敵陣を突破しない限り、善光寺に戻ることができなくなってしまいます。敵が一万八千、こちらが一万三千なのですから、敵が有利に決まっています。しかも、戦いが始まれば、われらは海津城の敵に脇腹を攻められることを覚悟しなければなりません。善光寺に五千の味方がいるとはいえ、ここに駆けつけるのに二刻（四時間）はかかるでしょうから、その間に合戦は終わってしまいます」

「悪くない見通しだな。わしが信玄ならば、きっと、そうする。おまえでもそうするだろう」

「いくらかでも戦のわかる者であれば、そうするでしょう」

「しかし、信玄は違う。そうだな？」

「少しくらい自分が有利であっても、信玄は決して無理をしません。すでに北信濃を支配しているわけですから尚更です。できるだけ戦を避けて時間を稼ぎ、冬になるのを待とうとするはずです。決戦などしなくても、われらが越後に引き揚げれば、信玄は満足するでしょう。とすれば……」

冬之助は目を細めて八幡原のずっと北に目を凝《こ》らし、

「用心深く旭山《あさひやま》か葛山《かつらやま》あたりに布陣するのではないでしょうか。しかし、善光寺には五千の敵軍がいるわけですから、万が一にも戦にならぬように、もう少し離れた茶臼山《ちゃうすやま》あたりに布陣するかもしれませぬな。茶臼山であれば、犀川のこちら側とはいえ、われらが善光寺に引き揚げるのを妨げることにはなりませぬ」

「何としてでも、わしとは戦わずにすませたいということだな」

「それが信玄の考えであろうと思われます」

「最初から、こっちが不利だな。向こうは冬を待つだけでいいが、わしらは違う。決戦することなく越後に帰国するのは、信玄に負けたのと同じことだ。それ故、何としてでも信玄を八幡原に引きずり出さねばならぬ」

「海津城を餌になさるおつもりですね？」

「信玄がまたもや逃げ回るのであれば、信玄の目の前で海津城を焼き払い、二千の武田兵を皆殺しにしてやる。千曲川沿いに杭を立てて、そこに武田兵を磔《はりつけ》にしてもいい。それでも信玄が出てこないのであれば、もはや打つ手はない。負けを認めて越後に帰ろう」

「今度ばかりは信玄はのんびり冬の訪れを待っているわけにはいかないわけですね。なぜなら、冬が来る前に海津城が焼き払われてしまうわけですから。二千の武田兵を見殺しにするか、それとも、われらと八幡原で決戦するか、ふたつにひとつ、どちらかを選ばなければならない」

「そういうことだ」

景虎がうなずく。

「信玄が来る前に海津城を攻め落としてしまったのでは、信玄は甲府に引き揚げてしまう。あの城があるおかげで、今度こそ信玄と雌雄《しゆう》を決することができる。それが今までとは違うところだ」

「はい」

景虎と冬之助は海津城に目を向ける。ちょうど食事時なのか、いく筋もの炊煙《すいえん》が立ち上がっている。その周りを多くの武田兵が忙しげに歩き回っているのが見える。

二十二

八月二十四日、一万八千の武田軍が川中島に現れ、妻女山の西北にある茶臼山に布陣した。あくまでも長尾軍との決戦を回避しようとする信玄の意図が明らかになったと言っていい。

信玄の目論見《もくろみ》では、武田本隊が川中島に到着すれば、長尾景虎は妻女山を下りて善光寺に退却するはずだった。

ところが長尾軍は動かない。依然として妻女山に留まり続けている。

「どう思う、勘助？　なぜ、長尾は動かぬのだ」

「御屋形さまが八幡原に出てくるのを待っているのだと思います。恐ろしいほどに頑固ですな」

「わしが出て行かねば、どうなる？」

「海津城を攻めるでしょう」

「海津城か……」

茶臼山の本陣から眺めると、海津城は妻女山の左手に見える。まるで隣り合っているように見える。それほどの至近距離なのだ。

「あの城を築いたおかげで、わしは北信濃を手に入れた。その城が今ではわしの心を惑わせる」

「長尾景虎にも、それがわかっているのです。海津城を人質に取られたようなものです」

「長尾景虎が妻女山を下って海津城に向かってきたら、戦わずにさっさと逃げろと命ずることもできる。それで二千の城兵は助かる」

「御屋形さまも八幡原で決戦しなくても済みます。長尾景虎は、さぞ悔しがることでございましょう」

「十三年だ……」

信玄がぽつりとつぶやく。

「上田原《うえだはら》で村上義清《むらかみよしきよ》に敗れてから、ということでございますな？」

「あの敗北ですべてを失った。佐久《さく》も諏訪《すわ》も敵軍に蹂躪《じゅうりん》された。それから川中島を制するまで十三年かかった。海津城を長尾に渡せば、その十三年が無駄になる。また、すべてを失うことになる」

「……」

四郎左には信玄の言いたいことがよくわかる。

長尾軍が海津城に常駐するようになれば、いずれ川中島を奪われるであろう。それは武田氏による北信濃支配の崩壊を意味する。長尾の影響力が北信濃から埴科郡《はにしな》や更科郡《さらしな》、安曇郡《あずみ》に波及すれば、信濃全域の支配体制まで揺るぎかねない。海津城を失うことには、ひとつの城を失うという以上の重要な意味があるのだ。

「茶臼山を下りるのならば、長尾景虎が望んでいるように八幡原に布陣するのではなく、海津城に入ってはどうでしょうか？　そうすれば、決戦を避けることもでき、海津城を守ることもできます」

「だが、二万だぞ」

五千人くらいならば何とか収容できるだろうが、さすがに二万人が入るには狭すぎる。

「かなり狭苦しい暮らしになるでしょうが、そう長くなければ耐えられましょう」

「敵の策に乗せられて八幡原に布陣するより、ましかな。長尾景虎を悔しがらせてやろう」


八月二十九日、信玄は茶臼山を下り、八幡原を横切って海津城に向かった。右手に妻女山を眺めながら、悠々と行軍した。馬の背で揺られながら、何度も妻女山を見上げる。すぐ後ろを、四郎左がついていく。

（む？）

信玄の目が一点を凝視する。無数の長尾の旗が揺れる中に、墨染めの衣をまとった沙門の姿が見える。小高く盛り上がった場所に立っているので目についた。頭を白い袈裟で包んでいるから余計に目立つ。

（景虎ではないのか）

信玄がハッとする。

手綱を引いて馬を止め、その沙門を凝視する。

沙門が右手を挙げ、大きく左右に振る。まるで信玄に挨拶しているかのようだ。

二十三

「ふふふっ、信玄め、驚いているようだな」

景虎がおかしそうに笑う。

「はい。驚く顔が見えるようでございます」

冬之助がうなずく。

実際には信玄の表情は肉眼では見えないが、馬を止めて、じっと妻女山を見上げる仕草から、信玄の驚きが容易に想像できるのだ。

（あれは……）

冬之助が左目を細める。若い頃に戦で右目を失っているが、幸い左目の視力は落ちていない。信玄のそばにいる頭の禿《は》げた武士を見て、

（鷗宿《おうじゅく》ではないか。六十過ぎのじいさんがのこのこ戦に出てくるとは……。しかも、何と動きが鈍くさいことよ。わし自身、もう六十近いじじいなのだから、鷗宿をとやかく言えぬわけだが……）

何となくおかしくなって、冬之助の口から、くくくっ、と笑いが洩れる。

「何がおかしいのだ？」

「申し訳ございません。信玄の隣に古い知り合いを見付けたものですから」

「古い知り合いだと？　武田の軍配者・山本勘助のことか」

「はい。茶臼山から海津城に移ることを信玄に勧めたのは山本勘助ではないでしょうか」

「なぜだ？」

「御屋形さまは信玄と決戦するために、敢えて妻女山に陣を構えられました。自らを危ない場所に置くことで信玄を誘ったわけです」

「しかし、信玄は、わしらが考えるよりも、ずっと用心深かったな。臆病と言ってもいいほどだ」

「武田の武将たちも、そう考えたのではないでしょうか」

「ん？」

「なぜ、八幡原に布陣しないのか。なぜ、長尾を攻めないのか。相手の兵が多いのなら話もわかるが、武田は一万八千、長尾は一万三千。誰が考えても、たやすく勝てる戦ではないか。なぜ、茶臼山に引っ込んでいなければならないのか。あまりにも不甲斐ない、あまりにも臆病すぎる、と」

「で、信玄は？」

「茶臼山を動くつもりなどなかったはずです」

「自分が奪い取ったものを守るためならば、家臣から臆病者と罵られようと平気なのだ。強欲な者は厚顔無恥《こうがんむち》と決まっている」

「山本勘助は苦労人なのです。幼い頃から苦労を重ね、奴隷のようなみじめな暮らしにも耐え、人並み以上に勉学に励んで、ようやく武田に召し抱えられたのです。苦労人だからなのでしょうが、あの男には人の顔色を読む癖があります。何が何でも自分の意地を押し通す頑固者ではないのです。相手の言い分も聞いてやろう、相手の機嫌も取ってやろう……本人にそんなつもりはないでしょうし、自分にそんな癖があるともわかっていないでしょうが、わたしにはわかります。昔から、そういう奴でしたから。茶臼山で信玄と重臣たちが対立したとき、山本勘助は双方の顔色を窺って、それぞれの顔を立てるような考えを口にしたに違いないのです。茶臼山から動くことで重臣たちの顔を立て、八幡原に布陣しないことで信玄の顔も立てたわけです」

「海津城に入れば、守りは万全ではないか。信玄が茶臼山から動かぬようであれば、海津城を攻めるつもりだったが、それもできなくなった」

「海津城に入るのが良策であれば、最初からそうしたはず。そうしなかったのには理由があります」

「理由とは？」

「平城で、さして広くもありませぬ。二千の武田兵が立て籠もる今でも狭苦しく見えるほどです。あそこに一万八千もの兵を新たに入れるのは大変です。かと言って、城の周りは沼地で、野営にはふさわしくありません」

「数が多すぎるために、かえって自分の首を絞めるということか」

「さようでございます」

「では、どうなる？」

「いずれ茶臼山と同じことになりましょう。武将たちが不満を口にし始めるはず。しかし、信玄は耳を貸さぬでしょう」

「そこで山本勘助か？」

「双方の顔を立てるような策を信玄に具申するでしょう」

「どのような策であろうな？」

「今は何とも申しようがありませぬ。また茶臼山に戻るわけにもいかぬでしょうし」

「見事だぞ、冬之助。優れた軍配者というのは、敵の軍配者の心の中まで見通すことができるのだな。わしには真似のできぬことよ」

「畏れ入りまする」

冬之助が頭を垂れる。

二十四

海津城に入った信玄は、

（これで景虎も諦めるだろう）

と思っていた。

しかし、長尾軍は動かなかった。

（なぜ、山を下りぬ。さっさと善光寺に引き揚げるがいい）

海津城の天守台から妻女山を望見しながら、信玄は苛立ちを隠すことができなかった。

海津城は妻女山よりも、ずっと狭い。その狭い空間に二万人の武田兵が押し込められているのだから息苦しさを感じるのは無理もない。

（ひと月くらいなら何とかなるだろう）

信玄は高を括っていた。

だが、今になってみると、自分の見通しが甘すぎたことを認めざるを得ない。

問題は水であった。

二万人の武田兵は毎日飯を食う。小便もするし、排便もする。便所はすぐに溢れる。仕方ないから水辺で用を足す。そのせいで水が臭うようになった。とても飲めたものではない。腹を壊して寝込む者も増えてきた。海津城の武田軍を苦しめているのは長尾軍ではなく、人間の生理現象であった。

重臣会議は殺気立ったものになる。

飯富虎昌《おぶとらまさ》や馬場信房《ばばのぶふさ》などの主戦派の主張は一貫している。八幡原に布陣して長尾軍の退路を遮断せよ、というものだ。いずれ長尾軍は妻女山を下りるであろう。それを千曲川の畔で待ち受けて殲滅《せんめつ》しようという考えなのである。武田軍は二万、長尾軍は一万三千、これだけの兵力差があれば負けるはずがないというのが主戦派の主張である。

だが、信玄は承知しない。

「あとひと月もすれば雪が降る。長尾は引き揚げるしかない」

信玄の言葉を聞いて重臣たちは落胆した。

信玄の弟・典厩《てんきゅう》信繁《のぶしげ》が、

「兵は苦しんでおります。何とぞ、飯富や馬場の策を今一度、お考えになっていただけませんか」

「おまえたちは、わしを臆病だと思っているのかもしれぬ。しかし、そうではない。冬になれば、長尾は越後に帰るとわかっている。ならば、帰らせればよい。無駄な戦をして、大切な兵を死なせることはない。飯富や馬場の策が間違っているとは思わぬ。八幡原に布陣して長尾の退路を断てば、長尾は困る。妻女山を下りて千曲川を渡ろうとするところを襲えば、われらが勝つであろう。しかし、敵も一万三千だ。こちらも無傷では済むまい。多くの武田兵が死ぬことになる。それだけの代償を払って、何が手に入る？　すでに川中島はわれらのものなのだ。たとえ長尾に勝ったとしても新たに手に入るものは何もない。無駄な戦ではないか」

重臣会議の場で、これほど長く信玄が話すことは滅多にない。

普段ならば、重臣たちも畏れ入って信玄の言葉に従うであろう。

しかし、今日はそうではない。

海津城を預かる春日虎綱《かすがとらつな》が猛然と反対意見を述べる。それに馬場信房が賛同する。

典厩信繁が沈黙しているのは、暗に春日虎綱や馬場信房に同調しているからであろう。

そのとき下座から四郎左が、

「申し上げまする」

と声を発する。

「海津城を出て八幡原に布陣することを御屋形さまがためらっておられるのは、長尾景虎が妻女山をいつ下りるのかわからないからです。逆に言えば、長尾軍が妻女山をいつ下りるのかわかれば、いくらでも手の打ちようがあるということです」

「まどろっこしい物言いをせず、わかりやすく言え」

飯富虎昌が舌打ちする。

「妻女山の長尾軍を攻めるのです」

重臣たちが驚いたように四郎左を見る。

信玄も意外そうな顔をしている。

「妻女山で長尾軍に勝とうというのではありません。長尾軍を八幡原に追い出すために攻めるのです……」

四郎左の考えは、こうであった。

夜の闇に紛れて武田軍が海津城を出て、こっそり妻女山を登る。夜明けと共に攻撃すれば、不意を衝かれた長尾軍は驚いて下山するに違いない。慌てふためいて八幡原に逃げてきた長尾軍を武田の本隊が待ち伏せ攻撃する。

「よい考えではないか。見直したぞ、勘助」

飯富虎昌が誉める。

「わしも、そう思う」

馬場信房が膝を叩く。

「よかろう。一万五千で妻女山を攻め、わしが残りの五千を引き連れて八幡原で長尾軍を待ち伏せする。妻女山に近付くことを長尾軍に知られぬことが大事だな。ばれてしまったのでは、手痛いしっぺ返しを食らうことになる」

信玄がうなずく。

二十五

九月九日の朝、重臣会議が開かれ、すべての段取りが決定された。

深夜、春日虎綱、飯富虎昌、馬場信房らが率いる一万二千が妻女山を目指して密かに出発する。

当初、信玄は一万五千を妻女山に差し向けるつもりでいたが、そうすると、八幡原で長尾軍を待ち伏せする信玄の本隊がわずか五千になってしまう。それを重臣たちが危ぶみ、信玄の手許に八千を残すことになった。

　結果的に見れば、この決断が信玄の命を救った。信玄の手勢が五千だったならば、信玄は八幡原で死んでいたであろう。

「勘助、うまくいくだろうか」

「気弱なことをおっしゃってはなりませぬ」

「勝てるか？」

「飯富さまたちとの戦いで疲れ切った長尾軍を待ち伏せすれば、御屋形さまが不覚を取ることはないと存じます」

「長尾景虎は自分を毘沙門天の化身と称しているそうだが、わしまでそんな戯《ざ》れ言を信じていたのかもしれぬ。景虎が生身の人間であれば、明日の今頃、わしは景虎の首と対面しているに違いない。何らかの齟齬《そご》があって、わしが討ち取られることになったとすれば、まさしく長尾景虎は毘沙門天の化身なのであろう」

「ご心配には及びませぬ。足腰の弱った年寄りではございますが、まだ玉除《よ》けくらいは務まりますれば、この勘助が盾《たて》となって、御屋形さまに敵の刃《やいば》を触れさせるようなことはさせませぬ」

「それは何とも頼もしいことだな」

　信玄が笑う。

二十六

「急ぎの用だと聞いた。何があった？」

景虎が訊く。

「海津城を見ていただきたいのです」

冬之助が答える。

景虎は盛り土の上に立つと、じっと海津城に目を凝らす。

「炊煙がいつもより多いようだな」

「兵どもの動きも慌ただしいように思えます」

「出陣の支度か。急いで弁当の用意をしているのだな。二食分か、それとも三食分か……。なるほど、明日、合戦をするつもりでいるわけだな。だから、弁当がいる」

「はい」

「信玄め、この妻女山を夜討ちするつもりか」

「そうは思えませぬ」

「なぜだ？」

「夜討ちというのは、数で劣る者が頼る常套《じょうとう》手段であり、数で優る者が使う策ではありませぬ。二万で夜討ちなど仕掛けたら、同士討ちも増えるでしょうし、かえって不利です。武田が攻めてくるとすれば夜が明けてからで、しかも、全軍で攻めるつもりはないのでしょう」

「二手に分けるのだな？」

「一手で妻女山を攻め、もう一手が八幡原で待ち伏せする。それでこそ山本勘助も双方の顔を立てることができるのです」

「ふうむ、信玄が妻女山を攻め上ってくるのか」

「いいえ、それはないでしょう。麓《ふもと》から攻め上るのは危ないやり方です。返り討ちにされる覚悟がいります。用心深い信玄がそのような真似をするとは思えませぬ。信玄の役回りは八幡原での待ち伏せでしょう。自分の手許に一万を残し、あとの一万で妻女山を攻めさせる……そんなところではないでしょうか」

「ほう……」

景虎がじっと冬之助の顔を見つめる。

「軍配者というのは恐ろしい生き物よなあ。相手の心を己の掌を指すが如くに読み切っている」

「……」

「今夜、山を下りるぞ。ふふふっ、こっちが八幡原で信玄を待ち伏せしてやる。さぞ驚くことであろう」

「では、出陣の支度を命じますか？」

「必要ない。下手に動けば、こっちの考えを見抜かれてしまう。日が暮れるまでは琵琶《びわ》を弾きつつ、酒でも飲んで過ごそう」

そう言うと、景虎は盛り土から下りてしまう。

「鷗宿、御屋形さまは毘沙門天の化身だぞ。おまえの策など簡単に見抜いてしまう。いや、わしですら見抜くことができた。老いて、頭が鈍くなっているのだ。とうに軍配者としての盛りを過ぎているのに、なぜ、のこのこ戦に出てきた。おまえ以外の誰か他の者が武田の軍配者だったならば、こうはならなかったはずなのに……」

冬之助が溜息をつく。

二十七

九月十日寅刻《とらのこく》（午前四時）、武田軍の本隊八千は海津城を出る。その二刻（四時間）前に、妻女山に向かう別働隊一万二千が出発している。

別働隊が長尾軍を攻撃するのは卯刻《うのこく》（午前六時）と決めてあるから、長尾軍が妻女山から下ってくるのは辰刻《たつのこく》（午前八時）頃と信玄は予想し、それまでに八幡原に布陣するつもりでいる。

予想外だったのは、あたりに立ち籠める深い霧だ。

長尾軍が千曲川を渡るのは雨宮《あめみや》の渡しか、矢代《やしろ》の渡しのどちらかで、篠《しの》ノ井《い》付近に布陣して待ち伏せれば、長尾軍に不意打ちを食らわせることができると考えた。遅くても辰刻までに布陣を終えていたかったが、霧のせいで予定が狂った。急がなければ、辰刻まで篠ノ井に到着することは難しそうだ。

しかし、急ごうにもまったく視界が利かないので、ゆるゆると進むしかない。

どこかから馬のいななきが聞こえた。

「始まったのか？」

信玄がつぶやく。別働隊が攻撃を開始したと思ったのである。

「それにしては近いような……」

馬首を並べている四郎左が小首を傾げる。

「しかし、空耳とも思えぬ。一頭や二頭の馬のいななきではない。人の声も聞こえるぞ」

太陽が昇るに従って、少しずつ気温も上がり、八幡原を覆っていた乳白色の濃い霧が薄らいできた。

そのとき前方から、

「敵だ」

「敵がいるぞ」

という叫び声が聞こえてきた。

「敵だと？　何を勘違いしている。こんなところに敵などいるはずが……」

信玄が言葉を飲み込む。前方に真っ黒な塊が見えた。無数の軍兵が密集している。その中に「毘」や「龍」や「日の丸」という長尾の軍旗が翻っている。

「……」

信玄が言葉を失う。

（なぜ、長尾がここにいる？　妻女山にいるはずではないか。飯富や馬場と戦っているはずではは……）

そのとき、ハッと気が付く。妻女山の方からは何も聞こえてこない。とっくに戦いが始まっているはずなのに、妻女山は静まり返っている。

つまり、妻女山には別働隊が戦うべき相手がいないということだ。長尾軍は妻女山ではなく、ここ八幡原、信玄の目の前にいる。戦闘態勢を整えて、武田軍を待ち構えていたのだ。

（馬鹿な……）

待ち伏せするつもりが、逆に待ち伏せされていた。こんな馬鹿な話があるか、と信玄が唇を噛む。

「御屋形さま」

四郎左に袖を引かれて、信玄が我に返る。

「皆に下知を。敵が来ますぞ」

「よし、皆の者、広がれ。ここに陣を敷くぞ。急げ、急げ」

信玄が叫ぶ。事前に入念に打ち合わせをしてあるから、兵たちも無駄のない動きをする。十二段構えの鶴翼《かくよく》の陣形だ。鶴が翼を大きく広げたように横に大きく展開して敵を包み込もうとする戦法だ。

信玄の本陣は、陣形の中央、最も奥まった場所に置かれる。本陣の左に信玄の弟・信廉《のぶかど》が、右に嫡男・義信《よしのぶ》が、後ろ備えは跡部勝資《あとべかつすけ》である。この三隊が信玄を守る役目を負う。

左陣に飯富源四郎《げんしろう》、中陣に典厩信繁と穴山信君《あなやまのぶただ》、右陣に内藤昌豊《ないとうまさとよ》と両角昌清《もろずみまさきよ》が展開する。

信玄は、内心、

（まずいことになった）

と悔やんでいる。

鶴翼陣は、妻女山を下ってくる長尾軍を包囲殲滅するには適しているが、すでに戦闘態勢を整え、しかも、密集隊形を取っている敵と戦うにはまったく適していない。横に大きく広がっているため陣形に厚みがなく、敵に中央突破されやすいという弱点があるのだ。

にもかかわらず、鶴翼の布陣を命ずるしかなかった。この期に及んで他の陣形を組もうとすれば、兵たちが混乱するだけである。

（耐えるしかない……）

この布陣を崩さずに時間を稼ぐしかないと信玄は覚悟する。一刻（二時間）耐えることができれば、別働隊が八幡原に駆けつけるであろう。別働隊の到着が間に合うかどうか、勝敗の行方は、その一点にかかっていると言っていい。

「御屋形さま……」

四郎左が表情を歪ませて信玄を見る。長尾軍を挟み撃ちにすることを献策したのも、鶴翼の陣形を取ることを勧めたのも四郎左である。長尾軍に裏をかかれたことを誰よりも口惜しく思い、誰よりも責任の重さを痛感している。

「情けない顔をするな。この策に皆も賛成した。わしも、そうだ。おまえのせいではない。長尾景虎が一枚上手《うわて》だったというだけのことだ。まだ負けたわけではない。戦いは、これからだ。武田の強さを思い知らせてやろうではないか」

「今なら、まだ……」

「言うな」

信玄がぴしゃりと言う。

「それを言ってはならぬ。長尾景虎も、それを考えているに違いない。見よ、『毘』の旗はどこにある？　先鋒ではない。後ろの方に控えているだろう。いつも真っ先に敵陣に飛び込むような男が、なぜ、今日に限って、あんな後ろに控えていると思う？　わしが少しでも退く素振りを見せたら追撃しようと待ち構えているのだ。自分の手でわしの首を挙げるためにな。だが、そうはならぬ。わしは本陣を動かぬ。わしのために必死で戦おうとしている家臣たちを見捨てるはずがないではないか」

「は」

四郎左ががくっとうなだれる。

（献じた策を敵に読まれ、それで弱気になって、御屋形さまに海津城に退くことを勧めようとした。何という間抜けだ。長尾軍は、わしらが現れるのを手ぐすね引いて待ち構えていた。御屋形さまが海津城に退却するかもしれぬと考えて、その手当てもしているに決まっているではないか。そもそも、突然、目の前に長尾の大軍が現れて、誰もが弱気になっているときに御屋形さまが退こうとすれば、総崩れになるに決まっている。そんなこともわからぬとは……。何を血迷っているのだ。おまえが為すべきことは、わが身を盾として御屋形さまをお守りすることであろうが。逃げることなど考えていては長尾にやられてしまうぞ。しっかりせぬか、山本勘助！）

二十八

長尾軍が妻女山を下り始めたのは前夜の亥刻《いのこく》（午後十時）過ぎである。それほど早く下山を始めたのは自分たちの動きを武田方に知られたくなかったからだ。

松明《たいまつ》を手にして下山すれば、すぐ武田方に気付かれるから、月明かりだけを頼りに、真っ暗な山の中を手探りするように下山せざるを得なかった。足を滑らせて谷底に転落しないように注意深くゆっくり下山する必要があったので時間がかかった。

雨宮の渡しで千曲川を渡ると、篠ノ井で隊列を整え、景虎は兵たちに腹拵えをさせた。八幡原に立ち籠める霧は、武田軍には不運だったが、長尾軍には僥倖《ぎょうこう》だった。

「武田は一万には足りぬようだな。七千、いや、八千ほどはいるか。どう思う、冬之助？」

景虎が冬之助に訊く。

「わたしも、そう思います」

「ということは、一万以上の武田軍が妻女山の上で悔しがっていることになるな。愉快だぞ、実に愉快だ」

ふふふっ、と景虎が笑う。

「戦いを避け、こそこそ逃げ回った揚げ句に小細工を弄し、当てが外れて、わずか八千の兵と共に、信玄はわしの前にいる。さぞ、心細い思いをしていることであろうよ……」

景虎が右手を、さっと振ると、傍らにいた長尾兵が法螺貝《ほらがい》を吹き始める。それを合図に、前方で鬨《とき》の声が上がる。長尾軍の先鋒が突撃を敢行したのだ。

先頭を行くのは柿崎景家《かきざきかげいえ》の率いる二千である。それに北信濃の豪族たち、村上義清、高梨政頼《たかなしまさより》らの軍勢が続く。

柿崎隊と最初に遭遇したのは典厩信繁の部隊だったが、たちまち柿崎隊に切り崩され、二町（約二百十八メートル）ほども後退する。

時間が経つにつれ、双方の疲労が激しくなってくる。そうなれば、兵力で優っている方が圧倒的に有利になる。新手の兵を次々に投入できるからだ。

景虎は、まず柿崎隊を中心とする五千で武田軍を攻め、柿崎隊の疲労の色が濃くなると、次に直江《なおえ》実綱《さねつな》の指揮する五千を投入し、柿崎隊を退かせた。景虎自身は手許に三千の兵を残し、信玄の本陣に突撃する機会を窺っている。

一方、後詰めのない武田軍は、ひたすら戦い続けるしかない。

柿崎隊に切り崩されながらも、何とか踏みとどまっているところに新手の直江隊が攻めかかってくる。ここで総崩れとなってもおかしくなかった。何とか持ちこたえることができたのは火力の差である。信玄の本隊には鉄砲足軽五百人が加わっている。長尾軍の十倍以上である。五百挺《ちょう》の鉄砲が長尾軍の波状攻撃をギリギリの瀬戸際で食い止めた。

しかし、それも時間の問題である。

卯刻（午前六時）過ぎに始まった戦いが巳刻《みのこく》（午前十時）に近付く頃には、武田軍の陣形はずたずたに分断され、信玄の本陣を守っているのは、わずかに飯富源四郎隊と穴山信君隊に過ぎない。あとは信玄の小姓たちである。その数は一千を超える程度で、しかも、立っているのもやっとという疲労した兵たちである。すでに典厩信繁、両角昌清、三枝守直《さいぐさもりなお》、初鹿野源五郎《はじかのげんごろう》という名のある武将たちが討ち死にしており、信玄の嫡男・義信も負傷して後方に下がっている。武田軍は満身創痍と言ってよかった。

「勘助」

信玄が傍らの四郎左に顔を向ける。

「いよいよ、わしらも刀を手にして戦うときがきたようだ。おまえ、刀を持てるだろうな？」

「年寄りと思って馬鹿になさいますか」

四郎左が肩を怒らせる。本気で怒っているわけではない。信玄が死を覚悟したことを察し、黙っていると涙が出てきそうだから虚勢を張ったのだ。

「来るぞ」

信玄の表情が引き締まる。

合戦が始まってから、長尾軍の後方で静かに翻っていた「毘」の旗が大きく揺れている。ついに長尾景虎が動いたのである。

二十九

「そろそろ、よかろう。信玄に止《とど》めを刺す」

「はい」

「腹黒く強欲な臆病者だと思っていたが、少なくとも臆病者ではなかった。兵を見捨てて逃げ出すことなく、最後まで戦場に踏み留まったのは見事な覚悟だ。少しは見直したぞ。その勇気を賞し、わしがこの手で成敗してくれる。駿河《するが》の今川のように雑兵の手にかかって死ぬのでは口惜しいであろうからな」

景虎は刀を抜くと、右手を高々と挙げ、

「これより武田の本陣を衝く。雑兵首などいらぬぞ。狙うのは敵の大将・武田信玄の首だけだ。それ以外はいらぬ。行くぞ、わしに続け！」

景虎が馬の腹を蹴る。三千の兵が、うおーっという叫び声を発しながら景虎に続く。矢のように一直線に信玄の本陣を目指して疾駆する。

穴山隊は長尾軍の騎馬隊に蹴散らされた。

今や本陣の前を固めているのは飯富源四郎の率いる一隊だけである。飯富隊が突破されれば信玄の本陣は丸裸になる。

飯富隊は六百人ほどに過ぎないが、飯富源四郎は八十挺の鉄砲を温存していた。本陣の前に槍隊を二百人ずつ二段構えに並べ、その後ろに鉄砲隊を配置する。鉄砲隊も四十人ずつの二段構えだ。鉄砲隊の後ろに百二十人の騎馬隊がおり、その中心に源四郎がいる。

後に山県昌景《やまがたまさかげ》と改名し、武田四名臣の一人に数えられることになる飯富源四郎は、このとき三十三歳、侍大将になって十年目であった。

源四郎は、穴山隊を蹴散らした長尾軍が迫っても、顔色ひとつ変えない。冷静に目を凝らし、どこを攻めれば長尾軍の勢いを止められるかと考える。肝に毛が生えているかのような剛胆さが源四郎の持ち味である。

（やはり、管領殿か……）

長尾軍の先頭に「毘」の旗が翻っている。その近くに景虎がいるということだ。

わずか六百で三千の長尾軍とまともに戦っても勝ち目はない。長尾軍の急所に兵力を集中し、長尾軍全体を痺れさせるしかない。

源四郎は馬を少し前に進ませると、

「よいか、『毘』の旗が見えるであろう。あの近くに敵の大将がいる。頭を白い袈裟で覆っているから、すぐに見分けがつくはずだ。他の者は、どうでもいいから、大将か、その馬だけを狙うのだ。慌てるなよ、合図するまで撃ってはならぬ」

鉄砲足軽たちに命ずる。

「……」

源四郎が前方を見遣る。

まだ鉄砲の射程圏外だ。じっくり引きつけて狙わなければ意味がない。

「まだだ、まだだぞ」

自分に言い聞かせるようにつぶやく。

長尾軍が迫る。鉄砲の玉は届く距離だが、たとえ命中しても大して威力はない。

「槍隊、しゃがめ！」

それまで槍隊は立ったまま槍を構えていたが、源四郎が命ずると地面に膝をつく。

背後ではすでに鉄砲隊が狙いを定めている。いつでも発射できる態勢だ。

「撃て！」

源四郎が合図すると、四十挺の鉄砲が一斉に火を噴く。「毘」の旗の周りで長尾兵がばたばたと倒れる。

「撃て！」

続いて、二段目の四十挺も火を噴く。またも長尾兵が倒れる。

だが、景虎には当たっていない。

並の武将であれば、ここで防御を固め、鉄砲隊が次の玉を込める時間を稼ごうとするであろうが、源四郎はそんな当たり前の作戦を選ぶ男ではない。本陣を守るために槍隊を残したまま、百二十騎を率いて「毘」の旗を目がけて突撃する。無謀すぎるほどの攻撃だが、これが功を奏し、長尾軍の勢いを止めた。その間に鉄砲隊は玉を込め終わり、長尾軍に銃弾を浴びせる。

信玄の本陣を襲おうとする長尾兵は槍隊に撥《は》ね返される。槍隊をやり過ごして本陣に迫った長尾兵は、そこで信玄の小姓たちの死に物狂いの防戦に苦しめられた。

とは言え、所詮、飯富隊は六百に過ぎない。しかも、疲労の溜まった六百であり、時間が経てば、長尾軍の敵ではない。

だが、飯富隊の奮戦によって、長尾軍の突撃を四半刻（三十分）ほど食い止めることに成功した。この四半刻が勝敗の分かれ目であった。

妻女山に向かっていた武田の別働隊一万二千がようやく戦場に現れたのである。

別働隊の先鋒は小山田信茂《おやまだのぶしげ》だ。小山田隊は長尾軍の側面から攻めかかった。この攻撃で長尾軍は一気に崩れる。

「御屋形さまを救うのだ！　本陣を守れ」

小山田信茂が泣きながら叫ぶ。信茂だけではない。別働隊の武将たちは、皆、涙を流しながら戦っている。妻女山から八幡原に急ぐ間、もう間に合わないのではないかという絶望感に苛《さいな》まれた。いざ戦場に着いてみると、武田の本隊は長尾軍に蹂躙《じゅうりん》され、見るも無惨な状態に陥っている。かろうじて本陣には「風林火山」の旗が翻っているものの、この惨状を見れば、もはや信玄は生きてはいないだろう、と涙が溢れた。そうは思うものの、一縷《いちる》の望みを捨てきれずに、御屋形さまを救え、と叫ばずにいられなかった。

次いで、長尾軍に対する激しい怒りと憎悪が渦巻いてくる。怒りと憎悪で阿修羅となった武田の別働隊が長尾軍に襲いかかる。

三十

「ふふふっ、あの男、やるではないか。武田にも肝の据わった男がいるのだな」

飯富源四郎のがんばりで長尾軍の勢いを削がれたというのに、景虎は楽しそうだ。命を惜しまずに勇敢に戦う者であれば、敵であろうと味方であろうと心から賞賛するのである。

しかし、武田の別働隊が現れたのを知ると、景虎も表情を引き締める。

「勇気ある者よ。そのがんばりを誉めて遣わす。しかし、これ以上、付き合っていることもできぬ」

飯富隊の鉄砲が一斉に放たれると、

「わしに続け！」

景虎が馬を走らせる。

鉄砲の玉込めの隙《すき》を衝こうというのだ。

景虎に続くのは、小姓たちを中心とする三百である。源四郎の騎馬隊を置き去りにし、槍隊に突撃する。槍隊も景虎の騎馬隊を食い止めることができない。本陣の前には信玄の小姓たちがいるだけだ。

「お供いたします」

冬之助が景虎に馬を寄せる。

「よかろう」

追いすがる信玄の小姓を蹴倒し、景虎が本陣に馬を突っ込ませる。横から斬りかかってくる者を刀で薙《な》ぎ払う。左から襲ってくる者は冬之助が相手をする。

（信玄……）

景虎が両目を大きく見開く。「風林火山」の旗の横で床几に腰掛けているのが武田信玄に違いない。

「天に代わって、汝を誅《ちゅう》する！」

景虎が叫びながら馬を走らせる。刀を大きく振り上げる。力を込めて振り下ろす。

信玄が軍配で受け止める。

顔を上げて、真正面から景虎を睨む。

少しも景虎を怖れる様子はない。

「ふふふっ……」

景虎が嬉しそうに笑う。

飯富源四郎を賞賛したように勇気のある者と戦うのが好きなのである。蛇蝎《だかつ》の如く、信玄を嫌い抜いてきたが、実際に手合わせして、

（これは大した男だ）

尊敬に値する立派な武将だと認めた。

そんな相手と命のやり取りをすることが嬉しくてたまらず、笑顔で二度、三度と信玄に斬りつける。

奇妙な男である。

敵の本陣に殴り込み、敵の総大将に斬りかかりながら笑っているのである。知らない者が見れば、頭がおかしいと思うであろう。

信玄はかろうじて軍配で受け止めるが、三度目に受け止め損ねる。腕を斬られて、体勢が崩れる。

「死ね！」

景虎が刀を振り上げる。

「……」

信玄が静かな目で景虎を見返す。悲しげでもあり、満足げでもあり、何とも言えない不思議な目である。この一瞬、信玄は死を予感し、己の人生を走馬灯のように回想していたのかもしれない。

その目を見て、景虎も信玄が死を覚悟したことを知った。

（強き者よ。これまでよく戦った）

勇者に対する敬意として、景虎は小さな声で念仏を唱える。

二人が目を見交わし、景虎が念仏を唱えるために刀を振り下ろすのが遅れたこの一瞬が、決して大袈裟ではなく、日本の歴史に大きな影響を与えたのは間違いない。

念仏など唱えず、景虎がさっさと刀を振り下ろし、信玄が死んでいれば、半年もしないうちに景虎が信濃全域を武田から奪い返し、その勢いで甲斐に雪崩れ込むであろう。信玄亡き後の武田軍では景虎の猛攻を止めることなど不可能だからだ。

信濃と甲斐を席巻すれば、次は北条氏との対決が待っている。

半年前に北条氏を攻めたときは、氏康の籠城策に手こずって兵を退いたものの、武田を滅ぼして、再度、小田原攻めをすれば、今度こそ氏康も景虎に膝を屈するしかない。武田と北条を打ち破れば、景虎は日本で最大最強の大名になる。都にいる将軍・義輝は景虎に上洛を要請し、景虎は快諾するであろう。義元を失ってから衰退の一途を辿る今川は喜んで景虎に服従して、上洛の先鋒を務めるであろう。

もちろん、織田信長の出番はなくなる。

景虎は都に長尾の旗を立て、副将軍として義輝を補佐し、景虎の武力を背景とする強力な室町幕府が続くことになる。景虎が信玄を討ち取れば、そんな未来が容易に想像できるわけである。

が……。

そうはならなかった。

歴史の機微というものであろう。

念仏を唱えた瞬間、景虎の手から副将軍になる機会が消えた。

槍を手にして駆けつけた信玄の小姓が景虎に向かって槍を繰り出す。景虎が体を捻る。槍の先が馬の尻に刺さる。馬が驚いて後ろ脚で立ち上がる。

「おのれ」

景虎が信玄に斬りかかろうとしたときには、すでに他の小姓たちが信玄を囲んでいる。

(無念だ。信玄を討ち損なった)

景虎は馬の腹を蹴り、本陣から走り出る。

そのまま馬を走らせる。

信玄を追い詰め、九割方は勝利を手にしていたのだから、もう一押ししてみたいと考えるのが普通だろうが、景虎はそうではない。武田の別働隊が到着したのでは、もう勝てぬ、と見切った。負け戦だと判断すれば、景虎は、さっさと戦場を離脱してしまう。いつものことである。未練がましく戦場に留まって傷口を広げたりしないのだ。

長尾兵も、そういう景虎のやり方を心得ているから、「毘」の旗が善光寺方面に向かうのを見ると、続々と戦場を後にし始める。

三十一

（まだか、まだなのか……）

四郎左は本陣の周りを落ち着かない様子で歩き回る。さして離れていないところに「毘」の旗が見える。長尾兵の顔を見分けられるくらいの近さだ。

遠くで大きな叫び声が聞こえる。

手近にいる小姓をつかまえ、

「あっちで何が起こったのだ？」

と訊く。

「味方です。味方がやって来ました」

「間に合ったか」

四郎左がふたつの拳をぎゅっと握り締めたとき、「毘」の旗が動き出すのが見えた。

（突撃するつもりだな）

四郎左は景虎の意図を察する。幔幕の中に戻ると、槍を手にする。ずっしりと重い。

（わしには無理かな）

一瞬、不安になるが、騎馬武者を相手にするのに刀は役に立たない。槍でなければ相手の体に届かないからだ。

「勘助！」

本陣の奥に坐っている信玄が呼ぶ。

「ここに坐れ。軍配者は主の横に控えているものだぞ。軍配者が武器を手にして戦うのは、自分から負けを認めるようなものではないか」

「お許し下さいませ。じっとして、おられませぬ」

信玄に一礼して、四郎左が表に出ようとしたとき、本陣に乱入してきた騎馬武者と鉢合わせになる。

信玄の小姓が斬りかかるが、返り討ちにされてしまう。

（長尾景虎……）

頭を白い袈裟で覆っているから、すぐに相手が景虎だとわかった。

「御免」

四郎左が槍を繰り出そうとするが、扱い慣れていないせいか、汗で手を滑らせてしまう。握り直そうとしたとき、景虎と自分の間に別の騎馬武者が割り込んでくる。咄嗟に相手の顔を見る。

「養玉か」

「鷗宿、おまえ、こんなところで……」

互いに相手の顔を見つめ合い、一瞬、動きが止まる。

冬之助の後ろから本陣に走り込んできた長尾兵が四郎左の腹を槍で突く。

「うっ」

両手で槍をつかみながら、仰向けにばったり倒れる。そこに何人もの長尾兵が乱入してくる。

「天に代わって、汝を誅する！」

景虎の声が聞こえる。

冬之助も本陣の奥に馬を進ませようとする。

しかし、信玄の小姓たちが邪魔をする。

景虎の姿を探すと、すでに本陣を離れ、善光寺方面に馬を走らせている。景虎の性格を知っているから、もう戦うことを諦めたのだな、とわかる。信玄はどうなったのか、四郎左はどうなったのか、それを確かめたかったが、そんな余裕はない。もたもたしていると武田兵に囲まれてしまいそうだ。

冬之助は馬の腹を蹴り、景虎の後を追う。


武田軍の別働隊が到着したことで形勢は逆転、長尾軍は善光寺を目指して敗走し、それを武田軍が追撃した。この追撃戦で、武田軍はおびただしい数の長尾兵を討ち取った。

武田軍は犀川の手前で追撃を中止した。別働隊には余力があるものの、長尾軍も善光寺に五千の後詰めが無傷で残っている。

それに武田軍の本隊は多くの武将たちが討ち死にし、信玄や義信も負傷するという壊滅的な状態だ。別働隊が為すべきことは長尾軍との戦いを続けることではなく、死傷して八幡原に置き去りにされている者たちを収容して海津城に運ぶことであった。

この日の合戦で、両軍合わせて数千の死傷者が出たと伝えられている。日本の歴史上、稀有な激戦だったと言っていい。

三十二

九月十日の夜、長尾景虎は髻山《もとどりやま》の麓に急拵えした本陣で首実検を行った。

「次なる首は、武田の軍配者・山本勘助殿」

呼び出しと共に、この儀式の進行を受け持つ役人が首桶を運んでくる。

景虎の正面には、首を載せる台が置かれている。

役人は、首桶に一礼してから、恭《うやうや》しい仕草で首を取り出し、台の上に置く。首は、こびりついた泥や血をきれいに洗い流され、髪も整えられている。

「……」

景虎は、しばらくその首を見つめてから、ちらりと横にいる冬之助の顔を見る。黙っているので訝しく思ったのだ。

冬之助は、無表情にうつむいたまま口を閉ざしている。

「うむ。見事だ。この首を取った者には広い領地を与えるぞ。その場所は……まあ、春日山城に戻ってから沙汰するとしよう」

景虎が言うと、役人が一礼して首を桶に戻して下がる。その後も延々と首実検が続いたが、終始、冬之助は無言だった。


その夜、冬之助は景虎の寝所を訪ねる。

「お休みのところ、申し訳ございません」

「構わぬ。何となく、おまえが現れるような気がしていた」

「お願いがございます」

「申せ」

「お暇《いとま》をいただきたいのでございます」

「ほう」

景虎が目を細めて冬之助を見つめる。

「他家に移るのか？」

「いいえ、他家で軍配者になるつもりはありませぬ。二度と戦に出ることもなかろうと思います」

「軍配者をやめるというのか。坊主にでもなるつもりか？」

「それも悪くないと思っています」

「どうやら本気らしいな」

「はい」

「ならば、無理に引き留めることはするまい。坊主になりたいのであれば、越後に戻ってから、どこか空き寺を探してやろう。いや、そんなけちくさいことを言わず、春日山の近くに新しく寺を造ってやってもいいぞ」

「ありがたきお言葉ではございますが、寺よりも、もっとほしいものがございます」

「何なりと申せ。長い間、おまえには世話になった。おまえは無欲だったから、これまでろくに褒美もくれてやったことがない。望みのものを与えよう」

「ほしいのは、ただひとつ。山本勘助の首でございます」

「何だと？　そんなものを、どうするのだ」

「甲府にいる家族の元に返してやりたいのでございます」

「ふうむ……」

景虎が小首を傾げる。

「山本勘助の首を武田に返すのは構わぬ。誰かに届けさせよう。それでは駄目なのか？」

「わがままばかり申しますが、どうしても自分で届けたいのです」

「ならば、首を届けたら越後に戻ってくればよいではないか」

「身に沁みる、ありがたいお言葉ではございますが、もう戦に出る気持ちにはなれぬと存じます」

「おまえと山本勘助は足利学校で共に学んだ仲だったそうだが、そのせいなのか？」

「嫌な男でしたが、いつも気になって仕方のない男でもありました。鷗宿と……山本勘助と戦場で腕比べをするのが楽しみで、今まで生きてきたのだと山本勘助の首を見て悟りました。山本勘助が死んだのでは、もう戦をする気にはなれないのです。あの男は……あの男は、わたしの大切な古い友だったのでございます」

冬之助の目から涙が溢れる。

三十三

景虎の許しを得たので、冬之助は四郎左の首を受け取って寝所に戻る。夜が明けたら甲府に向けて発つつもりでいる。

桶から首を出すと、用意しておいた台の上に置く。

いくらきれいにしたとはいえ、汚れがついていないというだけで、実際の生首というのはかなり見苦しいものだ。皮膚がどす黒く変色し、顔の肉がたるんでいる。腐敗を防ぐために塩漬けにしてあるが、それでも何日か経つと肉が崩れて腐臭を発するようになる。冬之助が甲府行きを急ぐのは、いくらかでも生前の面影が残っているうちに、この首を家族の元に届けてやりたいと思うからであった。

「何という醜い面なんだ。生きているときも不細工だったが、死んでしまったら、もっと不細工になったな」

茶碗ふたつと酒を用意してある。

茶碗に酒を注ぎ、ひとつは首の横に置く。

「いい戦だったな」

四郎左に向かって茶碗を持ち上げると、冬之助が酒を飲む。

「軍配者として、あれほど大きな戦に臨むことができたのだ。これ以上、何も望むことはない。たまたま、わしは生き残ったが、戦場で死んでも悔いはない。おまえも同じ気持ちだろう？」

また茶碗に酒を注ぐ。

「武田信玄、長尾景虎……二人とも素晴らしい名将だ。それほどの名将の元で軍配者として腕比べをすることができた。実に愉快だ。おまえが死んで、おれは悲しいが、それでも愉快でたまらぬ。足利学校で学び、数多《あまた》の戦場を生き抜き、軍配者として腕を磨いてきたのは、あの戦いのためだったのに違いない。春に小太郎と戦い、秋におまえと戦った。わしらの宿願はかなった。もう思い残すことはない。だから、わしは軍配者をやめる」

　ふーっと大きく息を吐くと、

「何とか言ったらどうなんだ、この醜男《しこお》が」

　口では悪態を吐《つ》きながら、冬之助の顔は優しく、目は潤んでいる。

　夜更けまで、冬之助は四郎左を相手に独り語りを続けた。

三十四

　二日後、冬之助は甲府にいる。

　躑躅ヶ崎館に出向き、長尾景虎の軍配者・宇佐美冬之助が山本勘助の首を届けに来たと告げると、すぐさま主殿に通された。正式な客人として遇されたわけである。武田の者に首を渡すと、客間で待たされた。

　やがて、信玄が現れる。

　憎い長尾の軍配者の顔を見るために重臣たちも出てくるのかと思ったが、信玄だけである。背後に小姓が控え、冬之助は信玄と対面した。

「宇佐美冬之助か」

「は」

　冬之助が平伏する。

「堅苦しい儀礼はいらぬ。その顔に見覚えがある。その眼帯にな。あのとき、わしの本陣にいたであろう？」

「おりました。傷の具合は、いかがでございますか？」

「まだ痛むわ」

信玄がふふふっと笑う。

「長尾殿は、どうしている？　わしを討ち取り損ねて、さぞ悔しがっているのではないか」

「あの御方は過ぎたことを悔しがったりはしませぬ。常に前を向いている御方ですから」

「そうか。ならば、次に戦場で会ったときには、決着を付けたいと伝えてくれ」

「申し訳ございませぬが、それは無理のようです」

「無理だと？　なぜだ？」

「越後には戻らぬからです」

「長尾の軍配者を辞めたということか？」

「はい。お暇をいただきました」

「どこか他家に移るのか？　行き先が決まっていないのであれば、当家で召し抱えてもよいぞ」

「ありがたきお言葉にございます」

冬之助が深く頭を下げる。

こういうやり取りは軍配者だけのものである。普通の武士では、こうはいかない。

信玄は長尾景虎に苦しめられている。その景虎の軍配者として腕を振るったほどの男であれば、喜んで武田に迎えたいということなのである。

「しかしながら、わたしは軍配者を辞めました。もう戦に出ようとは考えておりませぬ」

「惜しいことよのう。おまえほどの者が……」

「わたしと山本勘助、それに北条の軍配者・風摩小太郎は、かつて共に足利学校で学びました。四十年以上も昔のことですが、そのときに約束したのです。いつか一人前の軍配者になったら、戦場で相見え、思う存分、腕を振るおう、と」

「見事に約束を果たしたではないか」

「わたしは元々は扇谷上杉の軍配者でしたが、そのときに小太郎とは何度も戦いました。長尾の軍配者となってからも上野や武蔵、相模で戦いました」

「もう少しで小田原城を落とせそうだったな」

信玄がうなずく。

「いいえ、あれこそ小太郎の策で、小田原城を囲んでもたもたしていれば、恐らく、最後にはわれらが負かされてしまったでしょう」

「では、風摩とは引き分けだったわけだな」

「はい」

「勘助とは、どうだ？」

「あの日の戦いですが、最初の二刻（四時間）は長尾の勝ち戦でございました。しかし、その後は武田の勝ち戦だったと思います」

「ならば、引き分けか？」

「全体としてみれば、武田の勝ちと言ってよろしいかと存じますが、わたしと勘助の腕比べとして考えれば、まあ、引き分けというところでしょう」

「うむ」

「勘助が討ち死にし、もはや腕比べもできぬこととなりましたので、わたしも軍配者を辞めることにしたのです」

「これから、どうするのだ？」

「小田原に赴き、小太郎に勘助の死に様を伝えなければなりませぬ」

「その後は？」

「どうしようという当てもないのですが、とりあえず、足利学校に行ってみようかと思います。他に行きたいところもありませぬので」

「すぐに発つのか？」

「そのつもりです」

「勘助の家に寄ってもらえぬか？」

「勘助の家に……」

「太郎丸《たろうまる》という男の子がいる。つい何日か前に二人目の男の子が生まれたと聞いた。太郎丸はまだ七つだが、勘助のことを尊敬し、いずれ自分も勘助のような軍配者になりたいと言っているそうだ。武士として、軍配者として立派な最期だったと、その方の口から太郎丸に伝えてもらえないだろうか」

「わたしが勘助の息子に……」

　冬之助が困惑した顔になる。

「気が重いかもしれぬが、他の誰よりも汝がふさわしいと思うのだ。わしの頼みを聞いてくれぬか」

「……」

確かに気が重い。親しい友だったとはいえ、戦場では敵味方に分かれて戦い、相手を滅ぼしてやろうと智力を振り絞ったのだ。

その結果、勘助は死に、冬之助は生き残った。

四郎左の家族の立場になれば、

（わしの顔など見たくもあるまいに）

そうは思うものの、信玄の頼みを無下《むげ》に断ることもためらわれる。やむを得ぬ、と腹を括《くく》り、

「承知しました。行きましょう」

冬之助がうなずく。

三十五

信玄の小姓に案内されて冬之助が四郎左の屋敷に出向くと、玄関先に原美濃守虎胤《はらみののかみとらたね》が待っている。信玄が先触れを走らせて、冬之助の訪問を知らせたからである。

虎胤は四郎左の妻・千草《ちぐさ》の父である。四郎左の義父だ。若い頃から猛将として知られ、敵から鬼美濃と怖れられた虎胤も、すでに六十五歳の老境に入り、二年前に剃髪して清岩《せいがん》と号している。先達《せんだつ》ての川中島の戦いには参加していない。

冬之助が下馬すると、虎胤が歩み寄り、

「わざわざお越しいただき痛み入りまする」

と頭を下げる。

「いいえ」

冬之助も会釈を返す。

「どうぞ、こちらへ。勘助の妻子が待っております」

虎胤が冬之助を先導して屋敷に招じ入れる。

客間には千草が待っている。その横に太郎丸がちょこんと坐っている。

千草は顔色が悪い。何日か前に子供を産んだばかりで、まだ起きられる状態ではないのだ。実際、信玄の先触れがやって来るまで床に伏せていた。無理をしている。

二人の姿を目にすると、冬之助は姿勢を正し、

「曾我養玉《そがようぎょく》と申します。長尾家では宇佐美冬之助と名乗っておりましたが、思うところがあって長尾家を辞しましたので、元の名前に戻しました」

「千草でございます。これは嫡男の太郎丸」

千草がうなずくと、

「ようこそおいで下さいました。父の首をお届け下さり、まことにありがとうございまする」

太郎丸が大きな声で言う。冬之助がやって来るまでに、何度も練習したのだ。

「では、そこに」

虎胤に勧められて、冬之助が千草と太郎丸に向かい合う位置に坐る。虎胤は千草と冬之助の間、壁際に少し離れて腰を下ろす。

「勘助の最期をご覧になったのですか？」

虎胤が訊く。

「その場におりました」

冬之助がうなずく。

「どのような……？」

「ご存じかと思いますが、川中島の合戦では、最初のうち長尾が優勢だったのです。合戦が始まって二刻（四時間）ほどすると、武田殿の本陣を守る兵も少なくなり、長尾の御屋形さまが自ら先頭になって本陣に向けて突撃なさいました。わたしも一緒でした。本陣に攻め込むと、武田殿は床几に腰掛けておられ、そのそばに鷗宿もいたのです。あ、鷗宿というのは四郎左が、いや、勘助が足利学校時代に名乗っていた法号です。武田殿の小姓たちと長尾兵が切り結ぶ中で、長尾の御屋形さまは武田殿に何度か斬りつけました。武田殿は軍配で刀を受け止めたのです。しかし、何度目かに受け損ねて怪我をなさいました。そこで止めを刺されてもおかしくなかったのですが、鷗宿が武田殿の前に身を投げ出して庇《かば》ったので、武田殿はかろうじて助かりました。しかし、武田殿の身代わりとなって鷗宿は……」

冬之助が言葉を止める。

四郎左の最期を告げるに当たって、かなり脚色した。余計なことを言い過ぎてしまったか、と思った。景虎が信玄に斬りつけたのは事実だが、四郎左が身を投げ出したというのは嘘である。信玄からいくらか離れた場所で長尾兵に槍で刺されて死んだのだ。

信玄や、信玄のそばにいた小姓たちが、あの場で起こったことをすでに話していれば、自分の話が嘘だと簡単にばれてしまうだろう、と気が付いた。

が……。

「何と、何と……」

虎胤の目からぽろぽろと大粒の涙が溢れる。

「勘助は御屋形さまの身代わりとなって死んだのか。武士として、何と見事な最期であることか。それでこそ武田の武士よ。のう千草、おまえの亭主は武士の鑑《かがみ》だぞ。太郎丸、立派な父を持ったことを誇りに思えよ」

「はい」

千草が袖で目許を押さえる。

「養玉殿は足利学校で勘助と知り合われたのですかな？」

虎胤が訊く。

「はい、昔のことになりましたが……」

冬之助は、四郎左や小太郎と共に過ごした足利学校時代の思い出を語る。いつか一人前の軍配者となり、戦場で相見えようと誓ったことを話すと、

「では、勘助にとっては、養玉殿と風摩殿が誰よりも親しい友だったのですなあ。敵味方に分かれて戦い、それでも親しい友でいられるとは、なかなか、あることではない」

虎胤が感心する。

「わたしは鷗宿に命を救われたことがあります。その恩義を忘れたことはありませぬ……」

十四年前、小田井原《おたいはら》の戦いで山内上杉軍が武田軍に敗れたとき、自分は捕らえられ、磔にされて処刑されるところだったが、四郎左が逃がしてくれたのだ、と冬之助が説明する。

「そんなことがあったのですか。いったい、どうやって逃がしたのですか？」

虎胤が訊く。

「鷗宿の顔を殴り、鷗宿が倒れている隙に逃げたということにしました」

「で、殴ったのですかな？」

「殴りましたが、強く殴りすぎだ、痛いじゃないか、と鷗宿は鼻血を出しながら怒ってましたよ」

「まあ」

千草がうふふふっ、と笑う。

「この世にあんな臍曲がりはいない、あんな不細工な奴もいない、とんでもないろくでなしを婿にしてしまったと悔やんでいましたが、そうではなかったのですなあ。意外にも見所のある男だったようだ。長尾の宇佐美、北条の風摩と言えば、名高き軍配者である。その二人と親しい友であったとは驚いた。まあ、二人に比べれば、かなり見劣りするのはやむを得まいが……」

「父上、何ということを」

千草が慌てる。

本当は四郎左が死んだことを誰よりも悲しんでいるし、四郎左のことが大好きだったことを千草は知っている。

しかし、そんな感情を正直に表すほど虎胤は素直ではない。

「養玉先生」

それまで黙って大人たちの話を聞いていた太郎丸が口を開く。

「何かな？」

「養玉先生とわたしの父は、とても仲がよかったのですね。羨ましいです。わたしには、そんな仲のいい友はおりませんので」

「……」

　一瞬、冬之助は言葉を失う。

（そうだ。ずっと嫌な奴だと思っていたし、あいつを好きだと思ったこともないが、それでも、あいつと小太郎ほど親しい者は他にいない。あいつらが軍配者としてがんばっていると知っていたから、わしもがんばることができたのだ。わしの人生で最も楽しかったのは、あの足利学校の頃だったのかもしれぬ……）

　それまで冬之助は、これから何をしようという考えを持っていなかったが、この瞬間に、

（やはり、足利学校に戻ろう。あそこが、わしのいるべき場所だ）

　と思い至った。

「太郎丸殿、汝はいくつだ？」

「七つでございます」

「大きくなったら何をしたいか、もう考えているかな？」

「父のような人になりたいです。そして、母と弟を守りたいのです。父が尽くしたように武田家のために尽くすことができれば嬉しいです」

「軍配者になりたいのかな？」

「はい。父のように」

　太郎丸がうなずく。

「立派な心懸けだと思う。さすが鷗宿の息子だ。わしは足利学校に戻る。軍配者になりたいという子

供たちに教えるつもりだ。戦は、よいことではないが、この世から戦はなくならぬ。ならば、勝たねばならぬ。戦に勝つことで、この世を少しでもよくしなければならぬ。わしも汝の父も、そういう気持ちで戦に出たのだ。決して戦が好きだったわけでもないし、人を殺すのが好きだったわけでもない。わしの言うことがわかるか？」

「はい」

太郎丸は、真摯な目でじっと冬之助を見つめる。

「父のようになりたいのであれば、足利学校に来るがよい。わしは、そこにいる」

「必ず、足利学校に行きます。父のように優れた軍配者になって武田に尽くしたいのです」

「うむ、汝の考えはわかった。母上の許しが出たら、そうすればよい」

冬之助がにこりと笑う。珍しく邪気のない無垢な笑いである。

三十六

甲府で四郎左の家族に会った後、冬之助は小田原に向かった。北条氏の軍配者・風摩小太郎に会うためだ。

「驚きました。まさか養玉さんが訪ねて来て下さるとは……」

小太郎が体を起こそうとするのを、

「そのままでいい。寝ていろ」

と、冬之助が手で制する。

小太郎は重い病で床に臥せている。頬が痩《こ》け、顔も血の気がなくて真っ青である。

その顔を見ただけで、

（ああ、こいつも死にかけている）

冬之助は暗澹《あんたん》とした気持ちになる。

もっとも、そんな感情を顔に出すほど素直な男ではないから、何も気付かないような平気な顔をしている。

「わしが誰なのかを知れば、驚くのは、おまえだけではないだろうな」

冬之助がにやりと笑う。

長尾景虎の率いる十万の軍勢が小田原城を攻撃したのは、わずか半年前である。

北条氏は滅亡の瀬戸際に追い込まれた。

その不倶戴天《ふぐたいてん》の敵・長尾景虎の軍配者が小田原に現れたことが知れれば、大騒ぎになるであろう。

小太郎の屋敷を訪ねてきた冬之助は、頭を丸め、道中の汚れで白っぽくなった黒染めの衣をまとっている。供も連れていないから、貧しげな旅の僧にしか見えず、おかげで正体はばれていない。

「捕らえられれば、磔にされてしまうかな」

「それは養玉さんが何のために小田原にやって来たかによるでしょう。長尾殿の正式な使者として来られたのであれば、こちらとしても丁重に遇することになります」

「そんなはずがあるか。この姿を見ろ。坊主に化けているわけではないぞ。これが今のわしの本当の姿なのだ」

「それは、どういう……？」

「長尾を暇乞《いとまご》いしてきた」

「え。他家に移るのですか？」

「ふふふっ、みんなが同じことを訊く。軍配者とは、そういうものだと思われているのだろうな」

「違うのですか？」

「軍配者も辞めた。もう隠居さ。戦に出る気がなくなった。家族もいないし、これまで、さんざん悪事を重ねて、多くの命も奪ったし、仏法で禁じられていることを数え切れないくらいしてきたから、せめて寿命が尽きるまでは読経三昧の日々を送って、背負っている罪業をひとつでも減らそうか……そんな殊勝なことも考えたが、どうにも経文《きょうもん》が好きになれぬ。あんなものの、どこがありがたいのか、さっぱりわからんよ」

「罰《ばち》当たりなことをおっしゃいますね。昔のままなんですね、養玉さんは」

小太郎がおかしそうに笑う。

「おれを養玉と呼んでくれるのは、今では、この世におまえ一人だよ、青渓」

「わたし一人？　でも、武田には鷗宿さんが……」

小太郎がハッとする。

何のために冬之助がわざわざ小田原まで訪ねてきたのか、その理由を察したのである。

「死んだのですか、鷗宿さんが？」

「まだ聞いていなかったのか？」

「詳しい話は何も……。そういうことは、もう少し時間が経たないと本当のことはわからないものです。川中島の合戦で武田が勝ったのか長尾が勝ったのか、それもよくわからないくらいですから」

「最初は長尾が勝って、武田が負けた。その次は武田が勝って、長尾が負けた。ふうむ、どっちが勝ったことになるのかな。わしにも、よくわからぬ。ただ、八幡原に無数の死体が転がっていたことは確かだ。あんなに多くの人間が一度に死ぬのを見たことがない……」

冬之助は、川中島で行われた武田と長尾の戦いの顚末を、ゆっくり小太郎に語る。

小太郎は、じっと耳を傾ける。

話を終えると、冬之助は、

「おまえ、かなり具合が悪そうだな。もうやめておくか。何なら、明日、出直してもいいのだし」

「いいえ、大丈夫です。いや、それは違うな。全然、大丈夫ではないんです。はっきり言えば、今夜、あの世に旅立ったとしても不思議ではないくらいです。よくなることはありません。静かに死の訪れを待っているだけですから、明日のことなど考えられません。ここにいて下さい。お願いします」

「おまえがそう言うのなら、わしは構わないが……」

冬之助がうなずく。

「甲府に鷗宿さんの首を返すことを快く承知した長尾殿は立派な御方ですね。養玉さんを丁重に迎えた武田殿も立派です」

「越後にいるときは、武田殿を欲深き極悪人とばかり思っていたが、実際に話してみると、実にしっかりした御方だった。考えて見れば、鷗宿が命懸けで尽くすくらいなのだから、そんな極悪人のはずがないさ……」

冬之助は信玄とどんな話をしたのか小太郎に聞かせる。

「鷗宿は幸せ者だよ。武田殿は尽くしがいのある主だったろう。話をしたのは短い時間だったが、よほど鷗宿を信頼し、大切にしていたことがひしひしと伝わってきた。軍配者として悔いのない人生だったろうよ」

「鷗宿さんのご家族には会ったのですか？」

「うむ、会った。そのつもりはなかったが、武田殿に頼まれたのでな……」

冬之助は四郎左の妻子や岳父・原虎胤に会ったときの話をする。

「あんな不細工な臍曲がりにあんないい家族がいたとは驚きだよ」

「臍曲がりでは養玉さんも負けていないでしょう」

「違いない」

二人は声を合わせて笑う。

「しかし、鷗宿さんが、この世にいないとは……」

小太郎が溜息をつく。

「四十二年になるな。覚えているか？」

「はい。三人で誓いましたね。いつか三《み》つ巴《どもえ》の大きな戦をしよう。勝ち残った者が孔明《こうめい》と肩を並べるほどの名人で、この国で一番の軍配者なのだ、と」

「あのとき、わしは十六歳だった」

「わたしが十四歳、鷗宿さんは二十歳でしたね」

「信じられないほど長い道程を歩いてきたんだな、わしらは……」

「養玉さん、これから、どうなさるんですか？　どこかの寺で仏道修行に励むのですか」

「それはやめた。経文が大嫌いなのに坊主にはなれぬ。足利学校に行くつもりだ」

「え、足利学校にですか？」

「わしのような学問嫌いを教授に迎えてくれるはずもなかろうが、何でもやると言えば、無下に追い払われることもなかろうよ。畑仕事でもさせてもらうさ」

「そうですか、足利学校に……」

小太郎が小さな溜息をつく。

「いいなあ、できれば一緒に行きたいくらいです。足利学校で学んだ数年間、わたしは幸せでした。あんなに楽しかったことはありません」

「おまえは学問ばかりしていたなあ。まったく何が楽しかったのかね」

「倅の新之助は軍配者には向いていないので、足利学校には行かせませんでしたが、孫の小次郎《こじろう》は、わたしに似ている気がするのです。小次郎が大きくなったら足利学校に行かせるように新之助に言っておきます。養玉さんに教えてもらえるように」

「鷗宿の倅、太郎丸も軍配者になりたいそうだ。まだ七つだがしっかりした子で、よほど鷗宿を尊敬しているらしい。何となく見込みがありそうな気がする。弟の次郎丸は生まれたばかりの赤ん坊だからどうなるかわからぬが、太郎丸は本当に足利学校に来るかもしれぬな」

「小次郎や太郎丸殿が足利学校に行くことになれば、何だか面白いことになりそうじゃないですか。その子たちが一人前の軍配者になるまで、養玉さんには長生きしてもらわないと」

「せいぜい養生することにしよう」

冬之助がうなずく。

「最後に養玉さんに会えてよかった。小田原まで来て下さって本当にありがとうございます。もう思い残すことはありません。向こうでは四郎左さんが待っていてくれるでしょうし」

「……」

冬之助が左を向く。目に光る涙を見られたくなかったのだ。


翌朝、冬之助は小田原を発った。下野の足利学校に行くつもりである。北条氏の通行手形を小太郎が用意してくれたので、安全で快適な旅をすることができる。

武蔵の権現山《ごんげんやま》城で休んでいるとき、小田原から使者がやって来て、小太郎の死を告げた。享年五十六。

冬之助は城を出ると、海の方に歩いて行く。

「鷗宿も青渓も逝ってしまったな。また生き残ってしまった。扇谷上杉氏が滅んだときに死に損ね、小田井原の合戦で武田に敗れて捕らえられ、磔にされて殺されるところを鷗宿に救われた。あれほど多くの者が死んだ川中島でも死に損なった。よほど前世の業が深いのか、それとも、この世で不埒なことばかりしてきたせいなのか、わしのような悪人はなかなか死ねないものらしい。いつまで生きなければならぬか知らぬが、寿命が尽きるまで、足利学校で青臭い小僧たちの相手をするか……。おまえたちに会うのは、しばらく先延ばしにする。それまでは、くそ真面目な青渓と、ひねくれ者の鷗宿で、足利学校で学んだことのおさらいでもしているがいい」

波打ち際で潮風になぶられながら、老いた軍配者は、先に逝ってしまった二人の友に話しかける。

第四部　松山城攻防戦

一

三月下旬、長尾景虎《ながおかげとら》は十万の大軍を率いて小田原《おだわら》城を攻めたものの、攻めあぐねて兵を退き、鎌倉《かまくら》で山内上杉《やまのうちうえすぎ》氏の家督を継ぎ、関東管領《かんれい》に就任した。

六月下旬、景虎は越後《えちご》に帰国し、八月には川中島《かわなかじま》に出陣、九月十日には武田《たけだ》軍と歴史に残る激戦を展開した。

その景虎の動きを氏康《うじやす》は注視している。

北条氏に刃向かった敵は十万とはいえ、真に恐るべき敵は景虎だけである。景虎がいなければ、氏康が警戒しなければならないような敵はいない。いずれ景虎は越後に帰るとわかっていたから、そのときに備えて、氏康は着々と反撃の準備を進めた。

その反撃は、景虎が帰国した直後に始まった。

景虎のせいで国土は荒廃した。田畑は焼き払われ、多くの農民が連れ去られた。

しかし、小田原城を始め、江戸《えど》城や河越《かわごえ》城など、北条氏の支配を支える有力な城は健在である。徹底した籠城策を選択し、景虎との決戦を回避したので、北条軍も無傷で残っている。

景虎も景虎に率いられた長尾軍も強い。

それは事実だが、北条軍も強いのだ。

だからこそ、扇谷《おうぎがやつ》上杉氏を滅ぼし、山内上杉氏を駆逐し、古河公方《こがくぼう》を抑え込むことができた。領土は増え続け、その支配網は上野《こうずけ》、下総《しもうさ》、上総《かずさ》にまで及んでいる。

「北条に反逆した者たちを罰しなければならぬ。当家に弓引いた者たちに、しかも、一度は当家に忠誠を誓いながら裏切った者たちに厳しい罰を与えなければならぬ」

氏康が言うと、

「おっしゃる通りです。裏切り者には生きる道がないのだと思い知らせてやりましょう」

氏政《うじまさ》が大きくうなずく。

氏康と氏政が裏切り者と罵《ののし》り、厳しい罰を与えなければならぬと言うのは、三田《みた》氏、藤田《ふじた》氏、太田《おおた》氏の三家である。

この三家を、氏康と氏政は最も憎んでいる。

三田氏は、古くから山内上杉氏の重臣を務めてきた家柄だったが、没落していく主家に見切りをつけて、北条氏に従うようになった。この当時の当主は三田綱秀《つなひで》である。

今の青梅《おうめ》市にあった勝沼《かつぬま》城が本拠で、青梅、奥多摩《おくたま》、埼玉の飯能《はんのう》、狭山《さやま》あたりを領地としている。

北条氏の本領のすぐ外側である。本領と接する領地を支配させるというのは、それだけ信頼が厚いということで、万が一、本領に危険が迫れば、身を挺して本領を守るという重要な役目を担っている。城の守りでいえば、外堀のようなものだ。

にもかかわらず、三田綱秀はその役目を放棄し、掌《てのひら》を返して景虎陣営に馳せ参じた。

それだけに氏康の怒りは凄まじく、兵を率いて小田原城を出ると、道々、兵を増やしつつ、一直線に勝沼城に向かった。

時間があれば、綱秀も防戦の支度をして、二千くらいの兵を集めることができただろうが、氏康の進軍が早すぎて、その余裕がなかった。一千にも足らぬ兵で、十分な食糧を運び込むこともできぬまま籠城せざるを得なかった。

綱秀が期待したのは、景虎と共に小田原城を攻めた武蔵《むさし》や上野の豪族たちである。彼らが援軍を送ってくれれば、北条軍の攻撃に耐えられると考えた。

が……。

どこからも援軍は来なかった。

誰もが日和見《ひよりみ》を決め込んでいる。

長尾景虎も強いが、氏康も強い。

これまで幾度となく氏康に苦杯を嘗《な》めさせられ、だからこそ、景虎が関東にやって来るまで、おとなしく氏康に従ってきたのだ。

その氏康が大軍を率いて勝沼城を囲んでいる。

景虎がいれば話は別だが、景虎も長尾軍もいないのに援軍を送ろうとする者はいない。綱秀に対して、そんな義理はないのだ。

包囲が始まって十日も経たぬうちに、水と食糧が乏しくなり、綱秀は降伏の使者を氏康に送った。景虎に味方したことを詫び、改めて北条氏に仕えたい、自らは隠居し、家督を息子に譲る、それ故、どうか城兵の命を助け、所領を安堵していただきたい……そんな虫のいい懇願であった。

氏康はこの懇願をはねつけ、綱秀と嫡男、それに綱秀の側近たちの首を差し出すように命じた。

綱秀は氏康の強硬姿勢に驚き、

「ふざけるな」

と、氏康の要求をはねつけた。

しかし、城内に不穏な空気が漂うのを感じ、夜になるのを待って、家族とわずかな近習だけを引き連れて城から落ちた。

翌日、勝沼城は開かれ、城兵は命を助けられたものの綱秀に対する氏康の怒りは収まらず、三田氏の領地を北条氏の本領に組み込んでしまった。

綱秀は各地を転々として北条氏に抵抗を続け、二年後に辛垣《からかい》城が攻め落とされたときに死んだ。それによって三田氏は滅亡したが、実際には勝沼城が落ちたときに滅亡したも同然であった。

次いで、氏康は藤田氏の討伐に向かった。

武蔵北部を地盤とし、大きな勢力を持つ藤田氏を味方にするために氏康は五男・氏邦《うじくに》を養子に入れたほどである。氏邦の養父にあたる泰邦《やすくに》は氏康のために大いに尽くしてくれた。

六年前に泰邦が亡くなったとき、氏邦は八歳だったので、氏邦が元服するまで重臣たちの合議制で藤田氏の方針を決めることになった。

長尾景虎が侵攻してくると、重臣たちは北条氏を見限り、景虎に味方することを決めた。手土産に氏邦の首を景虎に差し出そうとした。

氏邦は近臣たちに守られて、危うく難を逃れた。

当然、氏康は激怒する。

勝沼城を落とすや、直ちに大軍を率いて藤田氏の本拠・花園《はなぞの》に向かった。

藤田氏からは矢継ぎ早に使者が送られてきて、慈悲を賜りたいと氏康に嘆願する。

氏康は、それらの嘆願をことごとくはねつけて花園に入る。

すでに氏邦を裏切った重臣たちは逃げ去っていた。

氏康の怒りの凄まじさは、重臣たちの領地を虱潰《しらみつぶ》しに攻撃し、本人と家族を捕らえるまで追及の手を緩めなかったことである。捕らえられた者たちは、ことごとく斬られた。彼らを匿ったり、逃亡に手を貸した者も同罪に処すという布告が出たせいで、ひと月も経たないうちに、すべての者たちが捕らえられ、斬られた。

この苛酷な処置のおかげで、北条に敵対する勢力が藤田氏から一掃された。

氏邦は当主として藤田氏に戻った。

氏康と氏政が厳しく処罰すると誓った三家のうち三田氏と藤田氏は片が付いた。

残るのはひとつ、太田家である。

太田家の当主・資正《すけまさ》を氏康は決して許さないつもりである。

二

太田資正の本拠は岩付城《いわつき》である。

景虎が攻め落とした松山城《まつやま》も預かり、岩付城と松山城のふたつを拠点としてはいるものの、普段、資正がいるのは岩付城なのだから、資正を打倒するのなら、氏康が向かうのは岩付城であるべきであろう。

しかし、実際に氏康が向かったのは松山城である。

資正に対する怒りだけで行動するのであれば、氏康は岩付城を攻めたであろう。

松山城に矛を向けたのは戦略的な意味合いからである。

三田氏と藤田氏に対する氏康の苛酷な仕置きを目の当たりにして、武蔵の豪族たちは雪崩《なだれ》を打ったように氏康に平伏し、景虎に味方したことを詫びた。見せしめの効果が利いたのである。一度は裏切ったという負い目があるから、彼らはそれまで以上に北条氏に忠勤を励まざるを得なくなった。

依然として強硬に北条氏に敵対するのは岩付の太田氏くらいになってしまったので、一時は景虎に制圧された観のあった武蔵の支配権を、氏康は取り戻すことに成功した。

氏康とすれば、武蔵の次は上野を取り戻さなければならない。岩付城を落として鬱憤晴らしするより、上野一国を奪い返す方が、はるかに重要なのだ。

景虎がいなくても氏康に刃向かおうとするほど気骨のある上野の豪族といえば長野業正《ながのなりまさ》くらいだが、その業正は齢《よわい》七十を過ぎて死の床についており、もはや戦に出られる状態ではない。

業正以外には、独力では何もできない者ばかりだから、氏康が大軍を率いて乗り込めば、武蔵の豪族たちと同じように上野の豪族たちも氏康に膝を屈するであろう。

それ故、氏康は藤田氏の反北条勢力を一掃すると、直《ただ》ちに北上を開始した。

そこに立ちはだかるのが松山城なのである。武蔵から上野に入る要所に位置しており、これを放置して上野に入ろうとすれば、背後を衝かれる怖れがある。それ故、まずは松山城を落とさなければならない。

松山城は天然の要害で、その堅固さが有名だが、氏康は、松山城を落とすことをそれほど難しいとは考えていなかった。いかに城が堅固だとしても、肝心なのは、城を守る者の器量である。資正がいるのなら話は別だが、資正は岩付城におり、松山城にはこれといって名のある武将はいない。氏康が大軍で包囲すれば、震え上がって開城するのではないか、と予想した。

しかし、氏康の見通しは甘すぎた。

永禄《えいろく》四年（一五六一）十月に始まった松山城攻防戦は、氏康が攻めあぐね、三度にわたって包囲攻撃を繰り返したものの、結局、決着が付くのは一年半ほども先の永禄六年の二月になる。

戦略的に重要な場所にあるとはいえ、松山城攻防戦は局地戦に過ぎない。

にもかかわらず、日本の戦史史上、この攻防戦は決して省くことのできない特異な戦いである。

それまでに行われた城攻めの攻防戦とはまるで違った画期的な側面がいくつも現れたからである。

三

松山城の守将は上杉憲勝《うえすぎのりかつ》である。

前名を七沢七郎《ななさわしちろう》という。

出自が定かではなく、扇谷朝良《ともよし》の子であるとも、朝興《ともおき》の子であるとも言われる。扇谷上杉氏の最後の当主は朝定《ともさだ》だが、朝定の養祖父が朝良で父が朝興だから、憲勝は朝定の大叔父か兄ということになる。兄だとすれば庶出なのであろう。年齢もはっきりしないが、子供たちの年齢から推測すると四十代半ばから五十代半ばくらいの男盛りだったであろう。

いずれにしても、家臣として朝定に従っていたことは間違いなく、河越の合戦の際には朝定のそばにいたはずである。北条軍に大敗を喫して扇谷上杉氏が滅亡すると、憲勝は奥州に逃れた。

扇谷上杉氏の再興を目指す太田資正が、長尾景虎の関東進出を再興の好機と判断し、憲勝を呼び戻した。憲勝に松山城を預けたのは、朝定が松山城を本拠としていたからである。

憲勝には政治や軍事の才能はない。

河越の合戦では、どの場面にも名前が出てこないから、そもそも戦場に姿を見せたかどうかも怪しいし、敗北を喫した後、北条氏の追及を怖れて逃げ回るだけで、例えば、資正のように扇谷上杉氏の遺臣を結集して北条氏に対抗しようとしたり、扇谷上杉氏を再興しようと努力したり、何かしら政治的な動きを見せた痕跡もない。

要は何もしなかったわけで、資正に呼び戻されなければ、歴史に名前が現れることもなく、奥州の僻地でひっそりと死んだに違いない。

資正は憲勝に三千の兵を預けて松山城を守らせた。

堅固な松山城に三千の兵を入れれば、守将が無能だとしても、半年くらいは籠城に耐えられるはずであった。それだけの時間があれば、岩付から資正も駆けつけられるし、越後の長尾景虎に越山を要請することもできる。

三田氏を滅ぼし、藤田氏を屈服させた氏康は、兵を休めることなく、直ちに北上して松山城を囲んだ。電光石火の動きである。

これが三度にわたる松山城攻防戦の最初である。

いずれ北条軍が現れることを予想していたから、憲勝も籠城準備は進めていたものの、氏康の進軍が速すぎて、十分に準備できないまま籠城せざるを得なくなった。

「困ったのう。どうしたものか……」

憲勝は、おろおろした。物見櫓に上ると、見渡す限り、野原にも谷にも山の斜面にも北条の旗が翻り、所狭しと北条兵が埋め尽くしている。まさに蟻《あり》の這《は》い出る隙間もない。

「そうご心配なさいますな」

資正から憲勝の補佐役に任じられている三田五郎左衛門《ごろうざえもん》や広沢兵庫介信秀《ひろさわひょうごのすけのぶひで》らが宥《なだ》めるが、憲勝の心配は増すばかりである。

戦慣れしている補佐役たちとすれば、

（この城は、そう簡単には落ちぬ）

と自信を持っている。

天然の要害にあって、守りやすく攻めにくいというのもそうだし、何より大きいのは水が豊富だということであった。人間は食糧がなくても何とか耐えられるが、水がなければ耐えられない。水があるかどうかは、その城の耐久性に直結する重大な要素なのだ。

しかし、いくら言葉を尽くして説明しても憲勝は納得せず、

「岩付に使者を送れ。美濃《みの》に来てもらわねば、どうにもならぬ」

資正に援軍要請せよ、と執拗に命ずる。

使者を送るといっても、松山城は完全に包囲されている。北条軍の目をかいくぐって使者が岩付に向かうのは至難の業であろう。

ここで軍事史に残る画期的な作戦が演じられる。

軍用犬の活用である。伝令犬とか間諜犬《かんちょうけん》とも言われる。

この逸話は『関八州古戦録《かんはっしゅうこせんろく》』や『甲陽軍鑑《こうようぐんかん》』に記載されている。『関八州古戦録』は歴史書ではなく、歴史読物の類《たぐ》いだから、時代考証も不正確だし、かなりいい加減なことも書いてあるので信用できないものの、『甲陽軍艦』は甲州流軍学の教科書で、ある程度は信用できる。

それによると、太田資正は子供の頃から犬が好きで、常に何頭もの犬を飼って訓練していたという。

資正はいずれ北条軍が反撃してくるだろうと警戒し、松山城が十重二十重《とえはたえ》に包囲されることまで予期していたというから、よほど軍事的な嗅覚に優れていたのであろう。

その際、松山城と岩付城の連絡が途絶えることを心配し、犬の活用を思いついた。岩付で訓練した犬たちを松山城に連れて行き、犬の訓練係が岩付に帰ってから犬たちを松山城から出した。犬には帰巣本能があるから、訓練係や飼い主を慕って、岩付に戻って来た。中には戻らない犬もいたらしいが、

かなりの犬たちが戻った。松山城から岩付まで直線距離で三十キロくらいあり、最初は戻るのに数日かかったが、慣れてくると一日で戻る犬も現れた。

憲勝は援軍要請の手紙を書くと、それを小さな竹筒に入れて犬の首にくくりつけ、犬を松山城から放った。犬は無事に岩付に着いたという。

憲勝の手紙を読み、資正は松山城が包囲されたことを知ったが、すぐには動きようがない。北条軍が多すぎるのである。

資正が率いていくことができるのは二千くらいのもので、それでは、とても歯が立たない。

結局、長尾景虎に越山してもらわないことには、どうにもならないのである。

資正は直ちに景虎宛てに書状を認め、越山を要請した。

資正の賢いところは、

（わしが頼むだけでは、どうにもならぬ）

と考えたところである。

すでにこの頃には、川中島における長尾と武田の激戦について広く知れ渡っており、双方に多数の死傷者が出たことを資正は知っている。

景虎とすれば、今は兵を休めたいのが本音に違いない。

北条軍に包囲されたとはいえ、凡将が守っても半年くらいの籠城に耐えられるほど松山城は堅固な城である。なぜ、わしが慌てて越山しなければならぬのか、と景虎が腹を立てても不思議はない。

（関白さまの頼みであれば断ることはできまい）

この時期、近衛前嗣《このえさきつぐ》は古河城にいる。

前嗣だけでなく、山内憲政《やまのうちのりまさ》もいるし、足利義氏《あしかがよしうじ》に対抗して景虎が擁立した足利藤氏《ふじうじ》もいる。

彼らは、まさかこれほど迅速に氏康が反転攻勢を仕掛けてくるとは予想していなかった。あっという間に武蔵を取り返し、今は松山城に押し寄せている。多少でも軍事のわかる者であれば、氏康が岩付城を放置して松山城に押し寄せたのは、上野に攻め込むためだと容易に想像できるはずである。

しかし、近衛前嗣も足利藤氏も軍事に関しては素人だし、憲政も似たようなものだ。

松山城を落としたら、氏康は返す刀で岩付城を攻めるであろうし、岩付城が落ちれば、次は古河城が危ない……そんな内容の伝言を資正の使者が伝えると、

「えらいことやで。北条が攻めてくるがな」

まるで明日にでも氏康が古河城に攻めかかってくるかのように近衛前嗣は慌てふためき、

「長尾に来てもらわな、どないもならんで」

すぐさま景虎に書状を送り、越山を要請した。

資正の狙い通りである。

景虎の最大の弱点は権威に弱いことである。

春日山《かすがやま》城にいるときは朝夕の勤行《ごんぎょう》を欠かさないほど毘沙門天《びしゃもんてん》を敬っているが、人間世界では天皇や将軍を至高の存在として最大限の敬意を払っている。これまで天皇や将軍の言葉に一度として異を唱えたことがなく、どんな無理難題を押しつけられても、ふたつ返事で承知してきた。

関白は将軍に次ぐ存在である。

景虎が逆らうことなどあり得ない。

直ちに越山を了承し、出陣の準備を始めた。

景虎ほどの軍事的な天才は日本の歴史においても稀であり、恐らく、源《みなもとの》義経《よしつね》がかろうじて肩を並べるくらいであろう。互角の兵力で野戦をすれば、景虎に勝利できる武将は、少なくとも戦国時代には存在しない。

氏康はそれを承知しているから、徹底して野戦を避け、ひたすら籠城した。

武田信玄ほどの天才でも景虎には歯が立たず、やむなく景虎と戦うときは、必ず越後勢を上回る兵力を動員した。

それほどの軍事的な天才が、戦のことなど何も知らない素人に踊らされてあたふたと出陣の支度をする姿は滑稽であり、もはや喜劇と言うしかない。

もっとも、氏康にとっては喜劇どころではない。

半年前、小田原に攻め込まれた悪夢が甦ったに違いない。その恐るべき越後の虎は、前嗣に約束した通り、十一月に関東に出てきた。

四

「長尾は、どう出てくるでしょうか？」

板敷きに広げた絵図面に視線を落としながら、氏政が訊く。

「うむ……」

氏康は腕組みして、睨むように絵図面を見つめながら小首を傾げる。

その絵図面には武蔵と上野の主要な城が書き込まれている。

氏政と氏康の二人の視線は、自分たちが包囲している松山城と、越山《えつざん》してきた長尾景虎がいる厩橋《まやばし》城に交互に向けられている。

「風間《かざま》党からの知らせはないか？」

氏政が新之助康光《しんのすけやすみつ》に訊く。

「出陣の支度は進められており、近々、軍勢が城を出ると思われます」

康光が答える。

「やはり、出てくるか」

氏政がうなずく。

「わざわざ越後から慌ただしくやって来たのだから、戦をするつもりでいるのは間違いあるまい。だが、肝心なのは、そこではない。長尾は、どうするのか……」

氏康が首を捻る。

景虎が越後から連れて来た兵は五千ほどである。

一年前、越山したときは八千の兵を率いていたから、今回はかなり少ない。

氏康と氏政も、ふた月前の川中島の激戦については熟知している。風間党が探っただけでなく、合戦の当事者である武田信玄からも詳しい知らせが届いたからだ。武田の被害も甚大だが、長尾の被害は、それを上回るという。元々、武田と長尾の動員能力には大きな差があるから、同じだけの兵を失っても、長尾の方が被害はより深刻である。武田以上の損失を被《こうむ》ったとすれば、長尾の動員能力はかなり減殺され、それが五千という数に如実に表れている、と氏康は判断する。

それでも景虎が到着すると、上野の豪族たちが兵を率いて駆けつけたから、今では八千を超える兵力を景虎は握っている。

景虎が八千の兵を率いて南下してきたらどうするか、その対応を話し合っているわけである。

松山城を包囲する北条軍は、一万を超えている。数だけ見れば長尾軍を上回っているが、戦上手の景虎を相手にするとなれば、この程度の兵力差には何の意味もない。むしろ、劣勢と考えるべきであった。

これまで氏康は景虎との直接対決を徹底的に避けてきた。そのやり方を踏襲するのであれば、松山城の囲みを解いて、さっさと河越城に引き揚げるべきであろう。

だが、それは、あくまでも長尾景虎と単独で対峙する場合である。

どういうことかといえば……。

松山城の包囲を決めたとき、氏康は、いずれ景虎が越山してくるに違いないと考え、景虎を迎え撃つにあたって、ひとつの味付けをした。

武田信玄《しんげん》に共同作戦を呼びかけたのである。長尾景虎という共通の敵を叩くために手を組もうというのだ。

この呼びかけを信玄は快諾し、十一月初め、西上野に侵攻した。早速、長尾方の城を攻め、高田《たかた》城や国峰《くにみね》城を落とした。

川中島の合戦によって長尾軍が今までになく弱体化していることを、信玄は知っている。景虎を叩く絶好機である。時間を与えて、長尾軍の回復を許せば、また北信濃《しなの》に出てくるに決まっている。景虎を相手に戦うことの無意味さを強く感じているから、何とかケリを付けたいと信玄は思案している。

とは言え、長尾軍だけでなく、武田軍も甚大な損害を被ったから、自分の方から積極的に動こうという考えはなかった。

そこに氏康からの申し出である。

氏康と手を組めば、川中島の合戦で失った兵力を氏康が補ってくれる。氏康が一万を超える兵力で松山城を囲んでいることを信玄は知っている。自分が同じくらいの兵を率いて西上野に侵攻すれば、両軍の兵力は二万を超える。

景虎がどれほどがんばったところで、掻き集められるのは、せいぜい一万くらいの兵力に過ぎないと信玄は見切っているから、景虎が越山すれば、二倍の兵力で景虎との決戦に臨むことができる。

信玄も氏康も、単独で景虎と対峙するのは分が悪いと承知しているが、二人が協力して景虎と立ち向かえば、そう簡単には負けないだろうという自信がある。しかも、兵力は二倍なのだ。

景虎が厩橋城から出てくるかどうかを氏康が注視しているのは、そうなれば、信玄と連絡を取り合って、景虎を挟み撃ちにできるからであった。

しかし、景虎は鼻の利く男である。

氏康と信玄の思惑を見抜くであろう。

それでも敢《あ》えて出陣するのか、あるいは自重するのか、それによって氏康と信玄の対応も変わる。

十一月二十六日、長尾軍が動いた。

五千の長尾軍が厩橋城を出て、南下を始めた。松山城を救援するのが目的だ。

氏康のもとには、忍びからの報告が続々ともたらされる。

「長尾は五千で出てきましたか」

「うむ、厩橋城に三千の兵を残したようだな」

氏政の言葉に氏康がうなずく。

「それでなくても少ない兵をふたつに分けるとは、弾正少弼《だんじょうしょうひつ》殿らしくないやり方に思われます」

康光が言う。

「てっきりすべての兵を率いて出陣すると思っていたがのう」

氏政がうなずく。

「五千の兵を率いているのは柿崎景家《かきざきかげいえ》のようだ」

「え、弾正少弼殿ではないのですか？」

氏政が驚く。

「厩橋城に残っているらしい。武田の動きを警戒しているのであろうよ」

ふふふっ、と氏康が笑う。

狙い通りの展開になってきたので嬉しいのだ。

「しかし、どれほど戦上手だとしても、わずか三千で武田と戦うのは無理だと思いますが」

康光が首を捻る。

「われらと武田を合わせれば二万を超える。そもそも八千では、どうにもならぬのだ。普通ならば、厩橋城に籠もっておとなしくしているのだろうが、松山城を見捨てることができぬのであろう。だから、最も愚かな策を採った」

氏康が言う。

「こちらにとっては、ありがたいことですな。どうしますか？」

「柿崎如きが相手なのであれば、あれこれ考えることもあるまい。八千ほど率いて、わしが迎え撃つ。

その方は松山城に目を光らせておれ」

「は」

氏政が頭を下げる。

「まさかと思いますが、実は柿崎ではなく、弾正少弼殿が五千を率いているということはないでしょうか？」

康光が懸念を口にする。

「それはないだろう。城を出た長尾軍の中に『毘』の旗はないそうだ。たかが旗ひとつと思うかもしれぬが、わしもあの男のことがわかってきた。出陣するのであれば、必ずや『毘』の旗を携えているはず。他の者にとってはどうでもいいようなことに妙に律儀な男なのだ」

「なるほど」

「万が一、五千を率いているのがあの男なのであれば、武田が厩橋城を攻め落とす。退路を断たれ、わずか五千で北条と武田と戦う羽目になる。どっちに転んでも、わしらに悪いことではない」

「おっしゃる通りです」

康光がうなずく。

「腕が鳴りますなあ、父上。ついに長尾と戦うことができる。北条の領国で好き勝手なことばかりしおって、目にもの見せてやりましょうぞ」

ああ、できれば、わしも戦いたい、と氏政が溜息をつく。

「そう気負うな。長尾との戦いは、これからも続くのだ」

氏康がたしなめる。

その翌日、十一月二十七日早朝、松山城の北、生野山《なまのやま》で北条軍八千と長尾軍五千が激突した。これを生野山の戦いと呼ぶ。

氏康が見抜いたように、長尾軍の中に景虎はいなかった。厩橋城に残ったのである。

柿崎景家も猛将だが、一軍を率いる大将の器ではない。大将の下知に従って勇猛果敢に戦うのが似合っている。戦上手の氏康と渡り合うほどの器量はない。しかも、兵力において大きく劣っているのだから、まともに戦えというのが無理というものだ。

一丸となって突進してくる長尾軍を、氏康は見せかけの退却で自陣の奥深くに引き寄せ、いつの間にか長尾軍を緩やかに包囲する。

北条軍が反転し、長尾軍を迎え撃つ態勢を取る。

四半刻（三十分）ほど一進一退の攻防が続いたものの、長尾軍の左右から北条軍の伏兵が攻撃を始めると、これに手を焼いた長尾軍がじりじり後退する。

しかし、そこにも北条軍が待ち伏せしていた。

退路を断たれ、四方から波状攻撃を仕掛けられて、柿崎景家は敗北を悟った。

「御屋形《おやかた》さまに顔向けできぬ。ここで腹を切る」

責任を取って自害しようとしたが、周囲の者たちに止められ、這々《ほうほう》の体《てい》で厩橋城に逃げ帰った。

戦いは昼前には決着した。

北条軍の圧勝である。

景虎が指揮を執っていなかったとはいえ、長尾軍がこれほどの敗北を喫するのは、何年もなかった。

長尾に与する上野の豪族たちに動揺が広がったのは当然であろう。

五

氏康は景虎の短気を知っているから、柿崎景家の敗北に怒って、景虎が厩橋城から出てくるかもしれないと警戒した。

そのときは信玄と協力して景虎と決戦する覚悟を決めている。

今の状況は氏康に有利である。

元々、越後から出てきた景虎は兵力が少なかったのに、生野山の敗北によって、更に兵を減らした。死傷して合戦に参加できない兵を除くと、景虎が率いることのできるのは六千ほどであろう。もっと少ないかもしれない。

一方の氏康と信玄は両軍合わせて依然として二万の兵を擁しているから、三倍以上の兵力で景虎を迎え撃つことができる。これほど有利な状況は滅多にあるものではない。

さすがに景虎は動かなかった。忍びからの報告でも、厩橋城で出陣の支度がされている様子はないという。

（長尾は動かぬ）

そう判断した氏康は、松山城の包囲を解き、兵をふたつに分けて次の作戦を開始した。

氏邦の率いる一軍は、松山城の西にある高松城に向かい、氏康と氏政の率いる一軍は、松山城の北西にあり、厩橋城のすぐ南にある倉賀野《くらがの》城に向かう。

氏邦が高松城に向かったのは、藤田氏の家中に、まだ長尾に味方する一派が残っており、高松城を拠点として不穏な動きを見せていたので、それらの敵対勢力を一掃するためである。

元々、それほど大きな兵力で高松城に籠もっていたわけではないし、頼みとする長尾軍が北条軍に敗れたことで一縷《いちる》の望みも潰え、城兵は戦意を喪失している。包囲を始めて十五日後、十二月十八日に開城降伏した。

氏康と氏政が倉賀野城に向かったのは、そこで武田信玄と合流するためである。

両軍で倉賀野城を攻めれば、城が落ちるのは時間の問題だ。

厩橋城とは指呼の距離である。

長尾景虎は、どう動くのか？

味方を見捨てるのか、それとも、劣勢を覚悟の上で捨て身の攻撃を仕掛けてくるのか、いずれにしても景虎の勝ち目は薄く、氏康と信玄は、どっちに転んでも損になることはない。

「ご無事で何よりでした」

氏康が挨拶すると、

「お互い様ですな。小田原が無事で何よりです」

信玄がにこやかに答える。

「長尾殿は何をしたいのでしょうか？」

「わかりませぬな。いろいろ考えてみたのですが、まったくわかりませぬ。いくらか欲深いところがあれば、少しは話も通じるのでしょうが、そんなこともない。つまりは、わたしたちとは違う種類の生き物と思うしかないのでしょう」

「なるほど」

信玄は川中島の激戦で九死に一生を得たし、氏康は小田原城を包囲され、滅亡の瀬戸際に追い込まれた。二人とも長尾景虎に手を焼いているのだ。

今は景虎も手持ちの兵が少ないので厩橋城で息を潜めているが、いずれ態勢を立て直せば、また北信濃や上野に嘴《くちばし》を挟もうとするに違いない。

信玄にとっても氏康にとっても、景虎との戦いは何の得にもならない。不毛な戦いなのである。

景虎がいなければ、今頃、信玄は信濃全域を平定し、武田軍の矛先を美濃方面に向けていたであろうし、氏康も、景虎の越山がなければ、里見《さとみ》氏を滅ぼして房総《ぼうそう》半島を手中に収めていたはずである。

理解不能な正義感に燃えた長尾景虎という男のせいで、信玄と氏康の計画には大きな齟齬《そご》が生じている。だからこそ、二人は手を組んで景虎を排除しようと企図したわけである。

二人にとって、倉賀野城など、どうでもいいのである。要は、景虎を厩橋城から誘《おび》き出すための餌なのだ。倉賀野城は、松山城に比べると、厩橋城のずっと近くにある。この城を攻められるのは、景虎にとって、言うなれば、喉元に刃を突きつけられるようなものなのだ。

武田と北条の両軍が総攻撃を仕掛ければ、倉賀野城はひとたまりもなく落ちるであろう。にもかかわらず、信玄と氏康は無理攻めしようとせず、ほんの手合わせ程度の小競り合いをするだけだ。景虎が出てくるのを待っているからである。

が……。

景虎は動かない。

ついに信玄と氏康は諦めた。

「どうやら動かないようですな」

「気の短い男だから、きっと腹を立てて既橋城から出てくると期待していましたが、うまくいかないようです」

信玄が笑う。

「来年の秋頃、またお目にかかりましょうか」

「承知しました。そのときには松山城を落とす策を何か考えておきましょう」

信玄がうなずく。

倉賀野城を包囲している間に、氏康は信玄に松山城攻めについて説明した。

生野山の合戦で勝利した後、氏康は松山城の包囲を解いて倉賀野城にやって来たが、本来であれば、松山城の包囲を続けているところに信玄を呼ぶ方がよかったはずである。

そうしなかったのには理由がある。

松山城の守将・上杉憲勝は北条軍に十重《とえ》二十重《はたえ》に城を包囲されて動転し、軍用犬を使って、岩付の太田資正に救援を求めた。

長期にわたる松山城攻防戦では、日本の戦史に残るような特徴的な作戦が三つ用いられたが、そのひとつが軍用犬の活用なのである。

ふたつ目の特徴は、城側が大量の鉄砲を効果的に使ったことで、氏康が包囲を解いた理由もそこにある。

鉄砲の伝来は、十八年前の天文《てんぶん》十二年（一五四三）と言われる。

すでに国内で生産されるようになっており、全国的に広く普及している。

ただ、戦において主役にはなっていない。依然として、槍や弓が主役であり、鉄砲は脇役に過ぎない。鉄砲を大量に保有する武将がほとんどいないということもあるが、それだけが理由ではない。鉄砲の持つ弱点が原因だ。

射程距離が短く、しかも、命中精度が低い。

威力も大したことがなく、敵が遠くにいると、たとえ玉が当たっても、かすり傷しか負わせることができない。鉄砲の玉で敵を殺傷するには、極端に言えば、十メートルくらいの距離で向かい合って敵の急所に命中させなければならない。

最大の弱点は、玉込めに時間がかかることだ。一発撃って、次の玉を発射するまでに一分くらいかかる。手慣れた者でも三十秒はかかる。

それだけ時間がかかると、一発目を外してしまうと、抜刀した敵に斬りかかられてしまう。

それ故、この時期の鉄砲は、敵を殺傷するためではなく、その大きな発射音で敵を驚かせるために用いられることが多い。実用性が薄いのである。

これらの鉄砲の弱点は運用方法を工夫することで徐々に改良・改善されていき、ついに織田信長《おだのぶなが》による長篠《ながしの》の合戦において猛威を振るい、槍や弓に代わって合戦の主役になっていくのだが、それはだいぶ先の話である。

この松山城攻防戦の頃には、まだ鉄砲は脇役であり、例えば、長尾景虎が小田原城を攻めたときも、鉄砲を有効活用したとは言い難いし、籠城した北条軍ももっぱら弓矢で長尾軍の攻撃を防いだ。

ところが、氏康が松山城を包囲したとき、北条軍の攻撃を防ぐために城方は鉄砲をうまく活用し、それが成功した。鉄砲の力で寄せ手を何度となく撃退した初めての事例なのである。だからこそ、それが戦史に刻まれている。

それは上杉憲勝の功ではない。

太田資正のおかげである。

資正は、いずれ北条軍が松山城に押し寄せると見越していた。だからこそ、三千の兵を憲勝に預けた。三千というのは、資正にとって憲勝に対する精一杯の馳走であった。資正が守る岩付城には二千の兵もいないのだ。岩付城の守りを手薄にしてまで、資正は松山城の兵を増やした。

堅固な松山城に三千の兵を入れれば、まず半年くらいは籠城できるというのが資正の見通しだったが、念には念を入れて大量の鉄砲を運び込んだ。

資正は、景虎が上野、武蔵、相模《さがみ》と北条領に侵攻したのを利用して、各地で武器を徴収した。鉄砲もたくさん手に入れた。それらの鉄砲をすべて松山城に運んだ。ざっと五百挺である。

三千の兵に鉄砲で五百挺というのだから、恐るべき保有率であろう。城を包囲している北条軍は一万を超えていたが、鉄砲は二百挺くらいしかない。

鉄砲には多くの弱点があるものの、至近距離から敵を狙えば、命中精度も上がるし、殺傷能力も高くなる。

野戦だと、玉込めの間に敵にやられてしまうが、城に籠もって、城に押し寄せてくる敵兵を狙う分には、その危険がない。堀や柵で身を守られているから、悠々と玉込めに時間をかけることができる。

包囲を解いて倉賀野城に転戦するまでのふた月近く、北条軍は城方の鉄砲に苦しめられ、城を落とす足がかりすらつかむことができなかった。城攻めを繰り返すたびに死傷者ばかりが増えた。

そういう事情を、氏康は信玄に説明した。

信玄自身、

（これからは鉄砲が戦の主役になりそうだ）

と何となく感じているから、いかにして鉄砲の働きを封じるかを検討しなければならないと思っている。その気持ちが、松山城を落とす策を考えましょう、という言葉になって表れたのであろう。

六

武田信玄と共に倉賀野城を攻めた氏康だが、本来の目的はこの城を落とすことではなく、厩橋城にいる長尾景虎を誘い出し、決戦に臨むことであった。

しかし、生野山の合戦で北条軍に敗北を喫し、兵力に乏しい景虎は自重して城から出てこなかった。

信玄と氏康は一年後の再会を約して兵を退いた。

氏康が小田原に戻ったのは年末である。

小田原城には、もうすぐ新年を迎えるというのんきな雰囲気はない。厳しい戦が続いているのだという張り詰めた緊張感が漂っている。

景虎に奪われた領地をかなり取り戻したとはいえ、松山城を攻略できなかったせいで上野は手付かずのままだし、武蔵には岩付城、下総には葛西《かさい》城という長尾方の有力な拠点が残っている。

絶え間なく戦乱が続いている上に、天候不順も重なって、どこの土地でも不作で、あちこちで飢饉が起こっている。それらの土地では、追い打ちをかけるように疫病も発生している。

それでなくても農作物の収穫が少ないのに、その少ない収穫物を長尾方の軍勢が奪い去ったことが飢饉に拍車をかけたのである。

被害状況に応じて氏康は年貢を免除し、国庫から備蓄米を放出した。

小田原城で連日、重臣たちの評定が行われたのは戦の話し合いをするためばかりではなく、そういう内政面の問題を話し合うためでもあった。

評定が終わると、氏康は居室に氏政を呼び、評定の内容について打ち合わせをする。その席には亡くなった小太郎《こたろう》の息子・康光を必ず同席させた。

氏康の目から見ると、氏政は実に頼りない。

今や北条氏の当主という立場なのに、明確な政治的信念を持っていないので、重臣たちの意見に右往左往し、結局、何も決められないことが目立つ。できるだけ自分は出しゃばらず、氏政に決断させようと考えているが、最後には氏政の方から意見を求めてくるから、仕方なく氏康が話し合いを主導するという格好になる。

（困ったものだ）

あまりにも氏政が頼りないので、人知れず溜息をついたことは数え切れないほどである。

とは言え、愚痴をこぼす相手はいない。迂闊なことを口にすれば内紛の種になりかねないからだ。何でも相談することのできた小太郎が亡くなってしまってから、悩みを自分の胸にしまっておくことしかできない。

そんな頼りない息子だからこそ、自分が元気なうちにしっかり教育しておかなければならない、と考えている。

評定の後、必ず氏政を呼ぶ。その場に康光を同席させるのは、氏政と共に康光も教育するつもりだからである。いずれ氏政が独り立ちするとき、すなわち、氏康が病や怪我で倒れたり、亡くなったりしたときには、康光が氏政を支えることになるからだ。

「ようやく年貢の話がまとまったな」

「はい。難儀でございました」

氏康の言葉に氏政がうなずく。

凶作だから年貢を免除するといっても、支配地のすべての年貢を免除したのでは北条氏も立ち行かなくなってしまうから、収穫物の出来具合や、戦の被害を受けた程度に応じて、どれくらい年貢を減らすか、その地域によって差をつける必要がある。

自分の支配地の年貢をあまり減らされては困るという重臣たちの思惑も絡んで、各々が自分の不利にならないような主張をするので、なかなか話し合いがまとまらなかった。

氏政はうまく調整できず、最後には氏康の鶴の一声で決着させた。

「父上のおかげで何とかまとまりました」

ありがとうございまする、と氏政が恭《うやうや》しく頭を下げる。

「……」

氏康は複雑な思いである。

(悪い人間ではない。素直すぎるのだ)

隠居した先代が口を出して話し合いをまとめたことに腹を立て、出しゃばらないでほしい、と苦情を立てるくらいの気骨があれば、かえって氏康も喜んだであろう。

だが、氏政は氏康を信頼し、すっかり寄りかかっている。

父親という立場からすれば、そんなわが子がかわいいのは確かだが、北条氏の先代当主という立場

からすれば、

（これで家を守っていけるのか？）

という不安を感じてしまう。

（焦ってはならぬ。わし自身、父上には叱られてばかりだったではないか）

氏綱《うじつな》からは叱責ばかりされて、誉められたことなどほとんどなかった、それでも何とか独り立ちできた、氏政もきっと独り立ちできるはずだ……そう氏康は自分を納得させる。

「年が明けたら、すぐに兵を出しまするか？」

氏政が訊く。

「それがよかろう」

「まずは岩付城と葛西城ですな」

「うむ」

氏康がうなずく。

松山城を落として上野に雪崩《なだ》れ込み、一気に上野の支配権を取り戻すという氏康の目論見《もくろみ》は崩れた。松山城の守りが想像以上に堅かったからである。

単独で攻めるのは難しいと考え、再び武田信玄が上野に侵攻するのを待って、共同で松山城を攻めようと考える。

上野攻略を先延ばしにすることにしたので、その間に武蔵や下総に残る長尾方の城を落とそうと考える。まだ多くの城が残っているが、岩付城と葛西城が最も重要な拠点である。このふたつの城を落とすことができれば、それ以外の多くの城や砦《とりで》は芋蔓《いもづる》式に降伏するであろう。

しかも、このふたつの城に守られる格好になっている古河《こが》城には、足利義氏に対抗して古河公方《こがくぼう》を称する藤氏がいる。山内憲政と近衛前嗣《このえさきつぐ》もいる。

岩付城、葛西城、古河城の三つを氏康が攻撃目標にするのは当然であろう。

「武田がやって来るまでに武蔵の戦を終わらせなければならぬ」

「はい」

氏政がうなずく。

「その方《ほう》は、どう考える？」

氏康が康光に問いかける。

「は」

康光が絵図面に視線を落とす。

「最初に岩付城に向かうのがよかろうと存じます」

「最も手強《てごわ》い敵を最初に叩くのだな？」

氏政がうなずく。

「いいえ、そうではありませぬ」

「ん？」

「一度くらい戦うのはよかろうと思いますが、それで決着を付けるのではなく、美濃守が岩付城から動けぬようにするのです」

康光は、絵図面上で岩付城から葛西城に指を移動させる。

「本当の狙いは、こっちです……」

岩付城を攻めると見せかけて太田資正を牽制し、資正が岩付城の守りを固めている隙に北条軍の主力は葛西城を攻める。葛西城を落としたら、次に古河城を攻める。本腰を入れて岩付城を攻めるのは、その後がよいのではないか、と康光は言う。

「どう思う？」

氏康が氏政に訊く。

「悪い策ではないと思います」

氏政がうなずく。

「わしも賛成だが、ひとつだけ変えよう。美濃守を攻めた後だが、わしは葛西城を、その方は古河城を攻めよ」

「二手に分かれるのですか？」

「そうだ。葛西城にも古河城にも名のある武将はおらぬ。葛西城攻めに時間をかけてしまうと、美濃守が岩付から出てくるかもしれぬ。それはまずいから、できるだけ素早く攻め落としたいのだ」

「なるほど、古河城には関白さまもおられます。城が危なくなれば、美濃守どころか長尾が出てくるかもしれませぬな」

康光が言う。

「葛西城と古河城さえ奪ってしまえば、岩付城は孤立無援だ。松山城を落とせば、岩付城は放っておいても自落するであろうよ。わざわざ攻める必要もなくなる」

氏康がうなずく。

氏政はまだまだ頼りないが、康光はだいぶしっかりしてきたように思える。康光の策が自分の考えていた策とほとんど同じであることに氏康は満足する。

年が明けて永禄五年（一五六二）正月、氏康と氏政は小田原から出陣し、当初の予定通り、岩付城を目指して進軍した。

北条軍は周辺を荒らし回り、各地で放火を繰り返したが、資正は挑発に乗らず、城から出なかった。厩橋城に使者を送り、長尾景虎に援軍要請したものの、この頃、景虎は東上野から下野にかけて兵を動かしていた。一度は景虎に従ったものの、景虎が越後に帰るや、再び北条氏に寝返った豪族たちを討伐していたのである。彼らを放置して武蔵に向かえば背後を衝かれる怖れがあるから、景虎としては今一度、彼らを屈服させる必要があるのだ。資正の書状を受け取ったのは、ちょうど赤井《あかい》氏の拠点・館林《たてばやし》城を包囲しているときで、景虎としては動きようがなかった。

独力で氏康と決戦するには兵力の隔たりが大きすぎるので、やむなく資正は籠城を続けた。

これを見た氏康は岩付城を攻めず、直ちに葛西城に向かった。途中で二手に分かれ、氏政は古河城に向かった。二月の初めのことである。

古河城は油断していた。

北条軍が攻めてくるのは葛西城と岩付城が落ちてからのことであろうし、万が一、それ以前に攻められることがあっても、すぐさま景虎が助けに来てくれるだろうと楽観していた。

だからこそ、足利藤氏、山内憲政、近衛前嗣という政治的に大きな価値のある三人が在城しているにもかかわらず、守備兵がさして多くなかったのだ。

それほど堅固な城ではないし、先行きの見通しが甘かったから籠城準備もしていない。

氏康と氏政が小田原から出陣したことは知らされていたものの、まさか古河城に攻め寄せるとは思っていなかった。実際、北条軍が最初に攻めたのは岩付城である。それが氏康の陽動作戦だとは想像すらできなかった。

それ故、氏政の率いる三千の北条軍が古河城の近くに現れると、蜂の巣をつついたような大騒ぎになった。

誰よりも騒いだのは近衛前嗣である。

元々が血を見ただけで顔色が変わるような軟弱な公家に過ぎない。邪魔者は景虎が討伐し、関東の武士は自分の権威に平伏すると期待していたのに、去年の春くらいから雲行きが怪しくなり、この半年ほどは味方が苦戦しているという話ばかり耳にするようになって不安を感じていたところだった。

「まろは、ここにいるのは嫌や。長尾のところに移ることにするわ」

側近たちに荷物をまとめるように命じた。

「そうおっしゃらず、今しばらく様子を見るのがよろしいかと存じます」

山内憲政が何とか思い留まらせようとする。

この憲政とて、かなりの臆病者である。氏康を怖れ、嫡男・竜若丸《たつわかまる》を置き去りにして、身ひとつで越後に逃げたような根性なしなのである。

その憲政ですら、あっさり古河城を放棄するのはまずい、ここで踏ん張らなければ古河城も葛西城も奪われてしまうし、それは下総の大半を失うことを意味するから、せめて半月くらい籠城して景虎の救援を待つべきだ、と考えた。

だが、そんな理屈は前嗣には通用しない。

「嫌というたら嫌なんや。まろは戦なんぞ大嫌いなのや。長尾がいるところやないと安心でけん」

何とか止めようとする憲政を振り切って、前嗣は古河城から逃げ出した。

それを見て、今度は足利藤氏が動揺した。

藤氏は、氏康の甥・義氏を蹴落とす格好で、景虎の武力を後ろ盾として古河公方に擁立された。自分が氏康に憎まれており、氏康にとっては邪魔な存在でしかないことを十分理解している。古河城が落ちて北条氏に捕らえられれば、真っ先に処刑されるであろう。

（こんなところにいたら命をなくしてしまう）

城を完全に包囲されないうちにと、藤氏も近臣だけを引き連れて、ある夜、城から姿を消した。

藤氏は景虎ではなく、以前から繋がりの深い安房《あわ》の里見氏を頼って、房総に逃れた。

哀れなのは憲政であった。

前嗣は憲政の説得を拒んで逃げ出し、藤氏に至っては、憲政に挨拶もなしに城から落ちた。

少しでも気骨があれば、

（わしが古河城を守ろう）

と考えるのだろうが、生憎《あいにく》、憲政にそんな気骨はない。すっかり心細くなってしまい、

（みんなが逃げるのなら、わしも逃げよう）

即座に決断した。

この頃、憲政の軍配者・桃風《とうふう》は病の床に就いている。病室に出向くと、

「わしも長尾のところに移ることにした。その方、城に残って指揮を執れ。簡単に城を明け渡してはならぬぞ」

そう言い放った。

「……」

もはや起き上がる力も残っていないので、桃風は横になったまま、じっと憲政を見つめる。目脂《めやに》で黄色く濁ったふたつの目から涙が溢れる。

指揮を執れと言われても、床から離れることもできないのでは指揮など執れるはずがない。

前嗣と藤氏は武家ではないから、城から逃げ出しても誰も笑いはしない。

しかし、憲政は武家である。前の山内上杉氏の当主であり、関東管領を務めたほどの男である。前嗣や藤氏のように尻尾を巻いて逃げ出すわけにはいかない。それ故、名代として桃風を残すことにした。かつて越後に逃げるときに竜若丸を厩橋城に置き捨てたのと同じ理屈である。自分が体裁を取り繕って逃げ出すための捨て石なのだ。

憲政がどんなに無慈悲な人間か知りすぎるほど知っていたであろうが、いざ自分が捨てられる立場になってみると、桃風は言葉を発することもできず、じっと憲政の顔を見つめることしかできなかったのであろう。

憲政が城を出て三日目、古河城は落ちた。

すでに近衛前嗣、足利藤氏、山内憲政の三人はいない。主のいなくなった城を命懸けで守ろうとする城兵などいるはずがない。北条軍に城を明け渡して命だけは助けてもらおうと考えた。

開城の一日前に桃風は病没した。

形だけのこととはいえ、城代という立場にあったものの、敗北の責任を負わされることはなかったわけである。

七

古河城を奪った氏政は、葛西城に向かって氏康と合流するのではなく、松山城に向かった。氏康の指示である。

氏康の第一目標は葛西城を落とすことで、松山城を落とすことではない。

にもかかわらず、氏政を松山城に向かわせたのは、古河城が落ちた影響を測ることと松山城の防備の堅さや士気の高さを見極めるためであった。

本格的に松山城を攻めるのは葛西城を落とし、武田信玄と合流してからになるが、まずは地均《じなら》しをしておこうという考えなのである。

氏政の軍勢が松山城に向かえば、岩付城の太田資正の目は葛西城ではなく松山城に向けられるはずであった。葛西城が落ちれば房総半島が、松山城が落ちれば上野が危うくなる。

どちらも重要だが、資正にとって、より重要なのは松山城である。松山城が落ちれば、岩付城は北条氏の勢力圏に浮かぶ孤島になってしまうからだ。松山城と連携する限り、岩付城は孤島ではなく、北条氏に対する防波堤の役目を果たすことができる。

「城をひとつ落としただけなのに、大した変わり様だな」

氏政が言うと、

「古河城は、ただの城ではなかったということです。北条の強さを示すには、長尾を戦で破るより、ずっと効き目があったのかもしれませぬ」

康光がうなずく。

古河から松山城に向かう道々、それまで日和見を決め込んで、どっちつかずの態度を取っていた豪族たちが、続々と、氏政の元に駆けつけ、

「北条家に尽くしたい」

と臣従の申し出をしたのである。

元々は北条家に従っていた者たちである。

去年、長尾景虎が越山し、上野、武蔵、相模を席巻し、ついには小田原城に迫るのを見て、

（北条氏は終わりだ）

と見切りを付けて景虎の元に馳せ参じたのである。

つまり、一度は北条氏を裏切った者たちが、何食わぬ顔で、改めて臣従を申し出てきたわけである。

正義感が強く、一本気な氏政とすれば、

（こんな連中は信じられぬ、また長尾景虎が大軍を率いて現れれば、当家を裏切るに違いない）

という気持ちだったが、そういう事態が生じることを予想していた氏康から、

「笑って受け入れよ」

と事前に釘を刺されている。

力のない豪族どもは、風見鶏のように強い方に靡《なび》くものだ、いちいち腹を立ててはならぬ、北条氏が強さを保てば、あの者たちが裏切ることもないのだ……そう諭されていたから、氏政は臣従を願い出る者たちをにこやかに迎え、小言も言わずに受け入れた。氏康の戒《いまし》めがなければ、氏政は彼らの不忠を罵倒し、追い返してしまったかもしれない。

古河城を落とし、近衛前嗣、山内憲政、足利藤氏を逃走させたことには、たかが城ひとつという話ではなく、大きな政治的な意味があったわけである。

それを氏政は肌身で感じた。

松山城を包囲し、攻撃を仕掛けた。

まずは小手調べである。

その結果、松山城の守りは依然として強固だとわかった。去年の秋に苦しめられた大量の鉄砲は今も松山城にあって、北条軍を城に寄せ付けなかった。

「思った通りだったな」

「まったくです」

氏政の言葉に康光がうなずく。

二人の顔に悲観の色はない。

むしろ、満足げである。

松山城の守りが堅いということは、岩付城が手薄だということなのである。松山城を死守するために、太田資正は自分の兵力を割《さ》いて松山城に送ったからだ。

だから古河城の救援に赴くこともできなかったのであろうし、今現在、危機に瀕している葛西城を助けることもできないであろう。

氏政とすれば、それが確かめられれば十分なのである。すぐさま葛西城を攻めている氏康に使者を送り、松山城の現況を伝え、資正が岩付城から動くことはなさそうだという見通しも付け加えた。

それを知った氏康は全力で葛西城を攻撃し、援軍の来る望みのない葛西城に降伏勧告を行った。降伏すれば城兵の命を助けるが、拒否すれば皆殺しにするという二者択一の選択を突きつけたのだ。

四月二十四日、この降伏勧告を受け入れ、葛西城は落ちた。

氏康の思惑通り、下総の失地回復は順調に進んだ。

次は、いよいよ松山城攻略である。

武田信玄と共に松山城を攻め落とし、上野を取り戻すのだ。

当然、長尾景虎は黙っていないだろうから、武田と北条の連合軍が長尾軍と決戦することになる。

こうして、日本の戦史において有名な松山城攻防戦の最終章が幕を開ける。

八

葛西城を落とした後、氏康は次の攻略目標を松山城に定め、着々と攻撃準備を進めた。

松山城の包囲を続け、人の出入りを許さないようにした。城の守りは堅固だが、城兵の数はそれほど多くないから、北条軍の包囲網を突破して外部の味方に連絡できないようにし、食糧や武器の補給も許さなかった。

総攻撃を始めるのは武田信玄が合流する秋以降と決めていたから、その時期を目処に松山城周辺に兵が集まるように命令を下している。その命令に従って、各地から続々と兵が集まり、城を包囲する北条軍の数は日毎に増えた。

十月には北条軍は三万を超えるほどの大軍になっている。これを指揮するのは氏政で、それを北条綱成《つなしげ》が補佐した。

氏康自身がようやく腰を上げ、小田原を出たのは十一月の初めである。

当然ながら、松山城の上杉憲勝と岩付城の太田資正は強い危機感を抱き、越後の長尾景虎に越山を要請した。

景虎も氏康の動きには注意を払っている。

だが、それ以上に武田信玄の動静を気にしている。

風間党を中心とする北条氏の諜報網《ちょうほう》の優秀さはよく知られているが、長尾氏も風間党ほど優秀ではないにしろ、数多くの忍びを抱えている。彼らの報告で、間もなく信玄も出陣すると景虎にはわかっている。

景虎がすぐに動こうとしなかったのは、思うように兵が集まらないからである。

長尾軍は、去年の川中島の激戦の痛手から、まだ十分に回復していないのだ。

手をこまねいているわけにもいかず、景虎は安房の里見氏に使者を送った。武蔵に兵を出し、資正と協力して北条軍の背後を脅かしてほしいという依頼である。この種の依頼を一年前にはしていないから、景虎自身、焦りを感じていたのであろう。

実際、氏康が動員した三万という兵力は、この当時の北条氏の限界に近いほどの大軍である。領国から兵を掻き集めたのだ。何が何でも松山城を落としてやるという氏康の意気込みの表れであった。その意気込みが景虎の焦燥を生んだ。

更に景虎を驚かせたのは、氏康と歩調を合わせるように上野に進軍してきた武田軍が二万を超える大軍だったことである。

川中島の痛手から回復していない長尾軍とは対照的に武田軍はすでに完全に立ち直っていたのだ。

十一月中旬、北条軍と武田軍が合流した。両軍合わせて五万五千という途方もない大軍である。これだけの大軍が、氏康の小田原城や景虎の春日山城と比べれば、哀れなほど小さな城に過ぎない松山城を囲んだ。

武田軍が到着すると、早速、氏康は氏政と二人で、信玄と嫡男・義信《よしのぶ》を案内した。城を包囲する北条軍の陣地を見て回り、武田軍の配置を相談した。

「すでに派手に戦をなさったようですな」

松山城を望見しながら、信玄が言う。

最も外側にある堀は埋められてしまい、その向こうにある柵もなぎ倒されている。柵の内側にあった外曲輪《そとくるわ》は焼け落ちている。そのあたりの様子から判断すれば、北条軍がかなり押し込んでいるように見える。

「いいえ、そういうわけでは……」

氏康は歯切れが悪い。

氏康が到着する以前、ひと月ほど氏政と綱成が城を囲んでいた。

氏康の指示は城から誰も出してはならぬ、誰も城に入れてはならぬ、というもので、城を攻めろとは命じていない。城攻めは武田軍と合流してから開始するつもりだったからである。

しかし、根っからの猛将である綱成が敵を前にして黙っていられるはずがない。

「攻めろとは命じられておりませぬが、攻めてはならぬとも命じられておりませぬ。つまり、われらに任せるということでしょう」

綱成は氏政の尻を叩いて、すぐさま攻撃を始めた。

その結果、松山城の外曲輪を焼き払い、城兵を追い込むことに成功した。

氏康がやって来たとき、綱成は鼻高々に自慢したが、氏康は苦い顔をしただけで、少しも誉めなかった。

なぜなら、城の姿は見苦しくなったものの、それ以外に大した戦果はなかったからである。見た目が変わっただけで、城の防御力そのものは、まったく落ちていないのだ。

氏康が見栄を張る男であれば、外曲輪を焼き払ったことを得意げに信玄に話しただろうが、生憎、氏康は、そういう男ではない。正直に話した。

「ほう、そうですか。相変わらず、鉄砲に苦しめられていますか」

信玄がうなずく。

城方の防御力の要は大量の鉄砲である。

鉄砲を何とかしない限り、曲輪をひとつやふたつ奪ったくらいでは大勢に変化はない。

「その方は、どう思うぞ？」

信玄が義信に訊く。

義信は、石橋を叩いても簡単に渡らないという信玄に比べると、血の気が多く、猪突猛進型の武将である。父の信玄より、祖父の信虎《のぶとら》の血を色濃く受け継いでいるのかもしれない。

「この城を攻めたことがありませぬ故、どれほど手強いかよくわかりませぬ」

と、義信は至極、真っ当な考えを述べる。

「ならば、攻めてみるかのう」

信玄は氏康に顔を向け、

「いかがでありましょう。五千ほどの兵で一度攻めてみたいと思うのですが」

「ふうむ……」

内心、

（まともに攻めかかれば、鉄砲や弓矢の餌食になるだけなのだが……）

と思っているが、せっかく援軍に駆けつけてくれた信玄の顔を潰すわけにはいかないので、

「ならば、そうしましょう」

と、氏康はうなずく。

早速、準備を始め、十一月末、武田・北条の先鋒五千が松山城に攻めかかった。本城の周りにある小さな曲輪は呆気なく奪うことができた。

ここまではよかった。

悲劇は、その後に起こった。

本城は柵ではなく、石垣に囲まれているから、柵のように押し倒すことはできない。よじ登らなければならない。

城方は、石垣を登ってくる武田兵と北条兵を石垣の上から鉄砲で狙い撃ちにした。上から下に向けて、それほど離れていない敵を撃つのだから百発百中である。

この日の戦いについては、いくつかの軍書に書き残されているが、いずれも武田軍と北条軍、両軍合わせて四百人以上が死んだと記されている。五千人で攻めて、四百人が死んだとすれば壊滅的な死亡率であり、にわかには信じがたいが、死者ではなく、死傷者が四百人だとすれば十分にあり得る。それだけの被害を相手に与えうるほど大量の鉄砲が松山城にあったからである。

わずか半日でこれほどの損害を被るとは信玄も予想していなかったらしく、この攻撃を最後に、松山城を正攻法で攻めることはなくなる。

五万五千の兵が、三千の兵が籠城する松山城を攻めあぐねて立ち往生する……氏康の脳裏には十六年前の河越の戦いが甦ったかもしれない。そのとき追い込まれていたのは氏康の方だった。今度は氏康が攻める側である。

凡庸な大将が指揮していれば、十六年前のように大軍を擁する攻め手が自壊することもあり得るかもしれない。

しかし、今度は違う。

攻め手を指揮するのは武田信玄と北条氏康である。

日本史に名を残すほどの名将だ。

名将と凡将の違いは何か？

突き詰めれば、引き出しの多さと思考の柔軟さということになるであろう。

正攻法の城攻めが失敗するや、すぐさま信玄は、

（まともなやり方で落とすことはできぬ）

と考え、まともでないやり方をすることにした。

すでに述べたが、この松山城攻防戦では、それまでになかった特徴的な戦法が現れた。

ひとつには軍用犬の活用であり、ひとつには大量の鉄砲の投入である。

三つ目、ここで信玄が捻り出したのは、土木工事によって城を落とそうという独創的な戦術であった。

九

防備の堅い城を攻め落とすには、基本的にふたつの方法しかない。

ひとつは、城を厳重に包囲し、水と食糧が尽きるのを待ち、城方が渇きと飢えに苦しんで音《ね》を上げるのを待つことだ。攻撃するわけではないので、兵の損失を抑えることができるし、時間に余裕があるときは最も有効な方法である。

しかし、今はふさわしいやり方ではない。時間をかけると長尾軍が援軍に駆けつけるからである。

もうひとつは力攻めである。

強大な火力を持つ大砲があれば、大砲で城壁を破壊することができる。

だが、それが可能になるのは、ずっと先の話で、この時代には、そんな威力のある大砲はない。

柵があれば引き倒し、堀があれば渡り、壁があればよじ登らなければならないのである。

信玄と氏康は、最初にこれをやった。

五千の兵で侵入を試みた。

結果は散々であった。

鉄砲に狙い撃ちされ、多くの死傷者を出した。

愚かな者が指揮を執っていれば、何度も同じ攻撃を繰り返し、いたずらに兵を減らして自滅したであろう。他に方法がないから、無謀な突撃をするしかないのだ。

信玄の非凡なところは、どんなやり方であろうと兵が城に侵入すればいいのであって、わざわざ鉄砲の待ち構えている城壁をよじ登る必要はないと考えたことである。これが思考の柔軟さである。

（穴を掘らせよう）

と考えた。

城の外から掘り進め、城内に続く坑道を作ろうとした。

それまでこんなことを考えた武将はいない。

古代中国には実例があるが、日本にはない。万里の長城を造営できるほど優れた土木工事技術のある国だから可能なのだ。

信玄には、その技術がある。

古来、甲斐は貧しい山国である。田畑に適した土地が少なすぎるため、普通に農耕に励んでいるだけでは食っていくことができない。天候不順で凶作になると、たちまち飢饉が発生した。

信玄の父・信虎の時代から武田氏は年中行事のように他国への侵略を繰り返したが、これは信虎が戦争好きだったというわけではなく、他国から奪わなければ甲斐の民が食えないという理由である。信虎の侵略は、食糧調達の手段だったのだ。

北条や今川といった力のある大名が治めている国と戦うのは容易ではないから、信虎と信玄は、さほど力のない豪族たちが乱立してしのぎを削っている信濃に目を付けた。甲斐に比べるとはるかに肥沃な国である。

信濃における征服地が広がるにつれて甲斐は豊かになっていき、川中島の激戦で長尾軍を追い払うことで最終的に信濃の領国化に成功した。

だが、征服地ではなく自国となれば、もはや、収奪ばかりはできない。甲斐の民も信濃の民も同じように慰撫《いぶ》する必要があるからだ。

政治家としての信玄の凄みは、農業だけに頼っているのでは、いずれまた行き詰まると理解していたことで、それ故、征服戦争を続けながら、金山の開発に手をつけた。農業は天候に左右されるし、それは人間の力ではどうにもならないが、地中から金を掘り出すことに天候は関係ない。

運にも恵まれた。豊かな鉱脈を持つ金山が次々に見付かったからである。信玄の時代に掘り出された金は甲州金《こうしゅうきん》と呼ばれ、武田氏を支えた。徳川幕府が成立し、幕府の手で貨幣制度が確立された後も甲斐地方では甲州金が流通していたというから、江戸時代になっても、まだ金の産出が続いていたわけである。

金山開発に熱心だったおかげで、武田氏には当時としては最先端の土木技術が蓄積されており、多くの技術者も抱えている。

松山城攻めを遠くから眺め、味方の兵が次々と鉄砲で撃たれるのを見て、

「坑道を掘らせてみましょう」

と傍らの氏康に信玄が言ったのは、ごく当たり前の発想であった。

しかし、氏康と氏政は大いに驚いた。

「そんなことができるのですか」

「できます」

信玄が自信たっぷりにうなずく。

「まずは試してみましょう」

十

結果から言えば、坑道を掘ることで城内に侵入しようという試みは失敗した。

坑道そのものは順調に掘り進むことができた。

このあたり、武田の金掘《かねほり》衆の持つ技術力の凄さであろう。

だが、城方に知られた。

それも当然で、坑道を掘り進めるときには大きな音が周辺に響き渡るし、掘り出した土を外に運び出す必要がある。坑道の周辺では作業に関わる多くの者たちが忙しげに立ち働いている。その様子を見れば、

「地面に穴を掘って城に攻め込む気だぞ」

と誰にでもわかる。

敵が真正面から城に攻めかかってくるのなら鉄砲や弓矢で狙えばいいが、地面からやって来るのでは、そうはいかない。城内に動揺が広がった。

「心配することはない」

と言った者がいる。

籠城しているのは兵だけではない。

僧侶もいる。

戦死した兵を弔うという役割を担っている。

その僧侶の一人が漢籍に詳しく、

「敵が地中に穴を掘って攻めてくるときは、こちらから向かい穴を掘ればいい」

と言ったのである。

中国では、土木工事で城を攻め落とすやり方は、それほど珍しくないらしく、いくつもの事例が兵書に載っているという。

こういうことである。

敵がどのあたりに坑道を掘り進めているかがわかったら、それに向かって城からも坑道を掘っていく。どこかでふたつの坑道がぶつかることになるが、そのとき城方から大量の水を流せば、敵の坑道は水没し、敵兵は溺れ死ぬことになる。

これがうまくいった。

城方には武田の金掘衆のような土木技術はないが、地面に穴を掘るくらいのことはできる。武田方の坑道の在処について、大体の見当を付けて穴を掘っていき、坑道にぶつかれば、そこから大量の水を流し込んだ。

金掘衆にとって不運だったのは、松山城が崖の上にあったことである。平地にあれば、地面と平行に坑道を掘っていくが、自分たちより上にある城だから、坑道を上に向かって掘っていくことになる。上から水を流されれば、奔流となって坑道を流れ下り、金掘衆を押し流した。平地の坑道であれば、そうはならなかったはずである。

「どうにもうまくいきませんな」

氏康には信玄の失敗を責めるつもりはまったくない。坑道を拵《こしら》えたのも信玄だし、坑道で溺れ死んだのも信玄の金掘衆なのである。北条軍は傍観していたに過ぎない。

「そうですな」

何事か思案しながら、信玄がうなずく。

「まだ続けますか？」

「いいえ、やめましょう」

金掘衆の損失を惜しんだ。兵を補充するのはそう難しくないが、金掘衆はそうはいかない。技術を身につけるのに時間がかかるのだ。

土木工事によって松山城を落とすことに成功していれば、日本の軍事史上における輝かしい事例として記憶されることになったであろうが、結果的に失敗した。

しかし、城を落とすには、力攻め以外の方法もあることを示したという意味で画期的だと言っていい。実際、後に豊臣秀吉は土木工事の活用で赫々《かくかく》たる戦果を上げることになる。清水宗治《しみずむねはる》の高松城を人工湖で水没させたことが最も有名である。

「もう一度、城を攻めてみましょう」

そう信玄が言ったから氏康は驚いた。

「しかし……」

「もちろん、ただ力攻めしても鉄砲の餌食になるだけでしょう。何らかの工夫が必要です」

政治家としても武将としても、多くの引き出しを持つのが信玄の特徴である。思考が柔軟なので、役に立つと判断すれば、新たなやり方を取り入れることを躊躇《ためら》わないし、古いやり方も平気で捨てる。

実は金掘衆に坑道を掘らせながら、信玄はある実験をしていた。

最初に五千の兵で松山城を力攻めしたとき、戦況を眺めながら、信玄は一人の兵に注目した。おかしな格好をしていた。何かを背負っているのである。遠眼鏡で見ると、竹の束であった。

（何をするつもりだ？）

見ていると、その兵は空から矢が降ってくると、パッと地面に伏せる。矢は竹の束に当たり、兵は無傷である。立ち上がると、城壁に取り付いて、よじ登ろうとする。城方は上から鉄砲で狙い撃ちにする。周りの兵がばたばたと城壁から落ちるが、その兵だけは落ちない。玉は当たるのだが、どうやら竹の束が防いでいるらしい。竹が玉を撥ね返し、貫通しないのである。その兵は途中で落下したが、怪我をしたからではなく、足を滑らせたせいである。

戦いの後、信玄はその兵を呼んだ。

話を聞くと、その男の村では、男たちが兵として駆り出されるとき、昔から竹の束を背負っていく風習があるのだという。矢から身を守るためである。

普通は、身を守るために楯を持つが、男の村は貧しいので立派な楯を拵えることも買うこともできず、そのあたりに生えている竹を切ってきて、それを束ねて背負っているだけなのである。

信玄の凄みは、

（竹は鉄砲の玉を撥ね返すらしい）

と見抜いたことだ。慧眼であろう。

早速、竹を使って、兵の身を守る道具を拵えるように命じた。竹の束を背負うだけでなく、そこに様々な工夫をしてみよ、と付け加えた。

できあがったのが竹束の楯である。竹がばらけないように紐でしっかり結びつけただけの、ごく簡単なものだ。これを楯にして城に近付くのである。楯として手に持つだけでなく、背中にも竹束を背負う。空から降ってくる矢を防ぐためだ。

これを大量に拵えて兵たちに持たせ、信玄と氏康は城攻めを始めた。

子供でも思いつくような単純なものだが、驚くほど効果的で、死傷者が大きく減った。皆無とは言えなかったのは、時たま、竹と竹の間を抜ける玉にやられる兵がいたからである。

ちなみにこの竹束の楯は、戦国時代が終熄《しゅうそく》するまで、鉄砲を防ぐ最も有力な道具として重用されることになる。軍事史上における信玄の功績のひとつと言っていい。

竹束が登場してから、城方は劣勢になった。

最大の打撃は水の手を切られたことである。

それまでは水の手に近付く武田や北条の兵たちを鉄砲で狙い撃ちにしていたが、竹束のせいでそれができなくなった。目の前でみすみす水を止められてしまった。食糧はまだ豊富にあるが、水が乏しくなり、城方の士気が急激に落ちた。

武田と北条の連合軍が松山城を包囲して、すでに三ヶ月が経っている。わずか三千の兵が五万五千の連合軍と互角に渡り合ってきたのである。

この三ヶ月の持つ意味は大きい。

長尾景虎の要請に応え、安房の里見氏は援軍を送ることを決め、その軍勢が安房から上総、下総へと北上を続けている。

松山城を落とすために氏康が大軍を招集したため、北条氏の領国では、どの地域でも守備兵が不足している。里見軍が快進撃を続けているのは、里見軍が強いからではなく、里見軍を迎え撃つ北条軍がいないせいである。今の勢いを保つことができれば、里見軍は間もなく武蔵に入るであろう。岩付城の太田資正と合流すれば、氏康と信玄にとって大きな脅威になるのは間違いない。

景虎自身、すでに越山して関東に入っている。

上野に入って、そのまま南下して松山城に向かわなかったのは、まだ兵が少なすぎるからである。景虎が率いているのは八千で、これでは、いかに戦上手の景虎でも五万以上の敵に決戦を挑むことはできない。

上野から下野に入って、関東管領として各地の豪族たちに参集を命じた。景虎に怖れをなし、豪族たちは慌てふためいて駆けつけた。すぐに景虎の兵力は一万を超えた。

（二万はほしい）

というのが景虎の本音だ。

二万の兵があれば、たとえ敵が五万であろうと野戦ならば互角に戦う自信がある。

氏康や信玄と互角に渡り合っているところに里見軍と資正が駆けつけて氏康と信玄の背後を衝けば、確実に勝利が手に入るというのが景虎の胸算用である。

決して荒唐無稽な話ではない。

景虎は、北信濃を巡って信玄と勝ったり負けたりを繰り返し、一度は氏康を小田原城に追い詰めている。しかも、関東管領である。その圧倒的な武力と威光、声望は関東全域に鳴り響いている。

松山城に向かって進軍し、関東の武士たちに檄を飛ばせば、動揺する者も多いであろうし、今は氏康に与《くみ》している者たちの中からも寝返る者が出てくるであろう。

つまり、氏康と信玄とすれば、景虎がやって来ないうちに何としても松山城を落とさなければならないわけである。

（長尾景虎との野戦だけは避けたい）

これは信玄と氏康の本音なのだ。

竹束の楯で鉄砲を防ぐという妙案を信玄が思いつかなければ、松山城は難攻不落のままであったろうし、そうなれば、否応なしに景虎との野戦に引きずり込まれてしまったはずである。

歴史に、もしも、というのは禁句だが、敢えて想像をたくましくすれば、もしも松山城近郊で景虎、信玄、氏康の三者による一大決戦が行われていれば、その後の日本の歴史が大きく変わったことは間違いない。現実の歴史においても、この三者は信長の天下統一に大きな影響を与えたのだから、例えば、この決戦で景虎が勝利すれば、信長が太刀打ちできないほどの強大な力を手に入れて景虎が天下人になった可能性は高い。

逆に景虎が敗れれば、信玄の力が増し、天下人になる道を着実に進んだかもしれない。

歴史には、時として、歴史の流れを大きく変えるような一瞬があるものだ。

古くは大化の改新がそうであろうし、近くは桶狭間《おけはざま》の奇襲がそれに当たる。後の時代であれば、関《せき》ケ原《はら》の戦いや鳥羽伏見《とばふしみ》の戦いがそうであろう。

この松山城攻防戦の最終局面でも、その歴史を動かす一瞬が現れようとしている。

景虎が現れるまで松山城は持ちこたえることができるのか否か。それによって歴史が変わる。

現実の戦場においては、竹束の楯のせいで水の手を切られた城方が苦しんでいる。水なしで、あとどれくらい持ちこたえることができるか、その一点に松山城を巡る戦いの焦点は絞られた。

籠城戦において城方が追い詰められたとき、どれほどの耐久力を発揮できるかは、突き詰めて言えば、城主の器量にかかっている。

城兵が城主を信頼して一枚岩にまとまっていれば、たとえ泥水を啜《すす》ってでも城を守り抜こうとするものだ。

逆に、城主に人望がなければ、積み木細工が崩れるように呆気なく籠城戦は終わることになる。

この松山城攻防戦の勝敗の帰趨《きすう》は、七沢七郎という、ほんの少し前まで世間にまったく知られていなかった男、今では上杉憲勝というもっともらしく名乗らされている男の器量に委ねられたわけである。つまり、歴史を変えるかもしれないこの重大局面で、最も重要な役回りを演じるのは景虎でも信玄でも氏康でもなく、上杉憲勝というごく平凡な、軍事的にも政治的にも何の取り柄もない男なのである。

十一

二月四日、この日、上杉憲勝は氏康の降伏勧告を受け入れ、開城した。断続的に一年半の長きにわたって続けられた松山城攻防戦は、ここに終止符が打たれた。

憲勝は氏康と信玄の前に引き出され、助命されて小田原に送られた。これ以降、憲勝の名前は歴史から消える。

二月四日に開城したという事実は重要である。

なぜなら、景虎の率いる二万の軍勢が松山城に迫っていたのだ。開城の翌日、すなわち、二月五日に景虎は松山城開城の事実を知った。松山城への急行軍の道々、松山城から落ちのびてきた敗残兵たちに出会ったからである。

「嘘だろう……」

景虎は天を仰いだ。

（なぜだ？　なぜ、もう一日凌《しの》ぐことができなかったのだ。あと一日、たった一日ではないか……）

間に合いようもなかったのであれば、景虎もそれほど悔しがらなかったかもしれない。

しかし、明日には松山城に到着するというところまで来ていた。太田資正も景虎を追って進軍しているし、いずれ里見軍もやって来るであろう。

あと一日か二日、上杉憲勝が持ちこたえていれば、松山城郊外で、景虎と信玄・氏康による一大決戦が行われていたはずなのだ。

「おのれ、おのれ！」

景虎は地団駄踏んで悔しがり、怒りで顔が真っ赤になり、腰抜けめが、と憲勝を罵った。

開城を知っても景虎は行軍をやめず、六日には松山城が見えるところに着いた。

松山城には武田軍と北条軍が入っており、武田と北条の旗がこれ見よがしに翻っている。

それを見て、景虎は逆上し、

「出てこい、わしと戦え。尋常に勝負しろ」

馬に乗って城のそばを走り回った。

景虎の格好は独特だから城方も、すぐにそれが景虎だとわかり、信玄と氏康に知らせた。

「ほう、長尾が来ましたか」

「見物に行きましょうか？」

「そうしましょう」

信玄と氏康が物見台に上ると、なるほど、頭を白の五条袈裟《ごじょうけさ》で包んだ裹頭《かとう》姿の景虎が漆黒の駿馬に跨《また》がり、何やら叫びながら走り回っている。

「確かに、あれは長尾殿ですな」

「総大将が城の近くまで寄せてきて、馬で駆け回るとは……」

呆れた男だ、と信玄が溜息をつく。

「いったい、何を叫んでいるのでしょう」

氏康は、景虎が何を言っているのか聞き取ってくるように小姓に命ずる。

しばらくすると小姓が戻って来て、景虎の言葉を伝える。

「ほう、勝負しろ、と。まるで一騎駆けの武者ですな」

「どうしますか？」

氏康が信玄を見る。

「放っておきましょう。そのうち疲れて帰るでしょう。馬鹿を相手にする必要はない」

「長尾殿は馬鹿でしょうか？」

「ええ、大馬鹿です。越後に引っ込んでおとなしく国を治めていればいいのに、何の得にもならぬことばかりしている。家臣や領民が哀れですな」

そう言いながら、依然として馬を走らせつつ叫んでいる景虎に信玄は冷たい目を向ける。

十二

いくら挑発しても、信玄と氏康が松山城から出てこないので、景虎も諦めて岩付城まで兵を退いた。

景虎の怒りの矛先は資正に向けられる。

おまえが万全の備えをしなかったから、松山城は敵の手に渡ってしまったのだ、おまえを信頼していたからこそ、岩付城も松山城も任せたのではないか、わしの期待を裏切りおって……と景虎は資正を責め立てた。

「ご覧下さいませ」

資正は冷静に目録を差し出した。

それは松山城に武器弾薬、食糧がどれほど備えられていたかを忠実に書き記したものだった。

資正自身、憲勝の器量を危ぶみ、いつか憲勝がしくじったとき、その責めを自分が負わされるかもしれないと警戒して、自分はできる限りのことをしたのだという証拠を残したのである。

「ふうむ……」

景虎は目録を目にして唸る。

なるほど、この目録を見れば、いかに資正が松山城のために尽力したかがよくわかる。備えは万全だったのだ。

最終的に致命傷になったのは水の手を切られたことだが、そもそも、竹束の楯で敵軍が鉄砲を防ぐことに成功した時点で、気の利いた者であれば、城内に水を蓄えていたはずである。それを怠ったために、水の手を切られるや、たちまち城兵は渇きに苦しむことになった。

「つまり、松山城が落ちたのは七沢七郎のせいだということだな？」

「いや、それは……」

資正が慌てる。松山城を失った責任を憲勝に転嫁するつもりはない。五万五千という途方もない大軍に包囲された松山城が、わずか三千の兵で三ヶ月以上も持ちこたえたことを認めてほしいという気持ちなのだ。憲勝を責めるために景虎に目録を見せたわけではない。

あと一日か二日持ちこたえていれば、と景虎は繰り返すが、景虎が越山して関東に入ったのは二ヶ月も前なのだから、もっと早く進軍していれば、こうはならなかったはずなのだ。

もちろん、資正も景虎の抱えている事情は承知している。敵に決戦を挑むだけの兵力がなかったのだ。同じように松山城にも開城せざるを得ない事情があった。それを理解してほしい、と資正は願う。

「せめて七沢七郎が腹を切っていれば、わしも、これほど怒りはしないであろう。ところがどうだ、腹を切るどころか、北条に膝を屈して小田原に向かったという。それほど己の命が大事か？　城と引き換えに命乞いをするとは、信じられぬ腰抜けよ。違うか？」

「……」

資正が言葉を失う。

景虎の言うことは正しい。何も間違っていない。

資正自身、なぜ、憲勝は死んでくれなかったか、という思いなのだ。勝負は時の運である。それ故、落城は恥ではない。武士の意地を見せて死ねば、それなりに賞賛される。

しかし、命乞いして城を明け渡したと見做《みな》されれば、

「何という腰抜けか」

「武士の風上にもおけぬ」

と罵倒されるのである。

「人質がいたな。連れてこい」

景虎が言う。

「お待ち下さいませ」

資正が跳び上がる。

憲勝を松山城の守将に任じるに当たって、資正は二人の息子を預かった。人質という名目だが、実際には、松山城が戦火にまみれたとき、扇谷上杉氏の血筋が絶えるのを怖れ、岩付城で預かることにした。万が一、憲勝が死んでも、その息子たちが生きていれば扇谷上杉氏再興の礎《いしずえ》にできるからだ。憲勝は戦死しなかったものの、北条氏に捕らえられて小田原に送られてしまった。政治的生命は絶たれたと言っていい。

そうなれば、扇谷上杉氏の血統を未来に繋ぐことができるのは、憲勝の二人の息子たちということになる。扇谷上杉氏の再興を悲願とする資正にとっては何よりも大切にしなければならない貴重な駒なのである。

「まだ、ほんの子供でございますれば、父親の責めを負わせるのは酷でございます。どうか、ご容赦下さいませ」

「……」

景虎は返事をしない。

やがて、二人の子供たちが引き立てられてきた。

まだ元服もしていない少年たちである。二人とも十歳前後であろう。すっかり怯えてしまい、泣きじゃくって震えている。

「斬ってしまえ」

冷酷な顔で景虎が命ずる。

「御屋形さま、どうか、どうか、ご容赦を」

資正が叫ぶ。

「ならば、おまえの首を代わりに差し出すか？」

「……」

資正が息を呑む。

「斬れ」

景虎の小姓たちが二人の少年たちを斬る。

「その首を小田原に送るのだ」

そう言うと、景虎が席を立つ。

「……」

後には資正が残る。がっくりと膝をつき、地面に転がるふたつの首を見て、

（扇谷上杉氏は、この世から消えた……）

と深い溜息をつく。

松山城を失ったことには、ひとつの城が敵の手に渡ったというだけではなく、景虎が支配している上野まで失いかねないという重大な意味がある。

松山城のおかげで、一年半もの長きにわたって、氏康は上野に手を出すことができなかった。

逆に考えれば、今後は松山城を足場にして、易々と上野に兵を入れることができるということだ。

景虎にとっては大打撃である。

しかし、松山城と引き換えに得たものもある。

景虎は、今や山内上杉氏の当主である。

上杉氏には四家あり、そのうち、山内と扇谷が有力だ。昔から、この両家がしのぎを削ってきたが、両家が争っているうちに北条氏が着々と力をつけ、河越の戦いで扇谷上杉氏を滅ぼし、その後、山内上杉氏を圧迫し、ついに当主の憲政は越後に亡命せざるを得なくなった。このとき、山内上杉氏も滅亡したようなものであった。

その山内上杉氏が息を吹き返したのは、憲政が家督を景虎に譲ったからである。

景虎は上杉氏全体の当主のつもりでいる。

だからこそ、歴史上、長尾景虎は上杉謙信《けんしん》と呼ばれるのだ。山内謙信ではない。

上杉氏は景虎のもとに結集すればいいのであって、今更、山内とか扇谷とか区別する必要はない、というのが景虎の考えなのである。

その景虎にとって、資正の望む扇谷上杉氏の再興は嬉しいことではない。迷惑なのである。扇谷上杉氏など消えたままでいい。それが景虎の本心なのだ。

しかし、表立って口にできることではない。

由緒ある扇谷上杉氏を再興したいと、扇谷上杉氏の忠臣だった資正が願うのは当然で、天晴れよ、見事な心意気よ、と景虎は賞賛すべきであって、それを邪魔したり、叱責すべきではない。

特に体面や世間体を人並み以上に気にする景虎ならば尚更だが、本心は愉快ではない。

憲勝が北条氏に降《くだ》ったことは、扇谷上杉氏の血を引く者たちを粛清する絶好の口実になった。

憲勝の代わりに処罰するという名目で、二人の息子たちを処刑することができた。それによって、今度こそ扇谷上杉氏は完全に滅び去った。資正の野望は潰《つい》え去ったのである。

松山城を失った代わりに、景虎はより大きなものを手に入れたと言っていい。

信玄と氏康が景虎との決戦を避けたため、景虎はひどく不機嫌な様子で岩付城にやって来て資正を責め、その日のうちに憲勝の息子たちを処刑した。

翌日、岩付城を後にすると、それから二ヶ月にわたって武蔵と下野にある北条方の城を攻めた。それほど大きな戦果を得ることはできず、松山城を失った鬱憤晴らしのような感じだった。

四月七日に厩橋城を出て、帰国の途に就いたが、景虎は機嫌がよかった。この数ヶ月で多くの城や広い領地を失ったにもかかわらず、付き従う小姓たちと笑い合いながら、馬上で酒を飲んだ。

名実共に上杉氏全体の主となったという満足感のせいであったろう。

（『北条氏康　巨星墜落篇』へ続く）

初出　Ｗｅｂサイト「ＢＯＣ」二〇二三年六月～二〇二四年五月

富樫倫太郎

1961年、北海道生まれ。98年に第4回歴史群像大賞を受賞した『修羅の跫』でデビュー。「SRO 警視庁広域捜査専任特別調査室」「生活安全課0係」「スカーフェイス」など多くの警察小説シリーズで人気を博す。そのほか、「陰陽寮」シリーズなどの伝奇小説、「軍配者」「北条早雲」「土方歳三」シリーズなどの時代・歴史小説と、幅広いジャンルで活躍している。

北条氏康《ほうじょううじやす》
——関東争乱篇《かんとうそうらんへん》

2024年7月25日　初版発行

著　者　富樫倫太郎《とがしりんたろう》

発行者　安部順一

発行所　中央公論新社

〒100-8152　東京都千代田区大手町1-7-1
電話　販売 03-5299-1730　編集 03-5299-1740
URL https://www.chuko.co.jp/

DTP　嵐下英治
印　刷　大日本印刷
製　本　小泉製本

Published by CHUOKORON-SHINSHA, INC.
Printed in Japan　ISBN978-4-12-005807-3 C0093

富樫倫太郎の本

〈中公文庫／軍配者シリーズ〉

早雲の軍配者（上・下）

北条早雲に学問の才を見出された風間小太郎は、軍配者の養成機関・足利学校へ送り込まれる。そこでは、若き日の山本勘助らと出会い——。全国の書店員から絶賛の嵐！

信玄の軍配者（上・下）

学友・小太郎との再会に奮起したあの男が、齢四十を過ぎて武田晴信の軍配を預かる。「山本勘助」として、ついに歴史の表舞台へ！　おれの人生は、まだ終わらない!!

謙信の軍配者（上・下）

若き天才・長尾景虎に仕える軍配者・宇佐美冬之助と、武田軍を率いる山本勘助。共に学んだ仲間同士が、決戦の場・川中島でついに相見えるのか——。シリーズ三部作完結編！